Das Buch

An einem sonnigen Morgen im Juli versammeln sich zahllose Sportbegeisterte an der Nordwand des Ortlers. Hier in Sulden, im oberen Vinschgau, ist es das Ereignis des Jahres: Die besten Eiskletterinnen der Welt, eine Italienerin und eine Iranerin, liefern sich einen Wettkampf am Berg. Commissario Grauner bekommt von dem Trubel nichts mit, unten im Tal wurde ein Toter gefunden. Matthias Lechthaler, der Chef der örtlichen Bergrettung, liegt in der Turnhalle des Dorfes, in seiner Brust steckt eine Mistgabel. Während Grauner und sein neapolitanischer Kollege Saltapepe die Ermittlungen aufnehmen, ziehen am Gipfel schwarze Wolken auf. Die iranische Athletin kommt nie in der Schutzhütte an. Am nächsten Tag wird ihr Eispickel am Rande einer Felsspalte gefunden – und in ihrem Hotel ein weiterer Toter.

Ihr neunter Fall führt Südtirols beliebtestes Duo in luftige Höhen und an die Grenzen ihrer Belastbarkeit.

Der Autor

Lenz Koppelstätter, Jahrgang 1982, ist in Südtirol geboren und aufgewachsen. Er arbeitet als Medienentwickler und als Reporter für die *Frankfurter Allgemeine Sonntagszeitung* und *Salon*. Die Bücher um den Südtiroler Commissario Grauner sind ein großer Erfolg bei Lesern und Presse. Im Frühjahr 2024 erscheint der erste Band »Was der See birgt« seiner neuen Krimireihe, die am Gardasee spielt, bei Kiepenheuer & Witsch.

LENZ KOPPELSTÄTTER

DAS FLÜSTERN IM EIS

Ein Fall für
Commissario Grauner

Kiepenheuer & Witsch

Personen und Handlungen dieses Romans sind frei erfunden.
In Bezug auf Ortsbeschreibungen nimmt sich der Autor Freiheiten heraus.

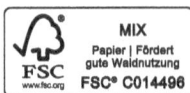

2. Auflage 2024

© 2024, Verlag Kiepenheuer & Witsch, Köln
Alle Rechte vorbehalten
Die Nutzung unserer Werke für Text- und Data-Mining
im Sinne von § 44b UrhG behalten wir uns explizit vor.
Covergestaltung: Barbara Thoben, Köln
Covermotiv: © Krzysztof Ruzikowski/500px/gettyimages
Vinschgaukarte auf der vorderen Umschlaginnenseite:
Christl Glatz | Guter Punkt, München
Südtirolkarte auf der hinteren Umschlaginnenseite: Oliver Wetterauer
Illustration als Abschnittstrenner im Text: Oliver Wetterauer
Gesetzt aus der Minion
Satz: Buch-Werkstatt GmbH, Bad Aibling
Druck und Bindung: GGP Media GmbH, Pößneck
ISBN 978-3-462-00475-5

Kurz ist die Freude des Gipfelglücks,
ewig währt der Muskelkater.

Prolog

Der Berg ist nicht gut, der Berg ist nicht böse. Er ist einfach da. Weil irgendetwas vor vielen Millionen Jahren dafür gesorgt hat, dass es ihn gibt. Gott? Ja, womöglich Gott. Oder ein großer Zufall. Ja, eher ein Zufall. Jedenfalls kühlte unsere Welt, die einst höllengleich glühte, ab, die Ozeane und das Land entstanden. Die Kontinentalplatten prallten aufeinander, rangen miteinander, die europäische und die afrikanische. Die eine schob sich unter die andere, die bog sich, faltete sich zusammen. Die Spitzen der Alpen ragten empor – und mittendrin er. Dieser wunderschöne, vom Gletschereis ummantelte Berg. Der höchste Südtirols. *Der König*, wie sie ihn nannten, *König Ortler.*

Wahrscheinlich musste man das so machen, dachte der Lechthaler Matthias, man musste einer solch immensen Masse, wie der Berg eine war, einen Namen geben. Um sie erfassen zu können. Ein Riese aus Stein und Eis, an dem die Wolkenfetzen hingen, als wären sie angeklebt.

Ein Leben ohne den Ortler, das konnte und wollte sich der Lechthaler nicht vorstellen. Das erste Mal war er mit sechs Jahren am Gipfel gewesen. Normalroute. Mit seinem Vater. Als er dreizehn war, kraxelte er die steile Nordwand hoch. Im Alter von achtzehn versuchte er, das alles hinter sich zu lassen. Er zog in die Welt hinaus, trampte, heuerte auf Containerschiffen an, sah Berge, die noch viel höher und mächtiger waren als sein Ortler.

Er kehrte in ein Kloster ein. Durfte bleiben, freundete sich mit einem der Priester an. Der lehrte ihn die Kampfkunst der Shaolin.

Nach drei Jahren fragte ihn ein Mönch, was sein größter Wunsch sei. Und der Lechthaler Matthias musste nicht lange nachdenken. Er sagte, er vermisse sein Tal, sein Dorf, seine Berge. Es sei an der Zeit, zurückkehren. Er konnte nicht ahnen, was die Heimreise für ihn bereithalten würde.

Warum soll ich noch einmal in die Welt da draußen reisen, sagte sich der Lechthaler Matthias, der inzwischen über sechsundsechzig Lenze zählte, die Welt kommt doch eh jeden Sommer zu mir ins Tal. Mutige, oft auch übermütige Touristen, die er auf den Gipfel des Ortlers brachte, knapp viertausend Meter über dem Meeresspiegel.

Ein paar versuchten es ohne die Hilfe eines erfahrenen Bergführers. Die musste er dann oft in seiner Zweitfunktion als Bergretter suchen. Weil sie viel zu spät losgegangen waren, weil sie das schlechte Wetter nicht vorausgeahnt hatten, weil sie sich verlaufen hatten. Weil sie einfach nicht gemacht waren für den Berg.

Der Ortler ist nicht böse, sagte der Lechthaler Matthias stets, er ist auch nicht gut. Er muss nicht bezwungen werden. *Bezwingen*, nein, nein, dieses Wort benutzte er nie. Das benutzten stets nur die anderen. Die jüngeren Kollegen. Bezwingen? Wie lächerlich. Als ob man das könnte. Einen Berg bezwingen. Wo doch die meisten Menschen noch nicht einmal sich selbst zu bezwingen vermochten. Den Hunger und den Durst. Die Lust. Das Herz.

Durch das Fenster seiner Kammer, hier, in der *Julius-von-Payer*-Hütte, hoch oben am Ortler, sah er die umliegenden Gipfel glitzern. Die Suldner unten im Tal beendeten wohl gerade die Mittagspause, begannen wieder mit der Arbeit. In der Ferne schrie ein Bartgeier, der irgendwo in einer Felswand sein Nest hatte, und der Motor eines Autos jaulte auf, das über den Pass des Stilfser Jochs fuhr.

Aus der Stube im Erdgeschoss war das Rumoren der ersten Bergsteiger zu hören, die es hochgeschafft hatten, die sich stärkten, Gulaschsuppe, Hirtenmakkaroni, Holundersaft, Vernatsch.

Der Lechthaler Matthias erhob sich, das kurze Nickerchen hatte gutgetan, das Bett knarrte, er schlüpfte in die Pantoffeln, öffnete die Holztür, stieg die Stufen hinab. Dicke, warme Luft schlug ihm entgegen. Er konsultierte den Kalender, auf dem die Gipfelbuchungen für den kommenden Tag eingetragen waren. Sie, die Bergführer, waren heute zu dritt. Er, der Egger Helmut und der Staffler Lukas.

Lechthaler, Chef der Bergrettung, zudem Bergführer und Leiter einer Kampfsportschule unten im Dorf, lugte in die Stube hinein. Er versuchte, die etwa zwei Dutzend Menschen, die da saßen, einzuordnen.

Beim Egger hockten vier junge Burschen mit roten Wangen. Sie aßen schweigend ihre Suppe. Die konnten was. Und doch waren sie schlau genug, mit einem Bergführer zu gehen. Die würden früh in den Betten liegen und sich morgens als Erste aus den Federn schälen. Sich die Gesichter mit kaltem Gletscherwasser waschen, noch im Dunkeln mit Stirnlampen aufbrechen und wenige Stunden später am Gipfelkreuz sein.

Beim Staffler saß ein Pärchen. Mitte fünfzig vielleicht. Sie stocherte in einem Salat herum. Er hatte ein Meraner Würstchen vor sich auf dem Teller liegen, ein zweites in der einen Hand, in der anderen ein Weißbier. Kauend und schmatzend quatschte er auf den jungen Bergführer ein. Die beiden schafften es bis zum Klettersteig, höchstens bis zum Fuße der Gletscherwand. Darauf hätte der Lechthaler seine ganze Ausrüstung verwettet.

Er trat ein. Sofort drehten sich alle zu ihm, ihm war klar, dass er eine Art Legende war, auch wenn ihn das nicht unbedingt freute. Keiner kannte diesen Berg besser als er, auch die anderen Bergführer nicht. Einmal, vor ein paar Jahren, hatte ihn ein Kunde gefragt, wie oft er schon am Gipfel gewesen sei.

»Sicher ein paar Hundert Mal«, hatte er geantwortet. Danach dachte er noch einmal darüber nach und stellte fest, dass das nicht stimmen konnte, dass er jeden Sommer rund vierzigmal am Kreuz stand, dass so viele Sommer vergangen waren, seitdem er aus Asien zurückgekehrt war, dass er demnach um die tausendsechshundertmal dort oben gewesen sein musste.

Die Bergsteiger in der Stube steckten die Köpfe zusammen, flüsterten. Die jungen Buben beim Egger beugten sich über eine Gebirgskarte, die sie auf dem Tisch ausgebreitet hatten. Lechthaler ließ den Blick durch den Raum schweifen und wollte sich gerade wieder umdrehen, als er sie sah. Er erkannte sie sofort. Sie hatte am kleinsten Tisch Platz genommen. Mit dem Rücken lehnte sie an der holzvertäfelten Wand, über ihr hingen Aquarelle und vier Soldatenhelme aus dem Großen Krieg.

Er löste sich aus seiner Starre, ging mit wackeligen Knien auf sie zu. Ihr Gesicht war alt geworden, tiefe Falten zogen sich durch ihre Haut. Nur die Augen waren jung geblieben. Und strahlten voller Kraft, Liebe und Stolz. Wie früher. Er hatte nicht damit gerechnet, nach allem, was geschehen war.

»Du«, sagte Lechthaler, als er an ihrem Tisch angelangt war. »Tatsächlich.«

Sie lächelte.

1. Juli

1

Grauner versuchte, halbwegs freundlich zu schauen. Was sollte er auch tun? Würde er zu erkennen geben, wie es in ihm zuging, dann würde er seinem Gegenüber einen derartigen Schreck einjagen, dass es sofort seine blöden Sachen in seinen blöden Koffer verstauen und mit seinem blöden Auto vom Hof fahren und verschwinden würde. Für immer.

Nichts wäre Grauner, der hier oben, über der tiefen Schlucht des Eisacktals, Viechbauer war und unten im Tal, in Bozen, Commissario der *Polizia di Stato*, lieber. Aber er hatte seiner Frau etwas versprochen. Und er war so ein Mensch, der zumindest versuchte, Versprechen einzuhalten. Auch wenn ihm das im Alter, zumindest in letzter Zeit, zunehmend schwerfiel.

Er spürte Albas Hand auf seiner Schulter. Er liebte sie. Sogar noch mehr als die Kühe in seinem Stall, sogar noch mehr als diesen Part in Mahlers *Zweiten*, der klang, als würden der Wald und die Berge und die Wiesen mit im Orchester sitzen.

Es überraschte ihn immer wieder, was so eine kleine Geste Albas in ihm bewirkte. Wie ihn diese Hand auf der Schulter zu beruhigen vermochte. Das konnte nur sie, Alba, die Liebe seines Lebens.

Sara, seine Tochter, konnte das nicht. Natürlich liebte er auch sie, ja, auch sie mehr als die Kühe, mehr als Mahler, seine kleine Sara, aber, putteiga puttinziga, das musste jetzt doch auch einmal gesagt werden: Seitdem sie sich mit ihrem Mickey im fernen Wien herumtrieb, Agrarwissenschaften studierte und die Übernahme des Grauner-Hofs vorbereitete, seitdem er ihr gesagt hatte, dass sie natürlich das eine oder andere verändern könne, seitdem drehte die total durch.

Vor drei Monaten hatte sie ihnen die Ideen eines befreundeten Architekturstudenten aus Graz zugeschickt. Grauner war beim Durchsehen der Unterlagen während des Abendessens beinahe ein Stück Knödel im Hals stecken geblieben. Das Schindeldach des Hofes sollte einer begrünten Fläche weichen. Der alte Hühnerstall? Weg. Für einen Naturteich.

»*Was* wollt ihr?«, fragte Grauner den jungen Mann, der immer noch vor ihm stand, mitten in der Stube. Nun hatte sich auch dessen Freundin zu ihnen gesellt, die dem Commissario schon seit drei Tagen mit ihrem Getue auf die Nerven ging.

»Dieses *Stallbaden*, das wollten wir mal ausprobieren. Sara hat uns so davon vorgeschwärmt. Das müssen wir unbedingt noch machen, bevor wir heute Abend aufbrechen, um nach Venedig zu fahren.«

Die Freundin nickte.

Alba trat vor, nickte ebenso. »Stallbaden, aber ja doch«, sagte sie, »natürlich macht ihr das heute noch, als krönenden Abschluss eures Aufenthalts. Mein Mann Johann und ich, wir werden alles für euch vorbereiten, wir rufen euch dann. Ja?«

Das Pärchen zog sich strahlend in Saras Zimmer zurück und schloss die Tür.

»Stallbaden?«, fragte Grauner. »Was soll das denn sein?«

Sara hatte ihnen gesagt, dass im Juli ein paar Freunde von ihr kommen und in ihrem Zimmer übernachten würden.

Testbesucher, so hatte sie sie genannt, sie kannten sich mit Marketing aus, mit modernen Urlaubskonzepten, sie wolle mit ihnen gemeinsam überlegen, was auf dem Hof, auf *Grauners Little Farm*, alles möglich wäre.

Seit drei Tagen waren die beiden nun hier, der Björn und die Elsa. Am ersten Tag hatten sie mit Alba im Kräutergarten Unkraut gejätet. Nach einer Viertelstunde hatte Elsa über Bläschen an den Händen geklagt. Brennnesseln! Und Björn hatte erklärt, dass er vor einem Jahr einen Bandscheibenvorfall gehabt habe, deshalb könne er diese Art der knochenharten Arbeit eh nicht machen.

Unkraut jäten, knochenharte Arbeit. Da fand Grauner das noch lustig. Als Elsa am Abend aus Versehen eine volle Milchkanne umstieß und die Milch unter dem wild muhenden Protest der Kühe über den Stallboden floss, fand er das schon deutlich weniger witzig. Als er am zweiten Tag mit den beiden eine Almwanderung unternahm und Björn nach nicht einmal einer Stunde fragte, ob man denn nicht einen Hubschrauber rufen könne, um sie zum Hof zurückzubringen, zählte er erstmals die Stunden bis zu ihrer Abfahrt. Vierunddreißig waren es da noch.

Pitschnass geregnet und viel später als geplant kamen sie zum Hof zurück, Alba wartete bereits mit den Knödeln in der Stube. Die beiden waren durchaus hungrig, ihnen schmeckte aber das Südtiroler *Signature-Gericht*, wie sie es nannten, nicht. Sie bestanden darauf, sich eine vegane Pizza liefern zu lassen. Und stellten entgeistert fest, dass sie sie hier im Dorf nicht über eine App bestellen konnten.

Grauner wollte keine Pizza. Warum sollte er Pizza essen, wenn Knödel auf dem Tisch standen? Er erklärte den beiden dennoch geduldig, dass sie keine App bräuchten. Dass sie einfach zur Kirche spazieren mussten, daneben, im Gasthaus zum *Goldenen Lamm*, arbeitete ein Koch, der Sizilianer war, der Rehrücken und Kaiserschmarrn zubereitete, aber auch Pizza buk. Björn und Elsa fühlten sich jedoch außerstande, nach der Horrorwanderung noch einen einzigen Schritt zu tun, also holte Grauner die Pizzas mit dem Panda.

Während das Pärchen aus Wien kaute, sinnierte es darüber, wie man Albas Knödelkunst verbessern könne. Warum nicht mal ein Knödel mit Papaya? Oder Halloumi? Und warum immer rund? Wie wäre es mal mit einem viereckigen Knödel?

»*Out of the box thinking*«, das hatte Grauner in den letzten Tagen häufig gehört. Und jetzt also das Stallbaden.

»Alba, was ist das?«, fragte der Commissario erneut.

Alba holte den Zettel hervor, die ausgedruckte E-Mail, die Sara ihnen geschickt hatte. »Mit allen Sinnen den Stall genießen, die Ruhe, die Nähe zu den vielen Tieren, die sie umgeben. Die Gäste sollten sich zwischen sie auf ein Bett aus Heu legen, die Augen schließen und im Rhythmus der Kühe atmen. Wichtig: chillige Loungemusik im Hintergrund.«

Die meisten seiner Kühe waren um diese Jahreszeit auf der Alm. Nur die vier ältesten, gebrechlichsten, waren bei ihnen im Dorf geblieben. Die Mitzi, die Josefina, die Lora, die Marianna. »Wo soll ich jetzt so viele Kühe herbekommen?«

»Vielleicht tun es auch Hühner?«, fragte Alba.

Grauner nickte. Zwölf Hühner, vier Kühe, das passte doch sicher. Was chillige Loungemusik sein sollte, wusste er nicht. Er beschloss, die alte Aufnahme von Mahlers Fünfter in den Kassettenrekorder zu legen. Lautstärke? Volle Pulle.

Als Alba sich zur Tür begab, blinkte sein Handy auf dem Stubentisch. Leise Hoffnung keimte in ihm auf. Eine Hoffnung, die er sonst nie hatte. Normalerweise war er froh über jeden Tag, den er nicht in der Questura, sondern auf dem Hof verbringen durfte.

Staatsanwalt Martino Belli rief an, das verhieß nichts Gutes. Der Commissario spürte, wie sich ein Lächeln auf seinem Gesicht ausbreitete. Im selben Moment schämte er sich dafür. Er hob ab. »Belli? Wo?«, fragte er.

»Was *wo*?«, antwortete der Staatsanwalt.

»Wo muss ich hin?«

»*Müssen* tun Sie gar nichts, Grauner. Aber Sie *können* zu mir ins Büro kommen, gleich heute am frühen Vormittag, wenn Sie wollen.«

Jetzt erst fiel es dem Commissario wieder ein. Schon vor Wochen hatte er Belli um einen Termin gebeten. Immer wieder hatte der ihn vertröstet, weil er angeblich so viel zu tun hätte. Obwohl er eigentlich gar nichts zu tun hatte. Es passierte ja gerade nicht viel in Südtirol. Schon über ein Jahr hatte es keinen Mord mehr gegeben. Nur ein paar kleinere Delikte. So wie letztens in Gargazon, als ein Campingplatzbesitzer einen benachbarten Bienenzüchter angezeigt hatte, weil eine seiner Bienen angeblich eine Campingplatzbesucherin in den Allerwertesten gestochen hätte. Doch die Täterin konnte nicht ausfindig gemacht werden. Der Fall musste zu den Akten gelegt werden.

Vor einigen Monaten hatte ein Wanderurlauber aus Bayern einen Wanderurlauber aus der Lombardei wegen Ruhestörung vor Gericht bringen wollen. Der Lombarde hatte auf dem Gipfel des Heiligkreuzkofel sein Kofferradio angemacht, um sich die Übertragung der Livekonferenz der Serie-A-Spiele anzuhören. Das sei unerhört, hatte der Bayer zu Protokoll gegeben, er habe sich, das müsse man in Betracht ziehen, zwei Jahre lang auf diese Wanderung vorbereitet. Und nun habe ihm dieser Mann den Moment auf dem Gipfel kaputt gemacht. Er forderte Schadensersatz, mindestens fünfstellig. Der Lombarde entgegnete, er habe den Moment auch nicht genießen können. Schließlich habe Brescia drei zu null gegen Inter verloren. Grauner hatte befunden, das sei Strafe genug – es war ihm gelungen, den Bayer abzuwimmeln.

»Alba, ich muss nach Bozen«, sagte Grauner und versuchte, betrübt zu klingen.

»Bozen? Ist etwas passiert? Ein Mord?« Ihre Stimme klang besorgt.

Der Commissario schüttelte den Kopf. »Nein, nein«, sagte er, »ich habe einen Termin bei Belli, du weißt schon.«

Sie hatten alles hundertmal durchgesprochen. Für Grauner hatte sich durch die vorerst letzte Reform des Pensionssystems, die die neue Regierung in Rom, die fünfte innerhalb von drei Jahren, beschlossen hatte, ein Schlupfloch aufgetan. Er hatte nun, mit zweiundsechzig, die Möglichkeit, in Pension zu gehen. Fünf Jahre früher als gedacht.

Er hatte genug von den Morden, von Bozen. Sie hatten beschlossen, den Hof noch ein paar Jahre weiterzuführen, bevor sie ihn Sara und Mickey überließen, die dann daraus ihr Bauernhof-Disneyland oder was auch immer machen würden.

Er verstand diese ganzen *Grauners-Little-Farm*-Ideen zwar nicht, aber er wollte kein Vater sein, der sich gegen die Träume der nächsten Generation stellte. Es war ihre Welt, es war ihre Zukunft.

Alba zog die Augenbrauen hoch, sie hatte natürlich sofort die Freude in seiner Stimme erkannt.

Er drückte ihr einen Kuss auf die Stirn und verließ schnellen Schrittes die Stube. Bald war das alles vorbei. Bald würden sie auf eine der Almen über dem Dorf ziehen. Im Sommer die Kühe hüten, im Winter nichts tun – einfach nichts. Zwei Wochen im Jahr mussten sie Strandurlaub machen, das hatte sie ihm abgerungen, dem Kompromiss hatte er zustimmen müssen, da hatte sie nicht lockergelassen.

Er würde jetzt nach Bozen fahren, um Belli mitzuteilen, dass er in den Ruhestand gehe, dachte er entschlossen, als er im Panda saß und den Motor startete. Ja, der Staatsanwalt sollte von dem Vorhaben als Erster erfahren. Der war zwar formal nicht sein Vorgesetzter, das war der Quästor. Aber Belli war in all den Jahren sein Ansprechpartner gewesen. Er hatte stets ihn um die Genehmigungen gebeten, die er im Rahmen seiner Ermittlungen benötigt hatte. Wenn Belli zugestimmt hatte, hatte auch der Quästor alles nur noch abgenickt.

Basta. Genug Morde. Genug Stunden in der miefigen Questura. Endlich mehr Zeit für Alba, die Kühe und Mahler haben. Mehr Zeit im Paradies.

2

Tappeiner hatte ihn in aller Früh mit ihrem Citroën abgeholt, draußen war es noch dunkel gewesen. Saltapepe hatte keine Ahnung, was das Ziel ihres Ausflugs war. Überraschung! Sie hatte ihm nur gesagt, er solle seine Wandersachen einpacken.

Der Ispettore hatte in den vergangenen Monaten viel gemeinsam mit ihr unternommen. Er wusste nicht, was das mit ihnen war. Es war schön. Basta, das reichte doch. Er spürte, dass es ihm guttat, er spürte, dass auch sie gern Zeit mit ihm verbrachte. Der Rest war einerlei.

Seit dem 4. Mai konnte ihn ohnehin nichts mehr erschüttern. Er war erst neununddreißig, aber er war sicher, ein größeres Glück würde er nie empfinden. Als er es das letzte Mal empfunden hatte, war er sechs Jahre alt gewesen. Seine Erinnerungen daran glichen den Bildern in einem Märchenbuch.

Nun war das alles, San Gennaro im Himmel, er dankte ihm dafür so sehr, noch einmal geschehen. Am 4. Mai war der SSC Neapel in Udine Meister geworden. Zum dritten Mal in der Vereinsgeschichte. Er hatte sich zehn Tage Urlaub genommen. Er war in die Heimat gereist, hatte gefeiert, drei Tage und drei Nächte, wie die ganze Stadt. Er hatte sich unglaublich leicht gefühlt. Unverwundbar. Dieses Gefühl war geblieben.

Tappeiner sagte ihm, er habe sich verändert. Sie sagte ihm, dass sie das gut finde. Dass ihr der neue Saltapepe gefalle, noch besser als der alte.

Am Fenster zog Naturns vorbei, sie fuhren den Vinschgau hinauf. Er hatte in den vergangenen Jahren viele Täler und Dörfer Südtirols kennengelernt. Aber den Vinschgau? Noch nie hatte es ihn hierher verschlagen.

Die Vinschger waren wohl die friedfertigsten unter den Südtirolern, schussfolgerte er. Sie mordeten nicht. Vielleicht waren sie aber genau wie alle anderen. Nur etwas schlauer. Und mordeten, ohne sich erwischen zu lassen.

Saltapepe sah Tappeiner von der Seite an, sie musste seinen Blick gespürt haben, drehte sich kurz zu ihm hin, lächelte. Silvia hatte ihn ihren Eltern vorgestellt, er hatte sich mit ihr und seiner Mutter zu einem Videoanruf verabredet. Seine Mutter hatte sie anfangs skeptisch beäugt, sie dann gnadenlos ausgefragt. Ob sie denn kochen könne? Ob sie Kinder wolle? Ob sie bügeln könne? Silvia hatte das Spiel sofort mitgespielt, alles bejaht. Nach einer Viertelstunde hatte Mamma Saltapepe sie in ihr Herz geschlossen.

Sie fuhren weiter nach Westen, es wurde langsam hell, Saltapepe wunderte sich, wie lang dieses Tal sich dahinzog. Irgendwann erreichten sie eine breite Ebene, passierten das Städtchen Glurns, in der Ferne entdeckte der Ispettore eine Serpentinenstraße, die sich zu einem Pass emporschlängelte. Sie bogen jedoch scharf links ab. In ein schattiges Tal. *Sulden* stand auf einem Ortsschild.

Links und rechts der Straße drängten sich Tannen und Fichten aneinander. Saltapepe tauchte im Fußraum ab, um in seinem Rucksack nach einem Müsliriegel zu suchen. Als er sich aufrichtete, verschlug es ihm den Atem. Ein Gigant aus schwarzem Stein und blauweiß schimmerndem Eis ragte vor ihnen in den Himmel.

»Der Ortler!«, sagte Tappeiner, während sie den Citroën scharf in eine Kurve lenkte. Nein, sie sagte es nicht, sie jauchzte es heraus.

Saltapepe spürte, wie ihm die Farbe aus dem Gesicht wich. »Wow, Silvia«, sagte er, »da hoch, das ist die Überr…« Er brachte den Satz nicht zu Ende. Das war ein veritabler Gletscher. Eine Gletschertour, das hatte er bislang noch nie gewagt.

Sie erreichten ein Dorf, auf dem Platz vor einer Kirche waren Biertische, eine Leinwand und eine Bühne aufgebaut. An Laternenmasten hingen Trauben bunter Luftballons. Dutzende Menschen in Outdoorkleidung und mit Rucksäcken auf den Schultern liefen aufgeregt umher. Dabei war es gerade mal halb sieben Uhr morgens. Saltapepe entdeckte ein Plakat an einer Häuserwand, es zeigte zwei Frauen, die eine lächelte und ballte die Faust, die andere machte ein ernstes Gesicht, sie trug ein Kopftuch.

Caterina Bianchi vs. Zahra Jafari
The Ortler North Face Challenge
1. Juli

»Nein, Claudio, du bist noch nicht so weit. Für den Ortler brauchst du noch ein bisschen Bergerfahrung. In ein, zwei Jahren schaffst du die Normalroute – vielleicht. Wir beide fahren mit dem Sessellift ein Stück hoch, wandern dann bis zur *Tabaretta*-Hütte weiter – unser Tagesziel! Von da aus sieht man die Nordwand des Ortlers besonders gut. Diese eisige Vertikale! Die höchste Eiswand in den Westalpen. Tausendzweihundert Meter ragt sie beinahe senkrecht in die Höhe.« Sie fuhr noch langsamer, zeigte auf das Plakat. »Das sind die beiden weltbesten Fels- und Eiskletterinnen, exzellente Alpinistinnen, sie liefern sich heute einen Zweikampf. Das wollte ich unbedingt sehen. Um Punkt acht geht's los.«

Saltapepe runzelte die Stirn. Ein leiser Ärger keimte in ihm auf. Warum traute sie ihm nicht einmal zu, die Normalroute bewältigen zu können?

»Das hier«, sagte Tappeiner und schien nun einen Parkplatz entdeckt zu haben, sie bremste und legte den Rückwärtsgang ein, »ist ein Riesenevent in der alpinen Szene. Bianchi gegen Jafari. Bei uns in Südtirol! Das ist wie, tja, Napoli gegen Real Madrid in der Champions League. Der Kampf zweier Rivalinnen, die sich nicht ausstehen können! Bianchi hat letztes Jahr den Cerro Torre in Patagonien im Alleingang bestiegen. Jafari hat den Gasherbrum 1 und den Gasherbrum 2 im Himalaja kurz nacheinander geschafft. Ebenfalls allein.«

Saltapepe nickte eilig, als wüsste er, wovon sie sprach.

Tappeiner zog die Handbremse, sie stiegen aus. Kalte, klare Bergluft schlug ihm entgegen. Saltapepe kniff die Augen zusammen. Die imposante kerzengerade Wand war verschneit und vereist, sogar jetzt im Sommer. »Da klettern die hoch? Wie um Gottes willen soll das funktionieren, Silvia?«, fragte er ungläubig.

»Hochkommen tun die locker«, sagte Tappeiner, »die Frage ist nur, wie schnell. Sie wollen einen neuen Rekord aufstellen. Den hält bislang eine Südtirolerin. Und zwar schon seit über zwanzig Jahren. Ruth Alber, eine Legende.«

»Wie viele Tage hat die denn gebraucht?« Saltapepe erinnerte sich daran, im Fernsehen mal eine Dokumentation gesehen zu haben über diese Verrückten, die ein Zelt an die Wand hängten, um darin zu übernachten.

»Eineinhalb«, antwortete Tappeiner. Sie schulterte ihren Rucksack.

»Eineinhalb Tage«, murmelte er vor sich hin, »warum machen Menschen so etwas?«

»Eine Stunde, siebenunddreißig Minuten und dreiundvierzig Sekunden, um genau zu sein«, präzisierte Tappeiner. »Bianchi und Jafari wollen jetzt die Eineinhalb-Stunden-Marke knacken. *Free solo*. Wer den Zweikampf gewinnt, bekommt lukrative Sponsorenverträge.«

»*Free solo*, was heißt das?«

»Jede auf sich alleine gestellt. Ohne Sicherungen, ohne Seil. Nur mit Steigeisen und je zwei Pickeln.«

»Ohne Seil?« Saltapepe schrie beinahe. »Warum?«

»Weil sie es können. Und weil sie so schneller sind.«

Der Ispettore verstand die Welt nicht mehr.

Saltapepe legte den Kopf in den Nacken und starrte auf die Wand. Wie all die anderen Menschen links und rechts neben ihm auf der großen Holzterrasse der *Tabaretta*-Hütte. Es waren Hunderte. Sie zeigten mit den Fingern nach oben, manchmal entwich ihnen ein *Oh*, dann ein *Ahhh*. Manche hielten sich Feldstecher vor die Augen, andere filmten alles mit dem Handy.

Die Ersten hatten inzwischen ihre dicken Jacken ausgezogen, die Sonne stach vom Himmel. Ziehorgel- und Gitarrenmusik dudelte zu ihm herüber. Zwei junge Buben in Lederhosen, Kuhfellhüten und karierten Hemden musizierten vor der Hütte. Was war das hier? Eine

Welt, von der er bis heute nicht gewusst hatte, dass sie existierte. Dieses Südtirol, auch nach zehn Jahren hielt es noch immer Überraschungen für ihn bereit. Langweilig, nein, das musste er schon zugeben, war es hier nicht.

Er hielt eine leere Tasse in der Hand. Den Espressogeschmack hatte er noch im Mund. Er war unerwartet gut gewesen. Der Ispettore fragte sich, wie die das machten, auf rund zweitausendfünfhundert Metern über dem Meeresspiegel solch einen guten Kaffee hinzubekommen. Nicht so exzellent wie in Neapel, das nicht, das konnte auch keiner erwarten, aber doch mehr als trinkbar.

»Schau!«, sagte Tappeiner neben ihm und stupste ihn in die Rippen.

An der grauweißen Wand bewegten sich zwei Punkte, ein knallgelber und ein feuerroter, langsam, beinahe unmerklich, weiter gen Himmel.

3

»Dottore, ich wollte mit Ihnen …«

»Jetzt kommen Sie doch erst einmal herein, Commissario.«

Grauner trat näher. Er war nicht oft am Gerichtsplatz, in den Räumlichkeiten der Staatsanwaltschaft. Das war ihm ganz lieb so. Meistens kam Belli zu ihm und den Kollegen in die Questura.

Hier war alles sehr aufgeräumt, wirkte beinahe museal. Der Boden war aus venezianischem Mosaik, die Wände glänzten weiß. Hinter den massiven dunkelbraunen Türen war nichts zu hören, keine Stimmen, kein Geklapper einer Tastatur. Überhaupt herrschte hier eine gespenstische Stille. Ganz anders als in der Questura, da drang der Lärm aus allen Büros, auf den Schreibtischen stapelten sich Akten, die Computer surrten, die Kaffeemaschine in der kleinen Küche stimmte mit ein, von irgendwoher war immer Geschrei zu hören. Die Wände waren grau und um die Lichtschalter herum ganz fleckig, der Boden war mit PVC ausgelegt, das sich hier und da schon löste.

»Ich kann mir schon denken, Commissario, worüber Sie mit mir sprechen wollen. Ich habe zur Vorbereitung auf das Gespräch noch einmal Ihre Akten überprüft, mir Ihren Werdegang angeschaut.« Belli ließ sich nun hinter dem Schreibtisch auf den wackeligen Ledersessel plumpsen. Er bedeutete dem Commissario, sich auf den schlichten Holzstuhl ihm gegenüber zu setzen. Grauner kam der Bitte nach. Es wunderte ihn, dass der Staatsanwalt bereits ahnte, warum er hier war.

Er sah sich um. Es schien sich kaum etwas verändert zu haben seit seinem letzten Besuch, der nun, er dachte nach, doch schon wieder zwei Jahre zurücklag.

Auf dem Schreibtisch lag ein teuer aussehender Füllfederhalter. Kein Computer, nicht einmal Papier, da standen bloß zwei Bilderrahmen, zu Belli hingedreht. Sicher Fotos seiner Familie. Er kannte Bellis Gemahlin nur flüchtig von Konzertbesuchen, die Kinder überhaupt nicht. Er glaubte sich zu erinnern, dass es drei waren.

Hinter dem Staatsanwalt hing ein Ölporträt von ihm selbst an der Wand. Nachdenklich, eine Hand am Kinn.

Daneben hatte er eine Vielzahl gerahmter Fotos auf-gehängt, die ihn und wichtige Persönlichkeiten zeigten. Den Landeshauptmann, den Bischof, den Ministerprä-sidenten. Auch einen Schnappschuss mit Giovanni Fal-cone entdeckte Grauner, dem legendären Mafiajäger, den die sizilianische Cosa Nostra 1992 vor den Toren Paler-mos in die Luft gejagt hatte.

»... was haben wir nicht alles zusammen erlebt.«

Der Commissario räusperte sich, er war froh, dass es Belli für gewöhnlich nicht auffiel, wenn man wäh-rend seiner Monologe gedanklich abschweifte. Er fragte sich, wann das Feuer in dem Mann erloschen war, das er als junger Staatsanwalt noch gehabt haben mochte. Er fragte sich, wann er hinter diesem Tisch beschlossen hatte, die Arbeit einzustellen. Nur noch die Zeit abzusit-zen. Sich ab und zu mit einer aufgeblasenen Nachricht vor die Presse zu stellen, damit nicht auffiel, wie wenig er machte.

»... den Ötzi-Mord in Schnals, den Thomas-Mann-Mord in Ulten, den Brenner-Mord, wie aufregend, erin-nern Sie sich? Da hat sogar der *Corriere della Sera* aus Mailand ein ganzseitiges Interview mit mir angefragt, was war das für ein Highlight! Morde, Morde, Morde über Morde, Grauner, die wir beide gemeinsam gelöst haben. Ich muss schon sagen, und das tue ich ganz ohne Unbescheidenheit, die nämlich ist eine zu vernachlässi-gende Tugend: Ohne uns beide, Commissario, wäre Süd-tirol nicht ein derart sicherer Ort.«

Grauner nickte und unterdrückte ein Gähnen.

»Wer so viel erlebt hat, wird müde irgendwann, nicht?

Da erinnere ich mich immer gerne, lieber Grauner, an meine Jahre als junger Staatsanwalt, als ich einmal in ...«

Was war es noch gleich, was er auf dem Rückweg besorgen sollte, überlegte Grauner. Alba hatte es ihm hinterhergerufen, als er in den Panda gestiegen war. Nudeln, Salz, Geschirrtücher, es waren natürlich, wie immer, viel zu vage Angaben. Welche Nudeln, welches Salz, welche Geschirrtücher? Es würde sicher Ärger geben, egal, was er tat. Brachte er das Falsche mit, krachte es. Kaufte er vorsichtshalber von allem etwas, Spaghetti, Rigatoni, Farfalle, grobes Salz, feines Salz, große Wischtücher und kleine, würde sie ebenso schimpfen. So viel Geld für unnützes Zeug.

Auf der Alm würde alles besser werden, davon war der Commissario überzeugt. Sie würden größtenteils von dem leben, was sie selbst anbauten. Einmal pro Woche würde er hinunter ins Dorf laufen, vom Hof ein paar Eier und Milch holen, im kleinen Laden bei der Kirche ein paar Grundnahrungsmittel, beim Bäcker Brot.

»Ich verstehe, dass Sie müde sind, Grauner.«

Ja, er war müde, da hatte Belli recht. Aber es waren nicht die Morde, die ihn ermüdet hatten. Er war nie zum Zyniker geworden. Er hatte immer an den Sinn seiner Arbeit geglaubt. Daran, dass Unrecht aufgeklärt werden, das Gute die Oberhand behalten musste. Weil sonst Chaos ausbräche.

»Ja, Dottore«, sagte der Commissario. Er sprach ihn nicht oft so an. Das durfte sich nicht einschleichen, sonst war es nichts Besonderes mehr. »Ich bin müde, deshalb möchte ich den Antrag stellen. Und ich bin froh, dass Sie so viel Verständnis dafür zeigen.«

Belli nickte väterlich.

»Ich möchte zum Jahresende …« Eine dumpfe Melodie unterbrach Grauner mitten im Satz. Er verstand nicht, woher sie kam, doch er erkannte sofort, was es war.

Giuseppe Verdi. Das Intro von *Va pensiero*, dem Gefangenenchor aus *Nabucco*. Das wusste sogar er als Mahlerianer. Bellis Handy, das auf dem Schreibtisch lag, zuckte und blinkte. Der Chor begann zu singen.

Der Staatsanwalt griff nach dem Gerät. Im Eifer stieß er mit dem Arm an die Fotografien, sie fielen um. Grauner erkannte, dass es sich keineswegs um Familienporträts handelte. Das eine Foto zeigte Belli mit dem Dalai Lama, der vor einigen Jahren in Südtirol zu Besuch war. Auf dem anderen war der Staatsanwalt mit Luciano Pavarotti zu sehen, der ab und an in Meran zur Kur geweilt hatte.

»Wollen Sie nicht rangehen?«, fragte Grauner und zeigte auf das Gerät.

Belli legte den Zeigefinger auf die Lippen. Wartete, bis der Chor geendet hatte, bis alles wieder von vorne begann. »So viel Zeit muss sein«, sagte er dann und nahm den Anruf an. »Sì«, sagte er nur. Sein Gesicht verfinsterte sich umgehend. Nachdem er aufgelegt hatte, seufzte er. »Wo ist Ihr Handy?«

Der Commissario tastete seine Jackentaschen ab. Da war nichts, er musste es im Panda vergessen haben. Oder auf dem Tisch in der Stube. »Ich, äh.«

»So geht das nicht, Grauner«, sagte der Staatsanwalt streng, »auch wenn es bald vorbei sein sollte, noch sind

Sie Commissario der Polizia di Stato, *meiner* Polizia di Stato! Und als solcher haben Sie gefälligst Ihr Handy jederzeit bei sich zu tragen, verstanden?«

Grauner nickte verschämt.

»Kommen Sie mit!« Belli ging schnellen Schrittes an ihm vorbei, die Sohlen der rahmengenähten Schuhe knallten auf das Parkett. »Wir haben einen Toten, vielleicht ist es Ihr letzter Fall. Vermasseln Sie es nicht. Nicht jetzt, auf der Zielgeraden. Wir müssen nach Sulden.«

4

Der Kaffeegeschmack im Mund war verflogen, nun schmerzte die Blase an den Zehen, die er sich auf dem Hinweg geholt hatte. Er hatte Tappeiner natürlich nichts verraten. Das wäre ihm peinlich gewesen. Vor allem, weil sie für das steilste Stück den Sessellift genommen hatten. Über der Baumgrenze waren sie durch das Geröll am Fuße der Ortler-Nordwand einen schmalen Steinweg bis zur Hütte emporgestiegen.

Saltapepe war bewusst, dass diese Hütte für wahre Bergsteiger nur eine Zwischenstation war. Dass man sich hier nicht über Blasen an den Zehen beschweren durfte. Dass man dafür mindestens bis zur *Julius-von-Payer*-Hütte gehen musste. Von dort aus gelangte man über einen Klettersteig und den Gletscher zum Gipfel. *Die Normalroute*, wie Silvia sie nannte. Nur gute Kletterer schafften es über die steile Nordwand, die die beiden Athletinnen gerade in Rekordzeit erklommen.

Der rote Punkt, Jafari, wie ihm Tappeiner erklärt hatte, lag vorn und bewegte sich stetig voran, der knallgelbe, Bianchi, schien etwas weiter unten festzuhängen, sah im Weiß des Eises wie aufgemalt aus.

Saltapepe hatte dazugelernt. Auch dank Tappeiner. Er war bereit zu akzeptieren, dass nicht jeder seine Faszination für Fußball teilte, das war durchaus legitim.

Er war bereit zu akzeptieren, dass andere etwas faszinierend finden konnten, was er selbst nicht kapierte. Zum Beispiel Rennradfahren. Der halbe Stiefelstaat stand im frühen Sommer stundenlang am Straßenrand, um die Profis beim *Giro d'Italia* ein paar Sekunden vorbeiradeln zu sehen.

Oder die *Formel 1*. Gut, den Start fand er sogar auch noch halbwegs spannend, doch spätestens während der vierten Runde pennte er weg. Was sollte das auch? Alle halbe Stunde überholte mal einer einen anderen. Man sah keine Gesichter, keine Emotionen, nur bunte Blechkisten, die im Kreis fuhren.

Doch wenn er ganz ehrlich war: Noch weniger verstand er das hier. Zwei Farbpunkte an einer Wand. So stellte er sich die Arbeit von Mikrobiologen vor. Die Menschen um ihn herum jubelten nicht, sie trugen keine Fankleidung, grölten keine Fangesänge, schwenkten keine Fahnen. Die standen einfach nur andächtig da und blickten nach oben. Vielleicht ruhte die Italienerin sich aus, dachte der Ispettore, vielleicht sammelte sie nur kurz ihre Kräfte, vielleicht kam sie einfach nicht weiter. Was wusste er schon? Saltapepe beschloss, in die Hütte zu gehen, die Kaffeemaschine zu inspizieren, vielleicht den Wirt in ein Gespräch zu verwickeln, es interessierte ihn brennend, wie der so einen vorzüglichen Espresso hinbekam.

Da sah er im Augenwinkel etwas blinken. Blau. Er drehte sich um, es blinkte unten im Tal, am Rande des Dorfes.

Ein Unfall, das war sein erster Gedanke. Doch dann spürte er eine Vibration in seiner Jackentasche, er zog das Handy hervor. Grauner. Er stöhnte und nahm ab.

»Saltapepe, es ist etwas passiert. Ein Toter. Wir treffen uns in zehn Minuten in der Questura.«

»Das, ähm, geht nicht«, sagte der Ispettore. »Ich bin…«, er brach ab, schaute noch einmal zu den Blaulichtern im Tal. »Wo ist der Tote gefunden worden?«, fragte er dann ins Telefon hinein.

»In einer Turnhalle in Sulden. Ein Mann, Mitte sechzig, erstochen. Wo bist du, Claudio, wie lange brauchst du nach Bozen?«

Der Ispettore entdeckte Tappeiner in der Menge, sie schien ihn zu suchen. Ihre Blicke trafen sich, ihr Lächeln erstarrte. Er winkte sie zu sich heran. »Ich, wir, Silvia und ich, sind schon hier. Wir sind in Sulden. Aber nicht im Tal, sondern, äh, egal.«

Grauner wusste, dass er viel Zeit mit Tappeiner verbrachte, dass sie gemeinsam in die Berge gingen, hatte er ihm nicht gesagt. Er hatte sich keine blöden Sprüche anhören wollen. Der Ispettore überlegte. Eine Stunde etwa brauchten sie zurück zum Sessellift, auch wenn er sich nicht vorstellen konnte, mit den schmerzenden Blasen zu wandern.

»In anderthalb Stunden, Grauner, sind wir vor Ort.«

»Gut, dann sehen wir uns da«, antwortete der Commissario.

5

Die Turnhalle befand sich am östlichen Ende des Dorfes, flankiert von einer Schule, einem Kindergarten und der Feuerwehrstation. Der Carabiniere, der am Eingang stand, hielt sich die Nase zu, was Grauner etwas komisch vorkam. Er stieß die Flügeltüren auf, die ins Innere führten.

Sofort schlug ihm der typische Sporthallengeruch entgegen: Staub, Schweiß, Käsefüße. Aber der Commissario nahm noch ein anderes Aroma wahr. Eines, das ihm sehr vertraut war, das aber ganz und gar nicht an diesen Ort passte.

Er blieb im Vorraum kurz stehen. Rechts führte ein schmaler Flur zu den Umkleidekabinen, links gelangte man über eine Treppe zu der Tribüne, vor ihm lag die Tür zur Halle.

Diese Würze, dachte der Commissario. Er sah sich kurz um und schnupperte dann an seinem Hemd. Nein, das Hemd war es nicht. Er fasste sich in die Haare, roch an den Fingern. Nein.

Grauner war nun schon sein halbes Leben lang Polizist und Viechbauer. Immer hatte er penibel darauf geachtet, dass er nicht nach Stall roch, wenn er zum Dienst fuhr. Auch diesmal war er nach dem Melken kurz in die Dusche gehüpft.

Er schob die Tür zur Halle auf. Zwei Kollegen der Spurensicherung knieten am Boden, neben ihnen standen zwei Polizisten. Weitere Kollegen gingen in der Halle umher, einige standen in einem Grüppchen zusammen. Noch einmal hob Grauner die Nase, sog den würzigen Geruch ein. Das war nicht nur Kuhmist, das war eine Mistmelange, da war er sich ziemlich sicher. Ein paar Hühner, vielleicht auch Schweine. Kaninchen, ja, auch Kaninchen.

Der grüne Boden war überzogen von den typischen Farbmarkierungen der verschiedenen Ballsportfelder. Sprossenwände, Basketballkörbe, in der Ecke ein Stufenbarren – Grauner fühlte sich, als hätte er eine Zeitreise gemacht. Er hatte den Sportunterricht immer gehasst. Nun entdeckte er auch Ispettore Saltapepe und seine Assistentin Tappeiner, die sich mit Max Weiherer, dem Chef der Spurensicherung, unterhielten.

Zur Begrüßung nickten sich alle nur stumm zu. Manche hielten sich die Nase zu oder atmeten in ein Taschentuch. In der Mitte der Halle lag verstreuter Mist herum. Daneben stand eine Schubkarre. Langsam näherte sich Grauner der Gestalt, die am Boden lag. Der Mann trug eine neongrüne Windjacke, dunkle Hosen und schwere Bergschuhe. In seiner Brust steckte eine Heugabel. Zwei Kletterseile waren ordentlich neben der Leiche drapiert worden.

Grauner schluckte, schüttelte sich und kniete sich hin. Der Tote hatte den Mund und die Augen weit geöffnet. Blut war in die Jacke eingesickert, auf dem Linoleum hatte sich ein dunkler See gebildet.

Grauner spürte, dass jemand von hinten an ihn herantrat. Weiherer reichte ihm eine Klarsichtfolie mit einer Fotografie darin.

»Die lag da«, sagte der Spurensicherer und zeigte auf eine weiße Markierung neben der Leiche. Das Bild zeigte einen jungen Mann. Blonde Haare. Er trug einen weißen Kampfsportanzug und lächelte stolz. Hinter ihm erkannte der Commissario Sprossenwände. Er stand auf und drehte sich einmal um sich selbst. »Ist das *hier*?«

»Ja, das Foto muss in der Halle gemacht worden sein.«

Grauner musterte das Gesicht des jungen Mannes. Dann das des Toten. »Ist er das?«

Wieder nickte Weiherer. »Das ist anzunehmen. Unser Toter. In einem typischen Kampfsportanzug. Einem *Dobok*. Mit schwarzem Gürtel.«

»Mist in einer Turnhalle. Ein mit einer Heugabel erstochener Mann. Ein altes Foto neben ihm«, murmelte der Commissario vor sich hin. Er hatte schon viele eigenartige Tatorte gesehen. Dieser hier zählte ganz bestimmt zu den eigenartigsten. Die Tür der Halle flog auf, Belli eilte auf sie zu, erstarrte, drehte auf dem Absatz um und rannte wieder hinaus. Die Ermittler wechselten einen Blick, Saltapepe zuckte mit den Schultern.

»Wann seid ihr eingetroffen?«, fragte Grauner ihn.

»Vor einer Viertelstunde.«

»Was wissen wir vom Toten?«

Tappeiner räusperte sich. »Matthias Lechthaler, geboren 1957, Junggeselle. Bergretter und Bergführer. Außerdem Leiter einer kleinen Kampfsportschule. Er lebte weiter westlich im Dorf, in einer kleinen Wohnung.«

»Verwandte?«

»Eine Mutter, im Altersheim, dreiundneunzig, dement. Der Vater ist schon lange tot.«

»Weiß die Mutter schon, was passiert ist?«

»Der Pfarrer ist bei ihr, aber …« Tappeiner schüttelte den Kopf. Mehr musste sie nicht sagen.

»Sonst?«, fragte der Commissario weiter.

»Eine Schwester«, fuhr die Assistentin fort, »sie lebt in Spanien. Wir versuchen, sie zu benachrichtigen.«

»Freunde? Arbeitskollegen?«

»Die Carabinieri hier sagten, der Mann habe viel Zeit mit seinen Kollegen von der Bergrettung und den Bergführern verbracht. Wenn jemand etwas über ihn weiß, dann die.«

»Und wo sind *die*? Und überhaupt: Warum ist hier niemand?«, fragte Grauner in die Runde, die sich um ihn geschart hatte. Er schaute in verdutzte Gesichter. »Das Dorf ist wie ausgestorben. Die Polizei, die Sirenen, die Blaulichter. Dass es einen Toten gibt, das muss sich doch längst herumgesprochen haben.« Er fand es immer wieder faszinierend, wie schnell sich Nachrichten wie diese verbreiteten, im Dorf, im Tal, in ganz Südtirol. Meistens waren schon alle bestens informiert, noch bevor im Radio, im Fernsehen oder am nächsten Tag in den Zeitungen über den Mord berichtet wurde. Normalerweise versammelte sich schnell eine Menschentraube am Fundort einer Leiche, normalerweise mussten die Polizisten die Neugierigen zurückdrängen. Hier aber war niemand. Um halb elf Uhr vormittags. »Also, wo sind sie alle?«, wiederholte er.

»Die sind …«, Tappeiner hob den Arm und zeigte Richtung Hallendecke, »… oben.«

»Oben? Wie oben? Wo oben?« Der Commissario runzelte die Stirn.

»Bei der *Tabaretta*-Hütte.« Die Assistentin erklärte den Umstehenden, was sich am Ortler abspielte. »Später soll auf dem Marktplatz ein großes Fest stattfinden. Da wird die Siegerin geehrt, eine Musikkapelle spielt, es gibt gebackene Hendln und Strauben. Ich bin mit Claudio extra heute in aller Früh hergekommen, wir waren auch an der Hütte, von da aus hat man die beste Sicht auf die Wand.«

Grauner öffnete den Mund, um etwas zu sagen, schloss ihn dann aber wieder. Unruhig trat der Ispettore von einem Fuß auf den anderen, sie steckten in dicken Bergschuhen. Der Commissario konnte sich ein Grinsen nicht verkneifen. Er dachte ein Weilchen nach. »Die Reinigungskraft hat den Toten gefunden. Wen hat sie daraufhin verständigt?«

»Zuerst die Schulleitung. Dann die Carabinieri. Die haben dann in der Questura angerufen. Auch die Kollegen des Toten wurden informiert. Sie haben ihn bereits vermisst, ein paar haben schon nach ihm gesucht, weil er nicht zu seiner Schicht erschienen ist. In seinem Haus, hier im Dorf. Oben am Ortler, bei der *Payer*-Hütte. Sie haben schon befürchtet, er könnte abgestürzt sein. Die Bürgermeisterin, eine gewisse Ramona Unterkofler, wurde schließlich auch angerufen«, erklärte Tappeiner.

»Und die hat daraufhin nicht das ganze Dorf zusammengetrommelt?«

Die Assistentin schüttelte den Kopf. »Nein, ich habe

vorhin schon kurz mit ihr telefoniert. Sie sagte, dass sie den Ablauf des Events am Ortler nicht gefährden wollte.«

Der Commissario rollte mit den Augen. »Saltapepe, trete in Kontakt mit der Bergrettung. Lass dich von denen wieder hochfliegen zu der Hütte, es gibt ja sicher einen Hubschrauber, frag alle aus, die mit dem Toten zusammengearbeitet haben, ja?«

Der Ispettore nickte.

»Silvia, sprich noch mal mit der Putzfrau, die den Toten entdeckt hat. Protokolliere ihre Aussage. Schalte dich dann mit der Questura kurz, lass den Namen des Toten durch das System laufen, sammle Informationen, auch online. Ah, und finde heraus, woher der Mist hier stammen könnte. Wie viele Bauern es gibt, in, sagen wir mal, einem Umkreis von zehn Kilometern.«

»Da gibt es sicher hundert«, sagte Saltapepe.

»Gut«, sagte der Commissario, »da magst du recht haben, dann grenzen wir es weiter ein. Nur Bauern mit Kühen, Schweinen, Hühnern und Kaninchen.«

Er schloss die Augen. Schnupperte. Dann bückte er sich hinab, entdeckte neben den braunen Kaninchenkötteln auch grüne, die etwas größer und kompakter waren.

»Und Ziegen. Ganz sicher auch Ziegen. Damit dürfte sich die Anzahl verringern.«

Saltapepe starrte ihn ungläubig an. Weiherer trat vor und räusperte sich. Der Chef der Scientifica wollte, dass sie die Halle verließen. Je länger sie hier drin waren, desto mehr Spuren wurden verwischt. Der Commissario bedeutete den anderen, ihm zu folgen.

Die Luft war immer noch frisch, obwohl die Sommersonne vom blauen Himmel schien. Der Ortler ragte vor ihnen auf.

Der Commissario hatte ihn in jungen Jahren mit ein paar guten Freunden erklommen. Zwei Mal sogar. Erst über die Normalroute, später über den etwas anspruchsvolleren Hintergrat. Grauner fand, als Südtiroler sollte man mal auf dem Ortler gestanden haben. Die abertausend Gipfel, die einen umgaben, die schier endlose Weite – das war ein Anblick, den man nie wieder vergaß.

Wie schön die Welt doch wäre, dachte er sich, wenn sie nur aus Bergen bestünde, nur Berge, kein Strand, kein Meer, keine Städte.

»Und was machst du jetzt, Grauner?«, fragte Saltapepe und riss ihn aus seinen Tagträumen.

»Ich schaue mir zuerst die Wohnung des Toten mal an. Erkundige mich dann, was es mit dieser Kampfsportschule auf sich hat, die der Mann geleitet haben soll. Und diese eigenartige Bürgermeisterin will ich auch treffen.«

Bevor er in den Panda stieg, den er vor der Turnhalle geparkt hatte, hielt er Ausschau nach Belli. Die Limousine des Staatsanwalts war nirgends zu sehen. Grauner seufzte.

Als er den Motor startete, fragte er sich, ob er es heute noch schaffen würde. Der Aufstieg über die Normalroute war nicht schwer zu bewältigen. Höhenangst durfte man keine haben, doch damit hatte er nie zu kämpfen gehabt. Ausdauer hatte er mehr denn je. Geistig und körperlich. Nur die Beweglichkeit hatte nachgelassen.

Das war ihm zuletzt beim Melken aufgefallen. Es kostete ihn zunehmend Kraft, sich vom Schemel zu erheben. Da knackte der Rücken, er musste sich an einem der Holzbalken hochziehen. Manchmal hatte er am nächsten Tag sogar Muskelkater. Muskelkater vom Melken. So weit war es schon. Purzellaniga, tschoschtschoschtrigga!

6

Der Hubschrauber der Bergrettung neigte sich nach rechts, Saltapepe bemühte sich, das Gesteinsungetüm, um das sich in diesem Tal alles zu drehen schien, im Auge zu behalten. Eigentlich saß er gerne in Hubschraubern. Damals, in der Anti-Mafia-Sondereinheit, waren sie Hunderte Einsätze im Hinterland von Neapel geflogen.

Wenn er spürte, dass der Helikopter vom Boden abhob, schlug sein Herz schneller. Immer. Ganz egal, ob er in Kampanien war, um in irgendeinem Nest nach einem Mafiaboss zu suchen, den sie meistens doch nicht fanden, oder in Südtirol.

Nun scannte der Ispettore die grauweiße Nordwand ab. Es waren keine Farbtupfer mehr zu sehen. Er entdeckte das Kreuz am Gipfel. Er hatte sich von Tappeiner erklären lassen, dass da oben während des Wettkampfs einige Kampfrichter positioniert waren, die die Zeit nahmen. Die Athletinnen stiegen über die Normalroute ab, vorbei an der *Payer*-Hütte, bis sie die *Tabaretta*-Hütte erreichten, wo die Schaulustigen, Fans und Journalisten auf sie warteten. Von dort aus würde ein Hubschrauber – wahrscheinlich dieser hier – sie ins Tal bringen. Zum Fest. Zur Preisverleihung.

Er hatte sich zur Station der Bergretter auf der anderen Seite des Dorfes aufgemacht. Die Blasen an den Zehen war aufgeplatzt, die Socke voller Blut. Er hatte an der Station zwei junge Männer angetroffen und um ein Pflaster gebeten. Sie hatten ihm noch eine Tube in die Hand gedrückt.

»Eine Wundersalbe, eine Mischung aus Kamille und Latschenkiefer«, hatte einer der beiden Bergretter gesagt, »nach einer halben Stunde spüren Sie nichts mehr.«

Der Ispettore konnte nun auch das Gletscherplateau auf der Westseite des Berges sehen. Hinter den weißen Gipfeln im Süden quollen schwarze Wolken hervor.

»Eine Schlechtwetterfront im Anmarsch?«, fragte er.

»Ja«, sagte der Pilot mit ernstem Gesicht, »heute wird's noch gewittern.«

Sie überflogen die *Payer*-Hütte. Saltapepes Blick wanderte über das Eisplateau, er entdeckte auch hier keine bunten Farbtupfer. Die beiden Kontrahentinnen hatten also auch den Abstieg schon hinter sich gebracht.

Es irritierte ihn ein wenig, aber es interessierte ihn doch, welche der beiden Frauen den Zweikampf gewonnen und vielleicht sogar einen neuen Rekord aufgestellt hatte.

Ein falscher Griff, überlegte er, und man war tot. Ganz sicher. Es war ihm ein Rätsel, warum Menschen dieses Risiko eingingen.

Der Hubschrauber ruckelte, der Ispettore kippte unsanft zur Seite. »Was ist los?«, fragte er den jungen Piloten. »Luftlöcher?«

»Nein«, der Mann grinste verlegen, »ich mache das noch nicht so lange. Genauer gesagt dürfte ich noch gar nicht alleine fliegen, nur zu zweit. Den Schein mache ich erst in drei Wochen. Eigentlich fliegt ein anderer.«

»Mit wem fliegen Sie denn eigentlich?« Saltapepe hielt sich am Sitz fest, spähte aus dem Fenster, nur Felsen und Eis, so weit das Auge reichte.

Der Pilot presste die Lippen aufeinander.

Der Ispettore verstand. »Lechthaler.«

Der junge Mann nickte.

Wo bin ich hier nun schon wieder hineingeraten?, dachte Saltapepe. Es ist immer das Gleiche in diesen Tälern Südtirols, die Gesetze, die hinter den Bergen beschlossen werden, gelten hier nur auf dem Papier. Es sind die ungeschriebenen, an die man sich zu halten hat.

»Wie heißen Sie?«, fragte er, um die entstandene Stille zu brechen.

»Staffler Lukas«, antwortete der Pilot.

»Lechthaler war Ihr Chef, nicht wahr?«

»Ja, auch.«

»Wie *auch*?«

»Er war mein Chef bei der Bergrettung – und mein Kollege bei den Bergführern.«

Saltapepe lehnte sich zur Seite. Sie näherten sich der Hütte, zu der er und Tappeiner am frühen Vormittag hochgewandert waren. »Wie viele Männer und Frauen sind bei der Bergrettung und bei den Bergführern?«

Der junge Mann schien kurz nachzudenken. Der Hubschrauber geriet leicht ins Taumeln, lenken und denken, das schien dieser Staffler nicht gleichzeitig zu beherrschen. Saltapepe spürte, wie das Marmeladenbrot vom Frühstück und die drei Powerriegel in seinem Magen zu rebellieren begannen.

Die Hände des Piloten waren groß, zerkratzt und zerfurcht, sie passten nicht zum Rest des Körpers. Staffler war blass, hatte ein paar Pickel am Kinn, Flaum an den Wangen. Rote Backen. Der ist ja beinahe noch ein Kind, dachte Saltapepe.

»Zwölf Männer und vier Frauen bei der Bergrettung«, antwortete der Pilot schließlich, »sechs Männer und zwei Frauen bei den Bergführern. Wobei alle, die Bergführer sind, auch bei der Bergrettung arbeiten.«

»Was war Lechthaler für einer?«, fragte der Ispettore. »Als Chef – und als Kollege?«

Staffler setzte zum Sinkflug an, Saltapepe schloss kurz die Augen und zwang sich, ruhig zu atmen.

»Als Chef war er streng, aber fair. Als Kollege hilfsbereit. Als Meister inspirierend und motivierend.«

»Meister? Was war der denn für ein Meister? Hubschrauberpilotenmeister?«

Die Nase des Helikopters hob sich nun wieder, Saltapepe blinzelte, das Dach der Hütte kam näher, daneben sah er eine ebene Sandfläche, die mit einem großen *H* aus weißen Steinen markiert war. Die Menschen auf der Terrasse hielten sich die Hüte fest, legten die Köpfe in den Nacken. Die Maschine schwankte, erst nach rechts, dann nach links. Der Ispettore verfluchte sich dafür, mit der

Befragung nicht gewartet zu haben, bis sie sicheren Boden unter den Füßen hatten.

»Meister in Kung-Fu. In Karate. Und in Taekwondo.«

Das Foto in der Turnhalle. Der Tote im Dobok. Die Kampfsportschule. Saltapepe verstand.

»Überall hat … hatte Matthias den schwarzen Gürtel«, sagte der Pilot und drückte auf ein paar Knöpfen herum. »Außerdem war er Träger sämtlicher *Dan*.«

»Sämtlicher *was*?«, fragte Saltapepe, doch er bekam keine Antwort. Unsanft kam der Hubschrauber auf dem Boden auf, er atmete tief durch. Das Geräusch der Rotoren wurde leiser, verstummte schließlich. Der junge Pilot drehte sich noch einmal zu ihm um.

»Darf ich Sie etwas fragen, Ispettore?«

Saltapepe nickte.

»Es stimmt doch, dass Matthias mit einer Heugabel erstochen wurde?«

Er nickte erneut.

»Das verstehe ich nicht«, sagte der Mann dann und löste den Sicherheitsgurt.

»Warum nicht, was meinen Sie?«

»*Dan* sind die Meistergrade im Kampfsport. Jemand, der so viele *Dan* trägt, lässt sich nicht so einfach erstechen.«

Saltapepe sprang aus dem Hubschrauber, seine Knie waren weich, unbeholfen tat er ein paar Schritte. Unzählige Menschen starrten ihn von der Terrasse aus an. Staffler stellte sich neben ihn, zeigte auf ein kleines Grüppchen, das sich um einen der Tische geschart hatte. Sie trugen alle die gleiche Jacke wie der Hubschrauberpilot. Blau und Rot, mit einem Wappen der Bergretter an der Schulter. Der Ispettore stieg die Holztreppe hoch, kämpfte sich zu den Versammelten durch.

Sie beachteten ihn nicht. Er stellte sich auf Zehenspitzen, versuchte, über die Schultern zu schauen, erhaschte einen Blick auf eine Landkarte. Einer der Männer war der Hüttenwirt, der ihm am frühen Morgen den exzellenten Espresso zubereitet hatte. Auf der Karte erkannte Saltapepe Flächen in verschiedenen Grüntönen, dazwischen geschwungene weiße und schwarze Striche. Das waren Höhenlinien. Er vermutete, dass die Karte den Ortler und die umliegenden Gipfel zeigte.

»Wir sollten hinunter ins Tal gehen, zum Matthias, wir müssen uns um seinen Leichnam kümmern. Das sind wir ihm schuldig«, hörte er einen der Männer sagen.

»Der Matthias würde wollen, dass wir uns professionell verhalten. Wir müssen einen Einsatztrupp organisieren, die Suche starten, so schnell wie möglich«, widersprach ein anderer.

Saltapepe runzelte die Stirn.

»Trotzdem«, meldete sich nun eine der Frauen zu Wort, »wir müssen doch irgendetwas tun, nach seinem Mörder suchen. Wenn wir den erwischen, der kann was erleben.«

Der Ispettore räusperte sich, mit einem Mal drehten sich alle zu ihm um. Er kramte das Tesserino aus der Tasche, das ihn als Polizist auswies, legte es auf die ausgebreitete Karte. Die Menschentraube um den Tisch herum war immer größer geworden. Er erkannte einige

Gesichter. Pressevertreter. Da war Charly Weinreich, der für den *Südtirol Kurier* immer vor Ort war, wenn etwas passierte. Er war für ein Kletterevent angereist und bekam nun noch einen Mordfall dazu, Reporterglück nannte man das wohl.

Da war der Typ von der *Gazzetta dello Sport*, der immer über die Spiele des *FC Südtirol* schrieb. Saltapepe hatte sich nie sonderlich für den regionalen Fußball interessiert. Doch der Verein war in der vergangenen Saison völlig unerwartet in die *Serie B* aufgestiegen und hatte sich dort mehr als gut behauptet, was ihn erstaunt hatte. Das war in etwa so, als hätte ein Neapolitaner den Skiweltcup gewonnen. Und da der Ispettore nur einen gut geschossenen Freistoß vom Bozner *Drusus*-Stadion entfernt wohnte, schaute er sich auch mal das eine oder andere Spiel an.

»Die Suche nach dem Mörder überlassen Sie ruhig uns«, sagte er leise und sah einen nach dem anderen streng an.

Die Hälse wurden länger, die Köpfe rückten näher. Wer flüsterte und dennoch Gehör fand, wurde respektiert. Das hatte er schon vor vielen Jahren gelernt.

»Sagen Sie, was machen Sie hier?« Er zeigte auf die Karte.

»Sie wissen noch nichts davon?«, fragte einer aus der Runde überrascht.

Saltapepe suchte das Gesicht zur Stimme, sie gehörte einem großen, dünnen Mann mit weißem Bart und Halbglatze. Er trug keine Bergretteruniform, sondern eine graue Outdoorjacke.

»Wovon sprechen Sie?«, fragte er zurück.

»Zahra Jafari, die iranische Kontrahentin, sie ist immer noch nicht bei der *Payer*-Hütte angekommen. Sie ist verschwunden.«

Saltapepes Blick wanderte automatisch zum Ortler. Im Süden hatte sich der Himmel bedrohlich verfinstert.

Der Mann sprach weiter. »Jafari hat gewonnen, sie hat den Aufstieg über die Nordwand in Rekordzeit geschafft. Eine Stunde, siebenundzwanzig Minuten und dreizehn Sekunden. Das haben uns die Kampfrichter vom Gipfel per Funk gemeldet. Sie hat sich nach der Ankunft am Kreuz nicht lange ausgeruht, noch bevor ihre Konkurrentin das Ziel erreicht hat, hat sie den Abstieg über die Normalroute hinab zur *Payer*-Hütte in Angriff genommen – dort aber ist sie nie aufgetaucht. Bianchi hat etwa zwanzig Minuten nach Jafari das Kreuz berührt. Auch sie ist bald wieder aufgebrochen. Die Kampfrichter, alles erfahrene Bergsteiger, sind erst etwa eine halbe Stunde nach ihr losgegangen. Als Bianchi die *Payer*-Hütte erreicht und bemerkt hat, dass die Iranerin nicht da ist, hat sie Alarm geschlagen. Zwei Bergretter haben sich sofort in Richtung Klettersteig und Gletscher aufgemacht, um sie zu suchen. Bislang erfolglos. Nun wollen wir die Suche ausweiten. Auch aus der Luft, mit dem Hubschrauber.« Wieder schaute der Mann in die Höhe, Saltapepe ebenso. »Wenn das Wetter uns nicht allzu schnell einen Strich durch die Rechnung macht. Ich werde hier die Stellung halten.«

»Sie sind …«, mehr brauchte der Ispettore nicht zu sagen.

»Entschuldigen Sie bitte«, antwortete der Mann, »Albert Meininger, ich bin der Dorfarzt. Die Kollegen hier sind von der Bergrettung. Und da drüben«, nun zeigte er auf eine Bank, auf der eine ältere Frau mit Kopftuch und zwei Männer saßen, »das ist die Mutter der Athletin sowie zwei ihrer Crewmitglieder. « Die drei hatten die Köpfe zusammengesteckt, flüsterten.

»Was kann mit der Kletterin geschehen sein?«, fragte der Ispettore.

Der Arzt seufzte. »Sie muss noch irgendwo am Gletscher sein. Vermutlich ist sie von der Route abgekommen, hat sich im Eis oder im Fels verirrt. Vielleicht ist aber auch etwas Schlimmeres passiert.«

Der Ispettore spürte eine Hand auf der Schulter, drehte sich um. Es war der Wirt, der nun ganz nahe bei ihm stand.

»Setzen Sie sich, Herr Ispettore.« Der Mann drückte ihn sanft auf eine Bank. »Ich bringe Ihnen jetzt erst mal einen guten Espresso, dann erklären wir Ihnen im Detail, was wir machen. Noch hoffen wir, dass nichts passiert ist. Ein Toter am Tag, das reicht uns hier in Sulden.«

7

Inmitten überwucherter Beete stand ein altes Hexenhäuschen. Ein VW Polo parkte am morschen Zaun, die Karosserie war an manchen Stellen leicht verrostet.

Das Grundstück gefiel dem Commissario sofort. Nichts fand er unsympathischer als einen akkuraten Gar-

ten, mit einer akkurat gemähten Wiese und akkurat ge-
stutzten Apfelbäumchen. Der Apfelbaum hinter diesen
Beeten war verwachsen und schief. Schön war das. Warum, fragte sich der Commissario, entschied man sich
für ein Haus in der Natur, wenn man den Drang hatte,
das Grün drum herum zu domestizieren? Dann konnte
man auch gleich mitten in Bozen leben.

Neben der Tür, an der die Farbe abbröckelte, wuchs-
en Moosflechten. Eine getigerte Katze lugte schnurrend
um die Ecke. Die Natur, sie war Anarchistin, ihr war die
menschliche Sehnsucht nach geraden Linien und ebenen
Flächen einerlei. Die Natur, am Ende würde sie gewinnen, da war Grauner sich sicher. Gut so.

Er steckte das Handy weg. Er hatte gerade auf Tappeiners WhatsApp-Nachricht geantwortet. Sie hatte herausgefunden, dass mindestens acht Bauern im Tal Kühe,
Schweine, Hühner, Kaninchen und Ziegen hielten. Acht.
Der Commissario seufzte. Seine Assistentin war bereits
auf dem Weg zurück nach Bozen, um die Aussage der
Putzfrau zu protokollieren und die Kollegen in der Questura bei der weiteren Recherche zu unterstützen. Sie würden sich später sehen.

Der Commissario öffnete das Gartentor, zog die aktu-
elle Ausgabe des *Südtirol Kurier* zwischen den Holzlatten
des Zauns hervor, der Postbote musste sie am Morgen
dorthin gesteckt haben. Im Gehen warf er einen Blick auf
die Schlagzeilen. Ein Artikel über das Kletterevent auf
der ersten Seite. Flüchtlingsdrama vor Lampedusa. Ver-
giftungsfälle in Mädchenschulen im Iran. Ein Amoklauf
in einem Kino in Texas.

»In was für einer Welt leben wir eigentlich?«, zischte er, klemmte sich die Zeitung unter den Arm und nickte dem Polizisten zu, der auf ihn gewartet hatte und ihm nun die Tür aufhielt. Er trat ins Innere. So sah das Haus von jemandem aus, der seit geraumer Zeit auf Reisen war. Es war aufgeräumt und verstaubt, nichts wies darauf hin, dass hier bis gestern noch jemand gelebt hatte.

In der Küche gingen drei von Weiherers Männern in weißen Schutzanzügen ihrer Arbeit nach. Auch hier schien alles an seinem Platz zu sein, kein Teller in der Spüle, keine Krümel auf dem Tisch.

Der Commissario lief ins Wohnzimmer, es war ihm, als beträte er die vergilbte Seite eines Möbelkatalogs aus den Siebzigerjahren. Im Schlafzimmer befiel ihn ein ähnliches Gefühl. Er sah sich um. Alle Schranktüren waren verschlossen, das Bett war gemacht. Keine Unterhose, kein Nachthemd, keine Socke lag herum.

Grauner schaute ins Bad und atmete auf. Eine Zahnbürste, Duschgel, ein Handtuch, unordentlich abgelegt. Haare im Waschbecken.

Im Zimmer nebenan stand ebenfalls ein Bett. Die Decke war zerknittert, das Kissen zerknautscht. Der Schrank stand offen, ein paar Wollhemden lagen darin, auch einige Jeans, Bergschuhe und Sneakers. Das war das Zimmer des Toten, dachte Grauner, im anderen Schlafzimmer hat vielleicht seine Mutter geschlafen, bis sie ins Altenheim gekommen ist. In Südtirol war es nicht unüblich, als Junggeselle einfach im Elternhaus wohnen zu bleiben. Dass die Mamma den vierzig- oder fünfzigjährigen Söhnen das Essen kochte und die Wäsche wusch.

Über dem Bett des Toten hing eine Weltkarte. Erst als Grauner näher herantrat, bemerkte er, dass sie alles andere als aktuell war. Er entdeckte Jugoslawien, die DDR, die Sowjetunion. Der Commissario überlegte und mutmaßte: Die Mutter, die das Haus in Schuss gehalten hatte, war schon seit geraumer Zeit im Altenheim. Der Sohn, der nun tot in der Turnhalle lag, hatte sich mehr schlecht als recht um alles gekümmert und die anderen Räume kaum noch betreten.

Aber warum? Ist er gar nicht mehr so oft hier gewesen? Wo hat er gelebt? Bei einer Geliebten? Das wäre eine Erklärung. Er hoffte, der Ispettore würde am Berg, bei den Freunden und Kollegen des Toten, mehr erfahren.

»Warum die Turnhalle?«, murmelte Grauner und schritt das Zimmer ab. »Warum der Mist? Das Foto?«

Waren es Zeichen? Botschaften? Im Wohnzimmer hatten Weiherers Männern inzwischen viele der Schubladen geöffnet. Grauner räusperte sich, sie drehten sich zu ihm um.

»Irgendetwas stimmt mit diesem Haus nicht«, sagte er.

Die beiden schauten ihn unbeeindruckt an.

»Ist euch etwas aufgefallen?«, fragte er.

Der jüngere der beiden Männer zuckte mit den Schultern.

»Bislang nicht«, sagte der andere.

»Habt ihr bereits alle Schränke durchsucht, auch in der Küche? War da nichts, was für uns interessant sein könnte?«, fragte er weiter.

»Alles normal«, sagte der Jüngere. »In der Küche Besteck, Teller, Gläser, Küchenutensilien eben.«

»Lebensmittel?«

»Ein paar Nudeln, Konserven.«

»Im Kühlschrank?«

»Zwei Bier. Ein Stück Speck.«

»In den Zimmern?«

»Kleidung.«

»Küchenutensilien, Grundnahrungsmittel. Ein bisschen Kleidung. Und sonst?«

»Sonst nichts.«

»Eben«, sagte Grauner. Ihm fiel immer wieder auf, wie anders Weiherers Männer Orte inspizierten. Sie entdeckten mikroskopisch kleine Spuren, die er übersah. Doch das Offensichtliche bemerkten sie oft nicht. »Nichts«, wiederholte er. »Habt ihr beispielsweise Unterlagen gefunden?«

»Was für Unterlagen?«, fragte einer der Spurensicherer zurück.

»Alltagszeug, das jeder irgendwo hat: Versicherungspapiere, Rechnungen, Steuererklärungen, Bankauszüge, Notizen, Briefe von Behörden.«

Nun schüttelten beide synchron den Kopf.

Der Commissario nickte, drehte sich auf dem Absatz um und verließ das Wohnzimmer. Er dachte an den Grauner-Hof. Einer der Schränke in der Stube war voll mit Aktenordnern und Unterlagen. Alba nannte ihn den *Zettelschrank*. Unter dem Fernseher stapelten sich die Zeitungen der vergangenen Tage. Auf einem Sessel im Schlafzimmer lag stets ein Haufen Klamotten. Leben, dachte Grauner, während er ins Freie trat, auf die Beete schaute, in denen kein Gemüse mehr wuchs. In diesem

Haus hat Lechthaler vielleicht manchmal noch geschlafen, aber gelebt, nein, richtig gelebt hat hier drin schon lange keiner mehr.

Am Gartenzaun stand zu seiner Überraschung Belli. Eine Frau redete auf ihn ein, sie schien nicht glücklich zu sein. Die Frau war jung, höchstens Mitte vierzig, nicht besonders groß. Sie trug eine Kurzhaarfrisur, rot geschminkte Lippen und eine große, runde Brille mit zartem goldenen Rahmen.

Als sie ihn bemerkten, winkte der Staatsanwalt ihn ungeduldig heran.

Grauner ging zu den beiden hin. »Wer sind Sie?«

»Gestatten, die Bürgermeisterin. Ramona Unterkofler.«

»Gut«, sagte er.

»Warum *gut*?«, fragte sie.

»Weil ich eh zu Ihnen wollte.«

»Warum?« Sie runzelte die Stirn.

»Weil Sie mir einiges erklären müssen.«

»Gut«, kam es nun von ihr, sie drehte sich um und ging los.

Der Commissario öffnete das Gartentor und lief an seinem Vorgesetzten vorbei, der ihn am Ärmel festhielt. »Diese Frau«, zischte Belli, »ist schlimmer als jeder Dorfkaiser, den ich in meiner Karriere bislang erleben musste.«

Grauner riss sich los, bemühte sich, Unterkofler schnell einzuholen. Belli hechelte hinterher.

»Sie müssen mir auch einiges erklären, Herr Commissario! Bei Ihrem Chef«, die Bürgermeisterin warf Belli über die Schulter einen vernichtenden Blick zu, »habe ich mich bereits beschwert.«

Schnelles Gehen. Grauner mochte das. Eigentlich. Langsames Gehen, das tat er höchstens, um die Verdauung anzukurbeln, beim Spaziergang über die Talfer nach dem Mittagessen. Aber diese Frau ging so schnell, dass er kaum Schritt halten konnte.

»Warum mussten Sie die Sache mit Lechthaler gleich in alle Welt hinausposaunen, Herr Kommissar!«

»*Die Sache*«, wiederholte Grauner spöttisch. Er kannte das schon. Wenn etwas Böses geschah, dann wollten die Menschen in den Tälern es nicht beim Namen nennen. Als wäre es erst wahr, wenn man es ausspräche.

»Es geht um einen Toten«, er versuchte, möglichst ruhig zu klingen, »wir ermitteln in einem Mordfall.«

»Tun Sie das, das ist Ihr Job. Aber lassen Sie mich, uns alle hier im Tal, auch unseren Job machen.« Sie hielt so plötzlich an, dass Grauner beinahe in sie hineingerannt wäre.

Belli erreichte die beiden, atmete schwer.

»Wir haben gerade Sportjournalisten aus aller Welt im Dorf«, fuhr sie fort. »Wissen Sie eigentlich, wie lange wir dafür gearbeitet haben, so ein Event in unser kleines, abgelegenes Tal zu holen?«

»Frau Bürgermeisterin, ich habe Ihnen doch bereits …«, schaltete sich Belli ein, er schaffte es jedoch nicht, den Satz zu Ende zu sprechen.

»Ich habe Sie gebeten, diskret zu ermitteln. Zumindest bis morgen früh nichts nach außen dringen zu lassen. Morgen früh ist die internationale Presse nicht mehr hier. Morgen früh wäre die Sache mit Lechthaler nur noch etwas für den Weinreich vom *Kurier*. Damit hätte ich leben können. Aber was machen Sie? Rambazamba! Blaulicht! Vorhin hat sich ein Schreiberling aus den USA bei mir gemeldet. Eigentlich war der wegen des Kletterevents hier, nun aber wollte er alles über den Toten mit der Heugabel in der Brust erfahren. Und ...«

»Ja, blöd«, unterbrach Grauner sie und verzog das Gesicht, »dass jemand den Lechthaler umgebracht hat. Und ausgerechnet jetzt! Hätte der ihn doch bloß im November ermordet, da ist hier weniger los, dann wär das weniger schlimm, nicht wahr?«

Die Frau nickte tatsächlich und schimpfte einfach weiter. »Gerade vorhin meldete sich der Korrespondent der *Gazzetta* und faselte etwas davon, dass nun auch Zahra Jafari, die iranische Kletterin, verschwunden sei.«

»Wie *verschwunden*?«, fragte der Commissario.

Die Bürgermeisterin hob die Schultern. »Keine Ahnung, was da los ist. Ich habe natürlich sofort versucht, die Jungs von der Bergrettung zu erreichen, aber bei schlechtem Wetter ist das Netz immer so unzuverlässig. Jedenfalls ist die Preisverleihung vorerst abgesagt.«

Erst jetzt bemerkte Grauner, dass ein rauer Wind aufgezogen war, er zog sich die Jacke fester um die Schultern. Hinter dem Ortler quollen schwarze Wolken hervor, bald würden sie den Gipfel umhüllen.

Sie hatten das Zentrum des Dorfes erreicht. Der Commissario entdeckte das Konterfei der beiden Kletterinnen auf großen Plakatwänden, einige Luftballons hatten sich von den Straßenlaternen gelöst und wurden über den Platz getrieben.

Auf dem Marktplatz stand eine Bühne. Hier hätte also die Preisverleihung stattfinden sollen, von der Tappeiner gesprochen hatte. Einige Männer waren damit beschäftigt, die Stühle aufeinanderzustapeln.

»Die wird schon wieder auftauchen, die Kletterin«, sagte Unterkofler. »Sie wollen etwas über den Lechthaler erfahren? Kommen Sie mit, sprechen wir im Gemeindehaus weiter.«

8

»Man darf nicht verkrampfen«, sagte der *Tabaretta*-Wirt, »wenn du zu viel nachdenkst, wird das nichts.« Es klang, als spräche er von einem Stürmer, der alleine vor dem Tor stand, von einer Kletterin an einer steilen Wand. »Du musst jedoch alle Details genau berechnen. Der Luftdruck ist hier oben geringer, also musst du die Maschine anders einstellen. Auch die Bohnen reagieren völlig anders bei der dünnen Luft auf dieser Höhe.«

Hinter dem Mann gurgelte die Maschine, dann spuckte sie den braunen Saft in eine Tasse, der Raum füllte sich mit dem herrlichsten Aroma, das Saltapepe sich vorstellen konnte.

»Hier, trink«, sagte der Wirt und reichte ihm den Espresso.

Saltapepe führte die Tasse zum Mund, sie war heiß, wie es sich gehörte, der Kaffee war cremig, dickflüssig, auf der Zunge spürte er die kitzelnde Verbindung aus Bitterkeit und Süße. Wahnsinnig gut. Der Ispettore stellte die Tasse auf dem Tresen ab, nickte dem Wirt dankbar zu.

Die Bergretter vermuteten, dass Zahra Jafari, aus welchen Gründen auch immer, die Normalroute verlassen hatte. Vielleicht war sie in eine Gletscherspalte gestürzt. Niemand wollte sich ausmalen, was das bedeutete.

Die italienische Kletterin, Caterina Bianchi, war inzwischen in der *Tabaretta*-Hütte angekommen, sie wurde draußen von den Medienleuten interviewt. In einer Viertelstunde würde sie sich mit dem Hubschrauber ins Tal zu ihrem Hotel bringen lassen.

»Wenn am Berg jemand verschwindet«, sagte der Wirt, »dann geht es um Stunden, vor allem, wenn das Wetter umschlägt. Auch im Sommer kann es schneien, dann muss man die Suche abbrechen. Warten, bis der Sturm sich verzogen hat und es wieder hell geworden ist. Wenn es überhaupt noch hell wird, bevor die Nacht hereinbricht. Meist findet man die Vermissten erst am nächsten Tag. Tot. Erfroren. Oder gar nicht mehr.«

Saltapepe traute sich kaum, den Satz auszusprechen, der ihm auf den Lippen lag. Er räusperte sich. »Eigentlich bin ich hier, um mehr über Lechthaler zu erfahren.«

»Natürlich kenne ... *kannte* ich den Matthias gut«, antwortete der Mann und starrte ins Leere. »Andere können Ihnen aber sicher mehr erzählen. Bei mir kehrte er nur selten ein. Seine Kundschaft traf er in der *Payer*-Hütte, manchmal hat er hier einen Brennnesseltee getrunken, auf dem Rückweg ins Tal. Aber lang ist er nie geblieben. Er hatte ja immer so viel zu tun. Die Bergrettung, seine Kampfsportschule.«

»Wer von den Bergführern«, Saltapepe zeigte auf die Terrassentür, »kann mir mehr über ihn sagen?«

»Ganz sicher der Egger Helmut«, antwortete der Wirt, »wenn ihn jemand gut kannte, dann der Egger.«

»Wer von den Männern da draußen ist der Egger?«

»Der ist nicht da draußen. Der ist auf der *Payer*-Hütte. Er hat damals in den frühen Achtzigern mit dem Matthias die Bergrettung gegründet. Er ist auch Bergführer, hat als einer der Ersten kapiert, dass man die Arbeit halbwegs professionell betreiben muss, wenn man damit auch ein bisschen Geld verdienen will. Der Helmut ist mehr oben als unten. Fast so viel wie der Matthias.« Der Wirt wischte sich die Hände an der Schürze ab und trat hinter dem Tresen hervor. »Der Matthias, der war ja eins mit dem Ortler.«

Als Saltapepe aufstand und dem Mann zur Tür folgte, bemerkte er, dass die Wunden am Zeh tatsächlich nicht mehr schmerzten. Es war kälter geworden, der Ispettore zog den Reißverschluss seiner Jacke zu. Viele der Schaulustigen machten sich zum Abstieg ins Tal bereit, manche waren schon losgegangen. Die Bergretter waren nirgends zu sehen.

»Wo sind die Männer hin?«, fragte er.

»Ein paar sind hinunter ins Tal, ein paar zur *Payer*-Hütte, um von dort aus die Suche nach der vermissten

Frau voranzutreiben. Soweit ich weiß, koordiniert der Egger alles von oben aus«, antwortete der Wirt.

»Ich würde gern mit ihm sprechen. Jetzt.«

»Es ist keine gute Idee, heute noch hochzugehen«, sagte der Wirt schnell. »Sie sollten sich auch an den Abstieg machen.«

Der Ispettore zögerte. Er wusste, dass er recht hatte. Doch er wollte nicht unverrichteter Dinge ins Tal zurückkehren. Er wollte vorankommen. »Erklären Sie mir den Weg«, sagte er schließlich.

Der Wirt seufzte, dann sprach er. Sachlich und ruhig. Als ob er ihm ein simples Knödelgericht erklärte.

Saltapepe versuchte, sich alles einzuprägen. Es klang nicht allzu anspruchsvoll. Er musste nicht klettern, nicht über Eis gehen. Er musste einfach nur dem Steig folgen. Der rot-weißen Markierung. Das war doch kein Hexenwerk.

»Wie lange brauche ich?«, fragte er.

Der Mann verschränkte die Arme und sah ihn ernst an. »Ich würde es nicht machen.«

»Wann kommt das Gewitter?«

»In zwei Stunden, spätestens in drei.«

»Wie lange?«, fragte der Ispettore.

»Ein junger, fitter Bursche braucht knapp zwei Stunden.« Es war nicht zu erkennen, ob er ihn als solchen einschätzte.

Eineinhalb Stunden hin, dachte Saltapepe, mit diesem Egger reden, geschwind zurück, das war doch ein guter Plan. Er schulterte seinen Rucksack. »Also, ich habe mich entschieden«, sagte er. »Ich gehe zur *Payer*-Hütte.«

»Dann wünsche ich Ihnen Glück«, antwortete der Wirt. »Grüßen Sie mir den Helmut und die anderen. Und gehen Sie nicht zu schnell los, auch wenn Sie es eilig haben. Das wäre fatal.«

9

Die Bürgermeisterin setzte sich auf einen gepolsterten Sessel hinter ihren Schreibtisch aus schwerem Kastanienholz. Nachdem sie einen Blick auf den Bildschirm des altertümlichen Computers geworfen hatte, bedeutete sie Grauner und Belli, auf den Holzstühlen ihr gegenüber Platz zu nehmen. Die beiden rührten sich nicht.

An den Wänden des Büros hingen Jagdtrophäen. Geweihe, ausgestopfte Hirschköpfe. Beim Wandern war Grauner auch schon ein paarmal einem Hirsch begegnet. Morgens früh, im Wald, wenn noch Nebel zwischen den Bäumen lag. Doch ein derart großes Geweih hatte er noch nie gesehen. Unterkofler musste sein Erstaunen erkannt haben.

»Aus Ungarn«, sagte sie und lehnte sich zurück. »Ich bin zwar Bürgermeisterin, aber dadurch kein bisschen bevorteilt. Wie all die anderen Jäger darf ich in unserem Tal nur alle paar Jahre einen kapitalen Hirsch schießen. Traurig, nicht? Deshalb: Ungarn! Für ein paar Tausender kann ich mir da sogar das Exemplar aussuchen, das mir vor das Gewehr laufen soll. Total praktisch. Da tummeln sich Hunderte Hirsche in einem eingezäunten Gehege, du bekommst einen Luxus-Jägerstand mit Fußbodenheizung zugeteilt, in dem es einen Kühlschrank gibt mit Wildpastetenhäppchen und Limonade, Bier und Sekt. Ein Träumchen.«

Die Bürgermeisterin richtete sich auf, zeigte erneut auf die Stühle. Doch die beiden Ermittler machten keine Anstalten, sich zu setzen. Grauner hielt nicht viel von seinem Vorgesetzten, aber der hatte ihm zumindest beigebracht, wie man mit kleinen Zeichen und Gesten die Oberhand gewann. Lass dich nicht mit einem simplen Holzstuhl abspeisen, wenn dein Gegenüber sich auf einem gemütlichen Sessel niederlässt!

»Wir stehen lieber«, sagte Grauner kühl. »Berichten Sie uns alles, Bürgermeisterin, was Sie über Matthias Lechthaler wissen!«

»Ha!«, entfuhr es der Frau. Sie stand auf und verschränkte die Arme. »Aus dem Lechthaler bin ich nie so richtig schlau geworden«, sagte sie. »Niemand wahrscheinlich. Der lebte in seiner eigenen Welt. Letzten Endes ein Spinner, wenn Sie mich fragen.«

»Was genau meinen Sie?«, fragte Grauner.

»Eigentlich war der Matthias ein Einzelgänger, der wollte seine Ruhe haben. Am liebsten war er da oben. Allein.« Sie hob den Arm in Richtung Decke.

Grauner nickte. Wenn hier im Tal jemand zum Himmel zeigte, dann war immer der Ortler gemeint, so viel hatte er verstanden.

»In jungen Jahren soll er viel in der Welt herumgegondelt sein«, sagte Unterkofler. »Das erklärt einiges. Da muss man ja verrückt werden.«

Der Commissario runzelte die Stirn. Er war wirklich

niemand, den es in die Welt hinaustrieb, aber dass man vom Reisen verrückt wurde, die These war selbst ihm zu steil.

»Aber bitte«, die Bürgermeisterin zuckte mit den Schultern, »soll jeder machen, was er für richtig hält. Nur wenn jemand mit lauter wilden Ideen von so einer Weltreise zurückkommt und die dann in so einem Tal wie unserem umsetzen will, dann bringt der alles durcheinander. Und so war das damals mit dem Matthias. Ich bin fast dreißig Jahre jünger, ich war nicht dabei, aber ich habe so einige Geschichten gehört. Vorher gab's bei uns die Feuerwehr, den Skiclub, den Kegelverein, den Heimatschutzverein, die Volkstanzgruppe, den Schachverein, die Fußballer, die Volleyballer, die Tischtennisspieler und die Fliegenfischer. Die kamen alle gut miteinander aus.«

Grauner dachte an das Foto am Fundort der Leiche, das den Toten als jungen Mann im Dobok zeigte. »Lechthaler hat den Kampfsport ins Tal gebracht«, schlussfolgerte er.

»Ja. Kung-Fu. Karate. Taekwondo. Ching, Chang, Chong.«

Nur mit Mühe unterdrückte Grauner einen bissigen Kommentar. Die Frau schaffte es, ihm von Minute zu Minute unsympathischer zu werden.

»Er hat seine von Alzheimer geplagte Mutter ins Altersheim gesteckt, das Elternhaus in sich zusammenfallen lassen, den jungen Suldnern mit diesem Kampfzeugs den Kopf verdreht – und sich bei jeder Gelegenheit auf den Ortler verkrochen.« Sie trat hinter dem Schreibtisch hervor. »Am liebsten hätte der Lechthaler bestimmt, wer auf *seinen* Ortler darf und wer nicht. Er hat sich wie ein Gipfelkaiser aufgeführt. Ich hatte da nichts zu sagen. Ich bin nur die Dorfbürgermeisterin, nicht die Bergbürgermeisterin.«

Verstohlen warf Grauner einen Blick auf die große Wanduhr, die laut vor sich hin tickte. Wenn er in den tiefsten Tälern Südtirols ermittelte, traf er oft auf Menschen, die schweigsam und verschlossen waren. Die nicht mit ihm sprechen wollten, nicht einmal, wenn es darum ging, einen Mörder zu fassen. Und dann gab es Leute wie diese Frau. Unterkofler. Die ohne Punkt und Komma palaverten, bis ihm der Kopf schwirrte. Entweder redete einer gar nicht oder viel zu viel. Er seufzte.

»Lechthaler betrieb also eine Kampfsportschule.«

Die Bürgermeisterin nickte. »Sie haben in der Turnhalle trainiert, zweimal pro Woche. Montags und donnerstags. Am späten Nachmittag die Kinder, abends die Erwachsenen. Es gab immer nur Probleme.«

»Probleme?«, schaltete Belli sich nun ein.

»Ja, weil auch die Tischtennisspieler die Halle brauchen. Und die Volleyballer. Und die Skifahrer für das Trockentraining. Und im Winter auch die Fußballer.«

Grauner war kein Vereinsmeier, nie gewesen. Er hatte sich aber mal, das war nun Jahrzehnte her, auf Druck von Alba bei zwei Vereinen angemeldet.

»Weil du mir sonst zu Hause versauerst«, hatte sie gesagt. »Weil du mir sonst noch anfängst, mit den Kühen zu reden.«

Das tat er natürlich längst, morgens beim Melken,

bevor er ihnen Mahler vorspielte. Im Verein der Krippenbauer stellte er sich gar nicht so schlecht an, das Schnitzen mochte er. Trotzdem legten ihm die anderen Mitglieder bald nahe, es wieder sein zu lassen. Weil er nicht nur dem Jesuskind, sondern auch den Kühen Heiligenscheine schnitzte. Er protestierte, doch es half nichts.

Beim Männerchor stieg er freiwillig nach zwei Wochen aus. Als abgestimmt wurde, welche Werke auf dem nächsten Konzert gesungen werden sollten, erhielt sein Vorschlag, sich doch an Mahlers Kindertotenliedern zu versuchen, nur eine Stimme. Seine eigene. Es gewann haushoch *Oh Happy Day.*

»Lechthaler hat sich also mit den anderen Vereinen angelegt?«

Die Bürgermeisterin lachte. »Er hat sich nahezu mit jedem angelegt, der nicht Bergretter, Bergführer oder Kampfsportler war.«

»Wir haben erfahren«, sagte der Commissario, »dass der Tote ledig war. Hatte er eine Freundin, bei der er oft übernachtet hat? Ich frage, weil er im Haus seiner Mutter nur selten gewesen zu sein scheint.«

Unterkofler schüttelte den Kopf. »Ein paar der Bergführer haben auf der *Payer*-Hütte eine eigene kleine Kammer. Die, die beinahe jeden Tag zum Gipfel gehen. Wie der Matthias. Das war sein Zuhause.«

Grauner kratzte sich am Kopf. »Eine letzte Frage: Gab es auch Bauern hier im Dorf, die mit dem Toten gestritten haben?«

Unterkofler hob eine Augenbraue. »Sie meinen, weil da überall Mist rumlag?«

Er musste nicht antworten.

»Spontan würde mir da schon einer einfallen, Herr Kommissar, aber ich werde sicher keine Namen nennen, das müssen Sie verstehen.«

Nix verstand Grauner. Was gab es da zu verstehen? »Keine Namen? Wie *keine Namen*?«, platzte es aus ihm heraus.

»Na ja, Mord hin oder her, ich muss ja neutral bleiben, nicht? Ich bin ja die Bürgermeisterin aller Suldnerinnen und Suldner. Von den guten, aber auch von den bösen.«

Grauner hatte es die Sprache verschlagen, ungläubig starrte er Unterkofler an.

»Bürgermeisterin, wir sind hier, um einen Mörder zu finden.«

Im Augenwinkel sah er, dass Belli einen Schritt nach vorne trat.

»Oder eine Mörderin«, sagte sein Vorgesetzter leise.

Ja, manchmal hat auch Belli, so tollpatschig er sich sonst anstellt, überraschend helle Momente, dachte Grauner.

»Ich, äh«, sagte Unterkofler und wich zurück.

»Wir können das Gespräch gerne beenden«, sagte der Staatsanwalt, »und heute Abend in der Questura in Bozen fortführen. Ich würde dann auch den Journalisten Bescheid geben, wegen der Pressekonferenz im Anschluss.«

Die Bürgermeisterin schaute zu Boden. Eine Zornesröte stieg ihr ins Gesicht. Die Frau sprach leise. »Der Lex von der Seniorgruppe der Tischtennisspieler. Lex Ramoser. Der hat nur noch seine Viecher, der alte Lex.«

»Trauen Sie diesem Ramoser den Mord zu?«, fragte der Commissario.

»Nein, das tue ich nicht. Aber die beiden hatten einen heftigen Streit. Es ging um das Kletterevent.«

»Den Zweikampf an der Nordwand?«

»Ja, im Gemeinderat wurde darüber diskutiert, ein großes Sportereignis auszurichten. Die meisten waren für den Zweikampf am Ortler, den Matthias vorgeschlagen hatte. Ramoser, der mit im Rat sitzt, war dagegen. Er wollte die Tischtennis-Landesmeisterschaft ins Tal holen. Ich auch. Es hat mich gewundert, dass Matthias sich so für das Klettervent eingesetzt hat. Er verdient zwar sein Geld damit, Leute auf den Ortler zu bringen, aber ich habe es ja schon gesagt: Eigentlich wollte der da oben seine Ruhe haben. Und hat sich sonst immer sämtlichen Initiativen entgegengestellt. Keine Veranstaltungen. Keine Hubschrauberrundflüge für Touristen. Keine Absprungrampe für Paragleiter, wie es ein Unternehmer aus Schluderns einmal vorgeschlagen hatte. Wie dem auch sei, am Ende gab es eine Kampfabstimmung.«

»Lechthaler? Der saß auch im Gemeinderat?«, fragte Grauner.

»Nein, er selbst nicht, aber vier seiner Taekwondoleute und drei Bergretter. Die Tischtennisfraktion hatte keine Chance.«

Grauner und Belli wechselten einen schnellen Blick.

»Geben Sie uns bitte die Adresse von diesem Ramoser, Bürgermeisterin«, sagte der Commissario.

Sie drehte sich zum Schreibtisch und kritzelte etwas

auf einen Zettel. »Sind Sie gut an der Platte?«, fragte sie, als sie ihn Grauner in die Hand drückte.

Der Commissario runzelte die Stirn.

»Können Sie Tischtennis spielen?«

Er versuchte sich zu erinnern, wann er das letzte Mal gespielt hatte. Es musste während des Studiums in Verona gewesen sein. Im Partykeller eines Kommilitonen.

»Ganz passabel«, log er. »Warum?«

Unterkofler ging zur Tür, öffnete sie. »Wer den Lex trifft, wird zu einer Partie herausgefordert. Das steckt in dem drin. Der kann gar nicht anders.«

»Was nun, Grauner?«, fragte Belli, als sie wieder auf dem Marktplatz standen.

Die Stühle waren weggeräumt, die Bühne mit einer Plane abgedeckt worden. Wie schwarze Wolle hatten sich die Wolken mittlerweile über das gesamte Tal gelegt. Grauner hatte keinen Zweifel, dass die Bürgermeisterin sie von einem der Fenster des Gemeindegebäudes aus beobachtete.

»Nun statten wir diesem Tischtennisbauer einen Besuch ab.«

»Wir, nun, Grauner, Sie …« Belli tat, als suchte er etwas in den Taschen seines Anzugs.

Der Commissario wusste sofort, was jetzt kommen würde. Der Staatsanwalt war ganz sicher kein bisschen scharf darauf, zu einem Bauernhof zu fahren und über Mist zu sprechen.

»Ich habe einen … hm …«

»Termin«, half ihm Grauner. Wenn er ehrlich war, war er froh, ihn loszuwerden. Mit Stadtfunktionären konnte Belli recht gut, das musste er zugeben. Mit Bauern sprach der Commissario lieber allein.

»Genau, einen Termin.«

»Mit dem Quästor?« Für erfundene Termine mussten immer der Quästor oder der Landeshauptmann herhalten.

»Der Landeshauptmann. Wir sind im *Laurin* zu einem Häppchen verabredet.«

»Kein Problem, wir schaffen das hier auch ohne Sie«, sagte Grauner.

Belli drückte ihm die Hand. »Wir sehen uns später in der Gerichtsmedizin.« Er lief zur Straße, wo sein Fahrer an seinen Dienst-Lancia gelehnt auf ihn wartete. Bevor er einstieg, drehte sich der Staatsanwalt noch einmal um. »Grauner, Ihre Angelegenheit, von der wir heute Morgen sprachen …«

Der Commissario brummte.

»Wir unterhalten uns später noch einmal darüber. Ich vergesse es nicht. Ich spreche mit dem Quästor auch bald darüber. Finden Sie aber erst mal den Mörder. Schnell.«

Er verschwand im Fond des Wagens, der Fahrer drückte die Tür zu.

Grauner griff nach dem Handy, in diesem Moment leuchtete der Name des Ispettore auf dem Bildschirm auf. Der Commissario hob ab. Hörte nur ein Keuchen.

»Claudio, wo bist du?«

10

Links, weit unten im Tal, glitzerten die Häuser der Ortschaft im Schein der vereinzelten Sonnenstrahlen, die durch die Wolkendecke stachen. Rechts fiel eine Geröllwand steil ab. Weiter im Westen war die Straße des Stilfser Jochs im Zickzack in den Hang gezeichnet. Dahinter lag die Schweiz. Der Ispettore hörte den Motor einer Ducati aufheulen. Dann war es wieder still. Am Pass entdeckte er eine Radioantenne, Skilifte, ein paar Bauten, die verlassen wirkten. Hotels. Surreal, beinahe wie eine Mondstation sah die Ansammlung aus.

Der Wind zerrte an seiner Jacke. Eine Alpendohle, die ihn seit über einer halben Stunde begleitete, kreiste über ihm. Hoch in den Felsen thronte die Hütte, zu der er wollte. Ein Blitz zuckte, Donnergrollen folgte.

Saltapepe musste sich beeilen, doch er hatte kaum noch Kraft. Er war viel zu schnell losgegangen. Er hätte auf die Worte des Wirts hören sollen, der ihn ermahnt hatte, sich nicht gleich zu Beginn zu verausgaben, doch diese Erkenntnis half ihm nun auch nicht mehr. Um kehrtzumachen, war es zu spät. Er musste weiterlaufen. Ob er wollte oder nicht.

Er holte das Handy aus der Jackentasche. Kaum Netz. Er versuchte es trotzdem. Hätte er Grauner von der *Tabaretta*-Hütte aus angerufen, hätte der ihm sicher den Befehl erteilt, abzusteigen. Den Rat eines Wirtes konnte man ignorieren. Den Befehl eines Commissarios nicht.

»Claudio, wo bist du?« Grauners Stimme klang, als befände er sich in einer weit entfernten Galaxie.

»Grauner, der Empfang ist schlecht.« Dann gestand er ihm, dass er zur *Payer*-Hütte aufgebrochen war, um Helmut Egger zu befragen.

»Wie weit bist du, Claudio? Das Wetter. Es wird gefährlich.«

»Keine Sorge, Grauner, ich bin so gut wie da«, log der Ispettore. Dann brachten sie sich kurz auf Stand.

»Claudio, du hättest da nicht alleine hochgehen dürfen. Das war eine dumme Entscheidung«, sagte Grauner, als Saltapepe geendet hatte.

Der Ispettore presste die Lippen zusammen. Er ärgerte sich über sich selbst, aber auch über das oberlehrerhafte Getue seines Vorgesetzten.

Er kannte die Berge gut genug, befand er. Die Natur, ihre Kraft. Je länger er in diesem senkrechten Südtirol lebte, desto mehr dachte er, dass sich der Berg und das Meer im Grunde ähnlich waren. Brüder im Geiste.

Unendlich groß und unfassbar mächtig. Der Mensch war ihnen ausgeliefert, so sehr er auch versuchte, sie zu bezwingen. Wenn das Meer es wollte, verschluckte es ihn. Wenn der Berg es wollte, dann warf er ihn ab.

Er verabschiedete sich von Grauner, sie vereinbarten, in ein paar Stunden noch einmal zu telefonieren. Sollte das Gewitter schnell vorüberziehen, wovon sie beide ausgingen, würden sie sich am späten Nachmittag im Dorf treffen, um gemeinsam zurück nach Bozen in die Gerichtsmedizin zu fahren.

Saltapepe biss die Zähne zusammen, setzte einen Fuß vor den anderen. Blick geradeaus, auf den Steig. Er versuchte, an etwas Schönes zu denken, an die Meisterfeier in Neapel, doch es gelang ihm nicht. Immer wieder kam ihm die vermisste Kletterin in den Sinn. Er mochte sich nicht vorstellen, in einer Gletscherspalte zu liegen. Mit gebrochenen Knochen. Schmerzen, Angst. Wenn man überhaupt noch lebte.

Nebelschwaden zogen auf. Er hörte erneut ein Kreischen, nein, es war mehr ein Krächzen. Als er den Kopf in den Nacken legte, um den Himmel nach der Dohle abzusuchen, erschrak er. Ein Riesenvogel schwebte über ihm, schien ihn zu beobachten.

Der Ispettore stolperte nach hinten, fing sich nur mit Mühe wieder, der Schweiß lief ihm kalt über den Rücken. Das Federvieh schien nur darauf zu warten, dass er abstürzte, weit unten am Stein zerschellte. Um sich dann über sein noch warmes, totes Fleisch herzumachen.

»Keine Sorge, Lilly greift Sie nicht an, sie ist ein ganz liebes Bartgeierweibchen, man darf nur ihren Jungen nicht zu nahe kommen.«

Saltapepe zuckte zusammen, er sah sich um, versuchte zu ergründen, aus welcher Richtung die Stimme kam.

Da trat ein Mann mit Bart und zotteligen grauen Haaren hinter einem Stein hervor. Auf seiner blau-roten Jacke prangte das Wappen der Bergretter, über der Schulter hing ein Kletterseil.

»Wer sind Sie?«, stammelte Saltapepe.

»Ich bin der Egger Helmut. Ich leite von der *Payer*-Hütte aus die Suche nach der vermissten Kletterin aus dem Iran. Ich habe Sie hochkommen sehen. Da bin ich Ihnen mal lieber entgegengegangen. Gleich platzt das Gewitter los.«

Als hätte der Himmel auf sein Stichwort gewartet, platschten nun erste dicke Regentropfen auf die staubigen Felsen. Der Ispettore stand immer noch wie versteinert da.

»Genau an dieser Stelle ist uns erst letzte Woche einer runtergefallen. War gar nicht so leicht, den wieder hochzuholen. Und ein schöner Anblick war es auch nicht.«

Saltapepe trat einen Schritt näher an den Abgrund heran, er hörte die Steine unter seinen Schuhen knirschen.

»Ein Tourist aus dem Rheinland war das. Ein älterer Herr«, fuhr der Bergretter fort, »er war mit seiner Frau unterwegs, die hat in der Hütte Alarm geschlagen. Ich habe ihn dann gefunden. Der Schädel war aufgeplatzt. Es war ein heißer Tag, ich dachte, die herausgequollene Hirnmasse auf dem Felsen fängt gleich an zu brutzeln, wie ein Spiegelei. Außerdem stach der Oberschenkelknochen ...«

Sterne begannen vor den Augen des Ispettore zu tanzen, er hörte die Stimme des Mannes kaum noch, ging in die Knie, lehnte sich gegen einen großen Stein.

Egger trat an ihn heran. »Sie ist vorausgegangen, hat uns die Frau des Toten gesagt. Dann hätte sie einen Schrei hinter sich gehört. Einen dumpfen Schlag. Dann nichts mehr.« Er beugte sich zu ihm herunter, der Atem des Mannes roch nach billigem Wein und Speck. Der Ispettore rappelte sich auf.

»Wenn Sie mich fragen, dann hat die Frau den abgemurkst.« Egger grinste. »Und jetzt sagen Sie mir mal, wer Sie sind.«

»Claudio Saltapepe. Ich bin Ispettore der Polizia di Stato. Wir untersuchen den Mord an Ihrem Kollegen und Freund Matthias Lechthaler.«

Das Gesicht des Bergretters verfinsterte sich. Dann nahm er das Seil von den Schultern. Jetzt erst bemerkte Saltapepe, dass er einen Klettergurt trug, einen zweiten in der Hand hielt. Er bedeutete ihm, ihn überzustreifen.

Saltapepe hatte gelernt, wie man das machte. Eigentlich. Tappeiner hatte es ihm beigebracht. »Also«, sagte er nur, die Arme nach vorne gestreckt, den Gurt hilflos hin- und herdrehend. Der Mann nahm ihn ihm aus der Hand, legte ihn auf den Boden, den die dicken Tropfen mittlerweile dunkel verfärbt hatten. Nun schlüpfte der Ispettore hinein, zog ihn bis zur Hüfte hoch. Egger fädelte ein Seil durch die Karabiner, die an beiden Gurten hingen, dann drehte er sich um, ging los. Langsam.

Blitze zuckten am Gipfel. Saltapepe spürte, wie das Seil an ihm zog. Er wusste nicht, ob er sich nun sicherer fühlen sollte. Oder wie ein Gefangener.

11

Grauner beobachtete drei Alpendohlen, die über dem Hof kreisten. Dann besah er sich den Misthaufen. Es war ein schönes Exemplar. Nach oben hin spitz zulaufend, an vier Seiten penibel flach geklopft, gleich einer ägyptischen Pyramide.

Man konnte die Viechbauern in zwei Arten einteilen, so fand er. Die, die den Mist einfach nur irgendwo auf die Wiese nahe des Hauses warfen, sich nicht weiter darum kümmerten. Und die, die dem Mist den nötigen Respekt zollten. Grauner gehörte zur zweiten Sorte. Weil der Mist heilig war, weil ohne ihn der natürliche Kreislauf eines Bauernhofes in sich zusammenbrach. Behutsam schichtete er ihn auf. Das war er den Kühen schuldig. Er formte den Haufen meist rund, wie eine halbe Erdkugel. Das gefiel ihm. Doch es war nicht leicht, die Oberfläche derart ebenmäßig zu gestalten.

Er trat näher. Vermutlich benutzte der Ramoser-Bauer zu diesem Zweck eine Maurerkelle. Der Commissario sah sich um. Die Vorhänge der mit Geranien behangenen Fenster des Wohnhauses waren zugezogen. Ein Pick-up parkte davor, ein paar Meter entfernt entdeckte er eine Tischtennisplatte. Darauf, Grauner traute seinen Augen kaum, hopste ein Kanarienvogel umher. Das große Tor des Heustadels auf der anderen Seite des Hofes war einen Spaltbreit geöffnet.

Grauner konsultierte seine Armbanduhr, es war nun halb vier. Eine der drei Dohlen landete vor dem Stadeleingang und hopste hinein. Der Commissario warf einen Blick über die Schulter, ging dann schnellen Schrittes hinüber und folgte ihr.

Staubkörner tänzelten durch die Luft. Sie kitzelten ihm in der Nase. Es gelang ihm nur mit Mühe, ein Niesen zu unterdrücken. Der Commissario blinzelte. Weiter hinten stand eine Gestalt. Gebückt. Das musste er sein. Lex Ramoser. Der Bauer hielt eine Mistgabel in der Hand, ließ das Eisen über den harten Steinboden kratzen, er schichtete gerade Heu um. Die Alpendohle kreischte, flatterte umher, landete schließlich auf einem hölzernen Querbalken.

Eine zweite Mistgabel lehnte an der Wand. Grauner schnappte sie sich, Ramoser drehte sich um, sah ihn kurz an, sagte jedoch nichts. Einige Minuten herrschte Stille, während die Männer arbeiteten.

»Danke«, sagte der Mann schließlich und stützte sich auf die Gabel. Grauner tat es ihm gleich.

»Lust auf eine Partie?«, fragte der Bauer.

Der Commissario tat, als wüsste er nicht, wovon der Mann sprach. Er hob eine Augenbraue.

Ramoser bedeutete ihm, mitzukommen.

Der Bauer wartete schon an der Platte, den Schläger in der Hand. Die drei Dohlen kreisten über ihm, als gehörten sie zu ihm, als wären sie seine Begleiter. Der Kanarienvogel war verschwunden, ein paar Spatzen pickten vor der Haustür Körner auf. Von irgendwoher drang das singende Pfeifen eines Rotkehlchens zu ihnen herüber.

Grauner stellte sich auf die andere Seite des Tisches. »Ich verstehe nicht viel von Tischtennis«, gestand er.

Ramoser ließ den Ball zwischen den Fingern hin- und hergleiten. »Sind Sie von der Polizei?«, fragte er dann.

Grauner tat überrascht, obwohl er diese Frage erwartet hatte. »Wie kommen Sie darauf?«

»Halten Sie mich für blöd, Herr …?«, sagte Ramoser leise.

»Grauner. Commissario Johann Grauner.«

»Ich bin nur ein einfacher Bauer«, sagte der Mann, »der in jeder freien Minute Tischtennis spielt. Aber meine Hirnzellen reichen aus, um eines zu kapieren: Wenn ein Mann tot in der Turnhalle liegt, der mit mir mehr zu streiten hatte als mit allen anderen zusammen, dann taucht früher oder später so einer wie Sie bei mir auf. Zumal eine Heugabel in seiner Brust gesteckt hat. Und überall Viechmist herumlag.«

»Wann haben Sie vom Mord an Lechthaler erfahren?«, fragte Grauner.

»Beim Mittagessen im Gasthaus. Beim *Huberwirt.* Zum Glück erst beim Pudding. So hat mir zumindest die Forelle noch geschmeckt. Ich und der Matthias, wir – das wissen Sie bestimmt schon. Aber den Tod, den habe ich ihm nicht gewünscht.«

Grauner nahm den Schläger in die Hand. Er wusste nicht einmal, wie man den genau hielt.

»Mit einer Heugabel können Sie besser umgehen«, sagte Ramoser.

»Siebzehn Kühe, ein paar Hühner«, antwortete Grauner.

Der Bauer nickte anerkennend. Grauner strich über die Platte. Sport war etwas für Menschen, die den ganzen Tag vor dem Computer hockten, fand er. Die brauchten einen Ausgleich, fingen an, in komischen neonfarbenen Klamotten durch die Gegend zu hüpfen, sich in Mannschaften zusammenzurotten, die sich gegenseitig Bälle wegnahmen. Mit den Händen. Oder den Füßen. Das machten sie dann abends nach der Arbeit, anstatt sich alte *Derrick*-Folgen reinzuziehen, wie es sich für Erwachsene gehörte.

»Kommen Sie schon«, sagte Ramoser, hob den Ball, warf ihn zu Grauner.

Der Commissario bekam ihn tatsächlich zu fassen. »Sie waren es also nicht?«, fragte er und schlug unbeholfen auf.

Er hörte das Kreischen einer der Dohlen, die zweite stimmte mit ein. Die dritte hatte sich auf dem Fenstersims neben den Geranien niedergelassen, sie hatte den Kopf zur Seite gelegt, starrte ihn an.

Ramoser spielte den Ball langsam in großem Bogen zurück. »Ich töte nicht.«

Nun schlug Grauner etwas fester zu, Ramoser schnitt den Ball an, der Commissario hechtete nach links, doch die weiße Kugel beschrieb im Flug eine scheinbar unmögliche Kurve, berührte die Platte und landete dann auf dem staubigen Boden.

Grauner drehte den Schläger in den Händen. »Wie viele Heugabeln besitzen Sie?« Er zeigte hinüber zum Stadel. »Zwei? Oder drei?«

Ramoser stöhnte. »Warum sollte ich das tun, Commissario? Warum sollte ich jemanden mit meiner eigenen Heugabel ermorden? Und dann auch noch meinen Mist um ihn herum verstreuen?«

Grauner hob den Ball auf, warf ihn hinüber. Der Bauer fing ihn, schlug schnell auf, er touchierte die Platte und landete wieder auf dem Boden, ehe der Commissario sich rühren konnte.

»Zorn«, sagte Grauner ganz ruhig und bemerkte, dass Ramoser sich auf die Lippen biss, »Zorn lässt uns Menschen unerklärliche Dinge tun.«

Sie spielten weiter, er versuchte sich an einem Schmetterpass, verfehlte, haute den Schläger aus Versehen gegen die Platte. »Entschuldigung«, murmelte er.

»Kann passieren«, sagte Ramoser.

Grauner legte den Schläger hin. »Der Mist.«

»Ich bin nicht der einzige Bauer hier im Dorf.«

»Sie sind einer von acht, der nicht nur Kühe hält, sondern auch Schweine, Hühner, Kaninchen – und Ziegen.«

Ramoser nickte anerkennend. »Ich sehe, Sie beherrschen Ihren Job, bravo, Herr Kommissar.« Er klatschte langsam in die Hände.

»Meine Männer möchten sich gerne auf Ihrem Hof umsehen.«

Der Bauer ging um den Tisch herum, trat dicht an ihn heran. »Besorgen Sie sich einen Durchsuchungsbeschluss.«

Nie und nimmer würde Grauner den bekommen. Sie hatten nichts gegen ihn in der Hand. Streitereien, pah, die gab es überall.

»Mit einem Durchsuchungsbeschluss dürfen Ihre Männer machen, was sie wollen«, sagte Ramoser. »Aber nur unter einer Bedingung!« Er schaute ihn streng an. Der Commissario hielt dem Blick stand.

»Die wäre?«

»Wenn sie auch im Mist wühlen wollen, dann bitte vorsichtig. Ich möchte nicht, dass meine schöne Pyramide in sich zusammenfällt. Das war die Arbeit von einem ganzen Nachmittag, verstehen Sie?«

Grauner nickte. »Natürlich. Ich verstehe.«

Als er sich verabschiedet hatte, blieb der Commissario neben dem Misthaufen noch einmal stehen und drehte sich um. Ramoser war verschwunden. Auch die Dohlen waren nirgends zu entdecken. Das Rotkehlchen sang nicht mehr. Der Wind blies den Tischtennisball von der Platte, er hüpfte über den Hof, flog ein Stück, landete im Misthaufen.

Grauner hob ihn hoch, mitsamt einer Handvoll Scheiße, steckte alles in die Jackentasche, bemerkte, dass ihn der Kanarienvogel von der Spitze der Pyramide aus beobachtete. Im Kofferraum des Panda mussten noch ein paar von Weiherers Klarsichtbeuteln für Beweisstücke liegen. Und Feuchttücher. Das hoffte er zumindest.

Er verließ das Gelände und lief die Straße hinab in Richtung Dorfzentrum. Ein Grollen ertönte, der Wind blies Sand über die Straße, der Commissario kniff die Augen zusammen.

Der Marktplatz war menschenleer. Als er sich in seinen Panda setzte, den er vor dem Gemeindehaus geparkt hatte, platschten erste dicke Tropfen auf die Windschutzscheibe. Auf den Gipfeln schneite es, da war er sich sicher. Wenn sie die Iranerin noch nicht gefunden hatten, wenn sie tatsächlich verletzt in einer Gletscherspalte lag, hatte sie kaum noch eine Chance, die Nacht zu überleben.

Er holte das Handy hervor, wählte Saltapepes Nummer.

»*Il cliente da lei chiamato non è al momento raggiungibile.*«

»Porcanica, puttinziga!«, fluchte er. Er fluchte viel zu oft in letzter Zeit. Seinen Pakt mit dem lieben Gott, nur morgens auf dem Klo zu fluchen, hatte er längst gebrochen. Er schlug gegen das Lenkrad.

12

Die Luft in der Stube der *Payer*-Hütte war dick. Es roch nach Schweiß und angedünsteten Zwiebeln. Saltapepe, Egger und etwa zwei Dutzend weitere Bergsteiger standen eng beisammen. Drei größere Gruppen. Mehr Männer als Frauen. Auch ein älteres Paar. Saltapepe schätzte die beiden auf mindestens fünfundsechzig. Auf den Tischen standen Teller mit Würsten, Hirtenmaccheroni, Schüsseln voller Gemüsesuppe, außerdem Biergläser und Weinkrüge. Doch niemand aß. Niemand trank.

Alle hatten sich um die kleinen Fenster versammelt. Der Wind ließ die Scheiben zittern, wirbelte die Schneeflocken durcheinander. Lange sprach niemand. Draußen war es wegen der dunklen Wolken bereits finster.

»Da«, sagte schließlich einer.

Ein Lichtkegel. Und tatsächlich tauchten im Schneegewirr sogleich Silhouetten auf, die sich in Richtung der Hütte kämpften. Es waren Männer der Bergrettung. Saltapepe versuchte zu erkennen, ob auch eine Frau darunter war. Zahra Jafari, die vermisste Sportlerin. Er hoffte es so sehr.

Alle drängten sich in den Vorraum, in dem Rucksäcke und Bergschuhe auf dem Boden standen, Helme und Klettergurte an den Wänden hingen. Jemand öffnete die Hüttentür, da stand einer der Bergretter schon auf der Schwelle, die anderen folgten ihm ins Innere.

»Und?«, fragte Egger.

»Nichts«, sagte einer von ihnen, er ließ sich auf einen Holzstuhl sinken. Der Mann wirkte erschöpft. Langsam schnürte er die Bergschuhe auf.

»Verdammt, nichts!«, sagte ein anderer. Er vergrub das Gesicht in den Händen.

Langsam gingen alle in die Stube zurück. Setzten sich an die Tische. Eine alte Wirtin kam aus der Küche, schenkte Wein aus, nahm Bestellungen auf.

Bald begannen die Bergsteiger zögerlich, an den Würstchen zu kauen, die Suppe zu löffeln. Saltapepe setzte sich zu Egger an den Tisch. Er schaute sich nun erstmals um. An den holzvertäfelten Wänden hingen Aquarelle: Edelweiß und Gämse. Auch alte, eingerostete Gewehre, Pistolen und Soldatenhelme.

»Die sind noch aus dem Ersten Weltkrieg«, sagte einer der Bergführer.

»So Zeug finden wir immer wieder am Gletscher«, sagte ein anderer. »Oder unten am Stilfser Joch, neben dem Pass und der Skipiste verlaufen die ehemaligen Schützengräben.«

»Der Gletscher schmilzt und spuckt alles Mögliche aus«, meldete sich der erste wieder.

»Vor ein paar Jahren haben wir sogar zwei Kaiserjäger im Eis gefunden. In voller Soldatenmontur. Wie konserviert. Wie Ötzi«, sagte ein dritter.

Ein paar lachten. Egger lachte nicht. »Junge Buben aus den Tälern waren das, die damals hier kämpfen mussten. Gegen die jungen Buben von der anderen Seite des Ortlers«, sagte er. »Ein paar Jahre vorher haben sie sich am Gipfel noch Wein und Speck geteilt. Die meisten sind erfroren oder unter eine Lawine gekommen.«

Der Ispettore spähte zum älteren Pärchen hinüber. Der Mann hatte ein kleines Bäuchlein, die Frau war spindeldürr. Er hatte ein Hefeweizen vor sich stehen, sie kaute an einer Karotte. Wie eine Feldmaus. Der Ispettore konnte nicht glauben, dass die beiden morgen den Gipfel in Angriff nehmen wollten.

Mit Egger hatte er nicht viel gesprochen, seitdem sie vor einer Stunde die Hütte erreicht hatten. Der Bergretter hatte die ganze Zeit am Funkgerät gehangen, bis die Verbindung abgebrochen war. Er hatte dem Ispettore erklärt, dass das bei heftigen Stürmen öfters geschehe. Man könne nichts machen, nur hoffen, dass es alle zurück zur Hütte schafften. Nun saß Saltapepes Begleiter wieder stumm da, starrte ins Leere, während alle um ihn herum kauten und durcheinanderredeten.

»Ich muss mit Ihnen über Matthias Lechthaler sprechen«, sagte Saltapepe.

Egger brummte nur.

»Es heißt, Sie kannten ihn gut.«

Wieder das Brummen.

»Er hat hier wohl viel Zeit verbracht.«

»Der Matthias ging nur noch runter, wenn er seine Taekwondokurse gab. Montags und donnerstags. Und einmal im Monat, wenn die große Bergrettersitzung stattfand.«

»Warum«, fragte der Ispettore weiter, »war er so viel hier?«

Egger hob die Schultern. »Weil er beinahe eins war mit dem Berg.«

»Die Bürgermeisterin sagte uns, unten habe es Streit gegeben.« Saltapepe beugte sich vor. »Vor allem mit den Tischtennisspielern und dem Ramoser-Bauer.«

Saltapepe bemerkte, dass ein paar der Männer, die am Tisch saßen, zuhörten.

Egger hob den Kopf, schaute ihm direkt in die Augen. »Klar gab es Streit. Zuletzt stritten wir wegen dieses Kletterevents. Ich fand es wahnsinnig, dass die beiden Frauen erst um acht Uhr loslegen. Nicht früher. Aber Matthias sagte, die Veranstalter und die Sponsoren wollten das so. Damit mehr Zuschauer kommen. Dabei war dem so etwas ja eigentlich zuwider. So viele Leute am Berg.« Der Mann zuckte mit den Schultern. »Der Matthias, nein, der war kein einfacher Mensch. Auch ich hatte immer wieder mit ihm zu kämpfen. Ich mochte ihn. Aber er mochte sich selbst oft nicht besonders. Da war so eine Dunkelheit in ihm.«

Die anderen am Tisch hatten ihre Gespräche eingestellt und nickten.

Saltapepe runzelte die Stirn. »Die Bürgermeisterin

sagte, im Gemeinderat habe es zwei Fraktionen gegeben, die sich zerstritten hätten. Es ging um die Planung eines Großevents im Tal. Ramoser und seine Leute wollten die Landesmeisterschaft im Tischtennis nach Sulden holen. Matthias hat sich dafür eingesetzt, diesen Kletterzweikampf zu veranstalten.«

»Pah«, Egger winkte ab, »normales Dorfgestreite. Da würde ich nicht zu viel hineininterpretieren.«

Saltapepe lehnte sich zurück. »Wenn es einen Toten gibt, einen Mord, dann müssen wir in alles viel reininterpretieren. Das ist unser Job. Die Bürgermeisterin hat sich darüber beschwert, dass der Lechthaler so getan habe, als gehöre der Ortler ihm. Euch.«

Egger nahm einen Schluck Bier. »So ein Berg gehört niemandem. Aber sicher eher uns als ihr. Die war noch nicht einmal am Gipfel.«

»Weil sie es alleine nicht schaffen würde. Und weil sie zu geizig ist, einen der Bergführer dafür zu bezahlen«, kam es vom anderen Ende des Tisches.

»Weil sie keine Ahnung vom Berg hat«, sagte Egger. Leise und ruhig. »Wir halten die Wege in Stand, wir helfen den Menschen hoch, die es alleine nicht schaffen, die sich alleine nicht trauen. Wir sind nachts und im Sturm da draußen, wenn einer verloren geht. Wir klauben die Einzelteile zusammen, wenn doch mal jemand irgendwo runterfällt.«

Der Ispettore musste an den verunglückten Wanderer denken, von dem ihm Egger draußen am Grat erzählt hatte. Einer der Bergführer schenkte sich Wein nach und füllte auch sein Glas, bevor er protestieren konnte. »Warum wollen so viele Menschen auf den Ortler, wenn es so riskant ist?«, fragte er.

»Ein lebenswertes Leben birgt immer Risiken«, antwortete Egger und fuhr sich durchs zottelige graue Haar.

Saltapepe nickte. »Lechthaler hatte eine Kammer hier, nicht wahr?«

Dieser abgeschiedene Kosmos hier oben faszinierte ihn. Diese kernigen, scheinbar angstfreien Männer. Sie erinnerten ihn an seine früheren Kollegen, damals, als er noch in der Sondereinsatztruppe in Neapel war.

»Ja, genau wie ich. Und auch der Staffler Lukas.«

Saltapepe brauchte einen Moment, bis er sich daran erinnerte, wann ihm dieser Name schon einmal untergekommen war. Staffler, das war der junge, unerfahrene Hubschrauberpilot, der ihn mehr schlecht als recht zur *Tabaretta*-Hütte geflogen hatte. »Drei Kammern«, sagte er nachdenklich.

»Ja.« Egger zeigte in Richtung Küche. »Da im Hinterzimmer schläft die Rosa, die Wirtin, im ersten Stock sind die Vierbettzimmer für die Touristen, im zweiten Stock unsere Kammern.«

»Ich möchte die von Lechthaler bitte sehen«, sagte der Ispettore sogleich.

»Das dürfte kein Problem sein«, antwortete Egger, stand auf und drehte sich zur Theke, hinter der die alte Wirtin Speck aufschnitt. Die Frau hatte tiefe Falten im Gesicht, ihre silbergrauen Haare waren zu einem Dutt zusammengebunden. »Rosa, sind alle Gästebetten belegt?«

Sie nickte, ohne aufzuschauen.

»Dann ist für dich eh nur noch Platz in Matthias' Kammer.«

Der Ispettore hob die Hände. »Nein, nein, das ist ein Missverständnis«, sagte er schnell. »Ich gehe wieder hinab.« Er warf einen Blick auf die Uhr, es war Viertel nach fünf. »Ich muss heute noch zurück ins Tal.«

»Sie werden heute nirgendwo mehr hingehen.«

Er verstand, dass das keine Drohung, sondern eine Feststellung war.

»Heute wird es nicht mehr hell. So schnell lässt der Sturm nicht nach.«

Die Wirtin stellte dem Ispettore einen Teller hin, obwohl er nichts bestellt hatte. Eine Nudelsuppe mit Meraner Würstchen. Der Mann, der ihm gegenübersaß, schob das volle Rotweinglas näher zu ihm hin.

»Irgendwann, mitten in der Nacht, klart es wieder auf«, sagte Egger.

»Woher wissen Sie das?« fragte der Ispettore. Es klang unfreundlicher, als er beabsichtigt hatte.

»Weil das immer so ist.«

Auf unfreundliche Fragen bekam man unfreundliche Antworten.

»Erst morgen früh suchen Sie weiter nach Zahra Jafari?«

»Ja – ein paar der Bergführer bringen diese Leute hier hoch. Die anderen, die auch Bergretter sind, beginnen mit der Suche.«

Der dicke Alte hatte sich zurückgelehnt, Saltapepe war sich nicht ganz sicher, ob er eingenickt war. Seine Partnerin cremte sich die knochigen Hände ein.

»The show must go on«, sagte Egger. »Wir verdienen nicht so viel als Bergführer, dass wir denen absagen können. Und als Bergretter arbeiten die meisten von uns ehrenamtlich. Wenn die Wetterverhältnisse es zulassen, bringen wir die Kunden auf den Gipfel.«

Einer der Männer zeigte auf Saltapepes Teller, den er bislang nicht angerührt hatte. »Essen Sie«, sagte er.

Der Ispettore nickte und schob sich einen Löffel heiße Suppe in den Mund. Wie gut das tat. Er spießte das Würstchen auf, biss ein Stück ab, spülte es mit einem ordentlichen Schluck Wein herunter. Dann zog er sein Handy hervor. Nur einer der vier Balken, die den Netzempfang anzeigten, flackerte ab und an auf, verschwand wieder.

»Das schwankt«, sagte einer der Bergführer neben ihm, »mal geht's, dann wieder nicht.«

Saltapepe entschied, Grauner gleich eine WhatsApp-Nachricht zu schicken und ihn über alles zu informieren, was er herausgefunden hatte. Sie würde den Commissario erreichen, sobald sich, wenn auch nur für Sekunden, eine zarte Verbindung aufbaute.

13

»Wo schläft er?«, schrie Weiherer, und der Hall seiner Stimme sprang gespenstisch zwischen den gefliesten Wänden umher.

»In Lechthalers Kammer in der *Payer*-Hütte.«

Belli, Tappeiner und Filippi, die Gerichtsmedizinerin, beobachteten die Reaktion des Spurensicherers aus sicherer Distanz hinter zwei Leichentischen. Grauner stand strategisch ungünstig. Der Chef der Scientifica sprang auf ihn zu.

»Nein«, zischte Weiherer, »er schläft nicht in irgendeiner Kammer irgendeines Lechthalers. Er schläft in einem Raum, der voller Beweismittel ist, die von zentraler Relevanz für unseren Fall sein könnten. Das ist doch nicht schwer zu verstehen, oder?«

Nein, war es nicht, dachte der Commissario. Aber was sollte er denn tun? Saltapepe, der bis morgen in der Hütte gefangen war, verbieten, sich auf die letzte freie Matratze zu legen? Er blickte Weiherer mit möglichst neutraler Miene ins Gesicht, bis der Spurensicherer aufstöhnte und sich wegdrehte. Grimmig vor sich hin murmelnd stellte er sich neben die anderen. Grauner atmete auf. Der Sturm war vorbeigezogen.

Zu seiner Überraschung hatte sich der Staatsanwalt noch immer nicht aus dem Raum geschlichen. Es stimmte also, was Filippi ihm erzählt hatte. Sie hatte dem Commissario bei einem gemeinsamen Mittagessen im *Vögele* verraten, dass der Staatsanwalt sich einer Selbsthilfegruppe für Menschen mit Angststörungen angeschlossen hatte. Grauner war bekannt, dass Filippi ebenfalls eine Selbsthilfegruppe besuchte. Sie kämpfte gegen ihre Tablettensucht.

Beide Gruppen wurden von einem Psychologen angeleitet, der seine Praxis im Bozner Stadtteil Haslach hatte. Eines Nachmittags waren sich die Gerichtsmedizinerin und der Staatsanwalt in die Arme gerannt. Sie hatten etwas herumgedruckst, sich dann in die nächste Bar gesetzt und Kaffee getrunken. Seitdem Belli an der Gruppentherapie teilnehme, gehe es ihm deutlich besser, hatte er ihr anvertraut. Letztens habe er bei einem Sonntagskrimi weder umgeschaltet noch sich die Augen zugehalten, als die Kamera den Leichnam in Nahaufnahme gezeigt habe, und als er sich beim Zubereiten von Knödelcarpaccio mit Rucola und *Imperatore*-Balsamico mit seinem sündhaft teuren japanischen Messer in den Finger geschnitten habe, sei ihm kein bisschen schwindelig geworden. Ein Wunder. Grauner fragte sich, was Knödelcarpaccio sein sollte.

Nun stellten sich alle um den Leichentisch herum, auf dem Matthias Lechthaler lag. Der Tote wirkte, als schliefe er nur. Grauner beugte sich zu ihm hinab, ja, es hatte den Anschein, als habe der Ermordete endlich seinen Frieden gefunden.

Der Commissario fragte sich, warum dieser Lechthaler lieber in einer Hütte am Fuße eines Gletschers gelebt hatte als unten im Tal. Im Dorf. Bei den anderen. Dann erschrak er ein wenig, weil er ahnte, die Antwort auf die Frage in sich selbst finden zu können, wenn er nur tief genug wühlte.

War er wie dieser Mann? Nein, versicherte er sich. Nein, nein. Oder doch? Schließlich plante er, mit Alba auf die Alm zu ziehen, sobald er sein Tesserino abgegeben hatte. Dorthin, wo sie niemand störte, bis auf die Wanderer, die auf dem Weg zu den nahen Gipfeln bei ihnen vorbeikamen. Mit denen konnte er leben. Ein

Mensch, der wanderte, war ihm sehr viel lieber als einer, der das nicht tat.

»Verblutet. Durch Einstiche in der Brust, die Verletzungen an Herz und Lunge verursacht haben. Das ist offensichtlich.« Filippi riss ihn aus seinen Gedanken.

Der Commissario brummte. »Todeszeitpunkt?«

»Schwierig«, sagte die Gerichtsmedizinerin. »Dem Zustand der Wunden nach zu urteilen, würde ich ihn vage eingrenzen auf acht Uhr abends bis drei Uhr morgens.«

Tappeiner räusperte sich. »Ich habe gemeinsam mit den Kollegen in der Questura versucht, die letzten Stunden seines Lebens zu rekonstruieren.« Sie machte eine kurze Pause, alle drehten sich zu ihr um, sie zog einen Block aus der Jackentasche, las die Notizen vor. »Er übernachtete von Freitag auf Samstag in der *Payer*-Hütte, brachte Samstagmorgen ein Bergsteigerpärchen aus Dresden zum Gipfel. Gegen Mittag war er wieder zurück, alles war gut gelaufen, er verabschiedete sich von den Kunden und stieg ins Tal hinab. Wir konnten das Pärchen erreichen, sie sind nicht mehr in Sulden, sondern in Bozen, morgen geht's zum Gardasee. Wir haben nichts Relevantes von ihnen erfahren. Lechthaler habe nicht sehr viel gesprochen. Um achtzehn Uhr leitete er die Bergrettersitzung, die einmal im Monat stattfindet. Auch dort sei alles normal gewesen, wie immer. Vielleicht war er ein wenig aufgeregter als sonst. Wie alle Anwesenden. Weil das große Event anstand. Die Sportlerinnen waren schon seit zwei Tagen im Tal. Die ersten Pressevertreter und Fans ebenso.«

»Was ist mit dem Handy, hatte Lechthaler eins?«

Weiherer griff hinter sich, holte eine Schale aus dem Regal, hielt sie ihnen hin. Es lag ein altes Gerät darin, kein Smartphone.

»Der Tote hatte es in der Hosentasche«, sagte der Spurensicherer.

»Die Anrufliste ist leer, er scheint mit niemandem Kontakt gehabt zu haben«, ergänzte Tappeiner. »Wenige Einträge im Adressbuch. Männer, Frauen, meist typisch Südtiroler Namen, ein paar italienische. Leute von der Bergrettung, andere Bergführer, die Bürgermeisterin, auch Ramoser.«

»SMS?«, fragte Grauner.

Die Assistentin schüttelte den Kopf.

»Eigenartig«, murmelte der Commissario.

Die Umstehenden nickten.

»Die Listen müssen gelöscht worden sein. Vom Toten – oder von jemand anderem«, sagte Tappeiner.

Weiherer räuspert sich. »Auch da sind meine Leute dran. Aber je älter das Gerät, desto schwieriger ist es, die Daten zurückzuholen. Und dieses Exemplar«, er zeigte auf das Handy, »ist aus der Steinzeit.«

»Lechthaler war auch bei Facebook«, übernahm Tappeiner wieder, »jedoch kaum aktiv. Er hat dort wenige Freunde, die meisten aus dem Dorf. Er hat nichts gepostet, keine Nachrichten bekommen oder verschickt – aber es könnte natürlich sein, dass auch das alles gelöscht worden ist.«

Grauner betrachtete gedankenverloren den Toten auf dem Tisch vor ihm. »Wer hat Lechthaler als Letztes gesehen?«

Die Assistentin zuckte mit den Schultern. »Das können wir nicht sicher rekonstruieren. Er ging nach der Bergrettersitzung alleine davon, wir wissen nicht, wohin.«

»Was ist mit der Reinigungskraft, die den Toten gefunden hat?«

»Unter der Woche kommt die Putzfrau früh um sechs in die Halle. Vor Unterrichtsbeginn. Aber am Sonntag fängt sie meist erst um neun Uhr an, wie heute. Sie informierte sofort die Schulleitung.«

Die tiefen Kerben im Gesicht des Toten zeugten von einem Leben da draußen, in der Kälte, im Eis, unter der kräftigen Gletschersonne. Der Commissario betrachtete die wuchtigen Hände des Mannes, die wirkten, als hätten sie sich ein Leben lang am Fels festkrallen müssen.

»Was sind unsere nächsten Schritte?«, fragte Belli an den Commissario gewandt.

Grauner schaute zum Spurensicherer. »Morgen steigt ihr hoch und untersucht die Kammer in der *Payer-*Hütte.«

Weiherer bejahte.

»Außerdem möchte ich, dass der Kot aus der Turnhalle im Labor untersucht und hiermit abgeglichen wird.« Grauner holte die Plastiktüte mit dem Tischtennisball und der Misthaufenprobe von Ramosers Hof aus der Jackentasche. Er reichte alles dem Chef der Scientifica, der sie unbeeindruckt entgegennahm.

»Wann seid ihr fertig mit der Halle?«, fragte er dann.

»Warum?«, fragte Weiherer zurück.

»Weil morgen Abend eigentlich ein Training angesetzt

ist. Taekwondo. Weil ich mich da gerne einmal umsehen und ein paar Fragen stellen würde.«

»Vielleicht schaffen wir es, bis dahin mit den Untersuchungen fertig zu sein. Aber dann muss alles noch gereinigt werden. Der Mist, das Blut. Der Gestank.«

Grauner brummte. »Dann soll bitte jemand herausfinden, ob das Training an einen anderen Ort verlegt wird. Und ob es denn nun jemand anderes leitet.«

Tappeiner nickte. Filippi deckte den Leichnam zu, begleitete die Besucher zur Tür der Halle.

Der Commissario trat ins Freie hinaus. Die anderen folgten ihm. Die Luft in Bozen war stickig und schwül. Es dämmerte.

»Es war doch der Bauer, der verrückte Tischtennis-Bauer, oder?« Belli schnaubte. »Wenn der Mist übereinstimmt, dann sind wir doch schon einen großen Schritt weiter, nicht?«

»Vielleicht«, antwortete der Commissario ruhig. »Wenn die Mistprobe unseren Verdacht bestätigt, laden wir ihn auf jeden Fall vor, quetschen ihn aus.«

Grauner wollte herausfinden, wie gravierend das Zerwürfnis zwischen Lechthaler und diesem Ramoser war. Und dann würde er noch einmal mit dem Bauern sprechen. Nicht im Tal. Nicht mit einer Tischtennisplatte zwischen ihnen. Hier. In der Stadt. In der Questura. Klassisches Verhör. Alte Schule. Er kannte seine Pappenbauern aus den tiefsten Tälern. Diese Männer und Frauen waren nicht gerne in der Stadt. Im Tal kannten sie jeden Stein, das war ihr Revier, die Stadt war fremdes Terrain.

Da bröckelte die Fassade schnell. Da brachen sie ein. Erzählten, gestanden. Sie brauchten ein Geständnis, Beweise, nicht nur Indizien.

Das wusste auch Belli. Ein Geständnis machte sich immer gut, das war es, was die Journalisten glücklich machte. Darum ging es dem Staatsanwalt – um sonst nichts. Ein letztes Mal, dachte sich Grauner, spiele ich dieses Spiel mit.

14

Es kam Saltapepe vor, als wäre er in der Kajüte eines kleinen Bootes auf hoher See. Da draußen rauschte und schrie der Sturm, in Lechthalers Kammer war er geschützt. Die Deckenlampe flackerte. In der Hütte war es still geworden.

Er hatte versucht, mit Egger und den anderen Bergführern über den Toten zu sprechen. Doch sie hatten sich recht einsilbig gezeigt. Vielleicht standen sie noch unter Schock. Was solle das alles, hatte einer irgendwann ruppig gefragt. Dem Matthias bringe das Herumgeschnüffel nun auch nichts mehr. Das mache ihn nicht wieder lebendig.

Auch Rosa, die Wirtin, hatte er befragt. Nein, hatte sie nur gesagt, sie könne sich beim besten Willen nicht erklären, warum jemand dem Matthias so etwas angetan habe. Sie könne sich überhaupt nicht erklären, warum ein Mensch so etwas Grausames tue. Dann hatte sie sich entschuldigt. So viel zu tun. Keine Zeit. Er hatte sich vorgenommen, es am nächsten Morgen noch einmal zu versuchen.

Saltapepe setzte sich auf die Bettkante. Auf einem Stuhl lagen Bekleidungsstücke: Berghosen, Flanellhemden, eine dicke Windjacke, eine Mütze. Am Rand eines kleinen Waschbeckens standen eine Zahnbürste, Zahnpasta, ein Rasierer, Rasierschaum, eine Seife, eine Klopapierrolle. Um den Ausguss herum entdeckte er Bartstoppeln. Spuren des Ermordeten. Saltapepe lief ein kalter Schauer den Rücken hinunter.

Kurz schaute er in den Spiegel. Er hatte einen Sprung, das Gesicht, in das er sah, ebenso. Es war verbrannt und rot. Er hätte auf Tappeiners Rat hören sollen, sich einzucremen. Eincremen auf dem Berg, das kam ihm immer noch komisch vor. Selbst am Meer cremte er sich nicht ein. Warum sollte die Sonne hier stärker sein als am Golf von Neapel? In der Sahara vielleicht, aber doch nicht hier. Das hier war doch so ziemlich das Gegenteil von der Sahara.

In einer Ecke stand ein alter Holzschrank. Der Ispettore riss ein wenig Papier von der Klorolle ab, wickelte es sich um die Finger, öffnete umständlich die Türen. So verwischte er vielleicht nicht so viele Spuren. Weiherer würde ihm morgen früh trotzdem an die Gurgel gehen.

Im Inneren des Schrankes lagen zwei Handtücher, Seile, Karabiner, ein Rucksack. Drei Aktenordner. Er öffnete einen davon. Versicherungspolicen, Steuererklärungszeugs, Bankauszüge, Behördenbriefe. Auf einem

Regalbrett waren Bücher aufgereiht. Er legte den Kopf schief, las die Titel.

Reinhold Messner – Die rote Rakete am Nanga Parbat; Jack Kerouac – On the Road; Friedrich Nietzsche – Also sprach Zarathustra; Jules Verne – Reise um die Erde in 80 Tagen; Heinrich Harrer – Sieben Jahre in Tibet; Daniel Defoe – Robinson Crusoe; Friedrich Schiller – Gesammelte Werke.

Ein paar dünne Hefte. Der Ispettore zog sie hervor. Es waren Comics. *Tim und Struppi. Tim im Lande der Sowjets. Der blaue Lotos. Tim in Tibet. Flug 714 nach Sydney.*

Ein dickeres Buch mit einem hellroten weichen Umschlag. Er legte es auf den Schreibtisch. Es war ein Fotoalbum. Auf der ersten Seite sah Saltapepe einen jungen Mann mit ernstem Gesicht. Langes Haar. Ein Rucksack auf den Schultern, er stand an einem Straßenrand. Dahinter Wiesen, Kühe, Tannen. Er kniff die Augen zusammen. Ja, das könnte er sein. Matthias Lechthaler, er musste auf dem Bild etwa zwanzig Jahre alt sein. Vielleicht sogar noch jünger. Saltapepe blätterte weiter. Derselbe junge Mann stand vor einem Schiff in einem Hafen und lächelte in die Kamera. Links von ihm stapelten sich Container. Rechts hockten zwei Matrosen. Rauchten am Kai.

Auf einem anderen Foto hatte Lechthaler sich eine Glatze rasiert. Trug eine gelbe Kutte und hatte die Augen geschlossen, hinter ihm ragten weiße Berge in die Höhe. Riesige Berge. Noch riesiger als die, die den Ispettore hier in den Alpen umzingelten. Es mussten die Gipfel des Himalaja sein, vermutete er.

Saltapepe schloss das Album, wickelte das Toilettenpapier von den Fingern, entdeckte unter dem Waschbecken einen Mülleimer. Der Eimer war leer, er warf das
Papier hinein, lief zum Bett. Der Ispettore zögerte, dachte
noch einmal an Weiherer, der würde ihn umbringen,
ganz bestimmt. Aber es konnte doch keiner von ihm ver-
langen, dass er sich auf den Boden legte. »Scheiß drauf«,
murmelte er, warf die Bettdecke zur Seite, streckte sich
auf der Matratze aus. Er drehte sich zur Seite, tastete nach
dem Lichtschalter über dem Bettkästchen. Zwischen den
Dielenbrettern blitzte etwas auf.

Eine Münze, vermutete er zunächst. Der Ispettore
stand noch einmal auf, holte das Toilettenpapier wieder
aus dem Mülleimer, wickelte es sich erneut um die Finger, sah sich um und entdeckte ein Taschenmesser auf
dem Schreibtisch. Er klappte die Klinge auf, schob sie in
die Ritze zwischen den Brettern, hebelte den glitzernden
Gegenstand heraus.

Es war keine Münze, sondern eine Haarspange. Lila-
farben. Er legte den Fund und das Messer auf den Nacht-
tisch, knipste das Licht aus. Er lauschte in die Dunkelheit.
Der Gletscherwind pfiff und ließ die Fensterläden klap-
pern. Irgendwo im Haus knarzten die Dielen. Der Eisen-
rost des Bettes quietschte bei jeder Bewegung. Aus einer
der anderen Kammern drang ein röchelndes Schnarchen
zu ihm herüber.

Es kam ihm eigenartig vor, hier zu liegen. Er fühlte
sich plötzlich wie ein Eindringling. Im Zimmer eines Toten, in dessen Bett. Er versuchte, sich abzulenken, dachte
an das Siegestor von Victor Osimhen am letzten Spieltag

gegen die Sampdoria. Ein Fallrückzieher. Er beschloss, alle Tore der Saison von Osimhen durchzugehen. Es waren sechsundzwanzig. Das war wie Schäfchenzählen. Nur schöner. Und wirkungsvoller. Normalerweise.

Immer wieder kam ihm ein Bild in den Sinn. Das ältere Pärchen unten in der Stube. Der Weizenbier trinkende Dicke, seine dürre Gefährtin. Würden sie morgen früh tatsächlich zum Gipfel wandern?

Tor Nummer neun. Gegen die Juve. Kopfball nach Flanke von rechts, Tor Nummer zehn …

Natürlich würde er das auch schaffen. Gemeinsam mit diesem Egger, der würde ihn doch …

… ein Solo an der Mittellinie, dann …

Endlich schlief er ein.

15

»Sind sie weg?«, fragte der Commissario.

»Ja«, sagte Alba.

Grauner seufzte. Er ging zu ihr hin, küsste sie auf die Stirn.

»Ach, die waren doch ganz nett, Johann. Die haben mir den ganzen Nachmittag beim Heustapeln im Stall geholfen. Richtig Freude hat es ihnen gemacht.«

Der Commissario zuckte mit den Schultern. Natürlich machte Heuarbeit Spaß, es war das Schönste auf der Welt. Wenn das Urlaub war, dann war er der Oberurlauber.

Er atmete tief ein, roch die geschmolzene Butter, das

Fett des Specks, das warme Knödelbrot, den Parmesan. Er rieb sich die Hände, setzte sich, schenkte sich ein Glas Lagrein ein.

Knödel und Lagrein, hier in der Stube mit Alba, danach noch eine *Derrick*-Folge – oder zwei oder fünf. Die meisten Kühe grasten glücklich auf der Alm, die Mitzi, die Josefina, die Lora, die Marianna standen glücklich im Stall. Gemolken und gefüttert. Besser konnte das Leben eigentlich nicht sein, dachte er sich, während er den Knödel mit der Gabel teilte. Wäre da nicht dieser Mordfall, den er auch hier, in seinem Paradies, nicht vergessen konnte. Aber es wäre sein letzter. Dieser Gedanke tröstete ihn.

»Sara und Mickey?«, fragte er und schob sich ein weiteres Knödelstück in den Mund.

»Sie kommen morgen in aller Früh mit dem Nachtzug an. Holst du sie ab?«

Er bejahte. »Und dann?«

»Dann müssen wir uns mal zusammensetzen. Und reden. Über begrünte Flachdächer, den Naturteich, Björn und Elsa, Stallbäder und Chillmusik. Albträume, Almträume und Pensionsansprüche.«

2. Juli

1

Saltapepe schreckte hoch. Eben noch war er inmitten eines Ozeans gewesen, im Bauch eines riesigen Containerschiffs. Er hatte nach einem Weg nach draußen gesucht. Doch hinter jeder Tür hatte sich nur eine weitere befunden; schließlich hatte er eine steile Treppe entdeckt, sie hatte ihn zu einer Luke geführt. Als er sie geöffnet hatte, hatte ihn der Sturm erfasst, mit einem Mal hatte er das Schiff von oben gesehen, das führerlos von den Wellen hin und her geworfen worden war. Der Ispettore hatte versucht, sich an den Containern festzuhalten, eine gigantische Wasserwand war auf ihn zugerast, eine hohe Mauer aus dunklem Grau und Blau, wie die Nordwand des Ortlers.

Saltapepe rieb sich das Gesicht. Nur langsam realisierte er, wo er sich befand. In der Kammer eines toten Bergführers am Fuße des Gletschers. Sein Rücken schmerzte ein wenig. Die Oberschenkel noch mehr. Als er aus dem

Bett sprang, knarzte der Holzboden unter seinen Füßen. Vor dem Fenster, es war noch finster, funkelten silbern die Sterne. Das Gewitter war vorüber.

Er stand ganz still da und lauschte den Geräuschen, die aus den anderen Zimmern kamen. Die Bergsteiger bereiteten sich darauf vor, loszugehen. Er tippte auf seinem Handy herum. Es war Viertel vor vier. Er überlegte kurz, sich wieder hinzulegen. Doch er war wach. Hellwach. Sein Blick fiel auf die Haarspange auf dem Nachtkästchen, er wickelte sie in Klopapier ein, trat zur Tür.

Der Ispettore ging langsam die Holztreppen hinab. Der Vorraum war voller Menschen, die in ihre Bergschuhe schlüpften, Seile schulterten, Stirnlampen über Helme zogen, Proviant einpackten.

In einer Ecke zog sich der Dicke eine Windjacke über, seine magere Frau schnürte ihren Rucksack zu.

Plötzlich stand Egger neben ihm. »Guten Morgen, Ispettore.«

»Guten Morgen«, antwortete er und faltete das Klopapier auseinander, hielt ihm die Haarspange hin. »Das habe ich in Lechthalers Kammer gefunden. Wissen Sie, von wem die sein könnte?«

Egger schmunzelte. »Von mir ist die nicht.«

»Kann es sein, dass eine Frau bei ihm übernachtet hat?«

»Eine Frau? Oben? In unseren Kammern?« Nun lachte er laut auf. »Schön wär's. Aber die Rosa ...« Er verzog das Gesicht.

Saltapepe schaute durch die geöffnete Stubentür zur alten Wirtin, die eine große Kanne auf den Tresen stellte. Egger bedeutete ihm, mitzukommen. Es roch nach gebratenen Eiern und Kaffee.

»Rosa!«

Die blauen Äuglein der Wirtin blitzten auf.

»Der Ispettore möchte dir etwas zeigen.«

Saltapepe hielt ihr die Haarspange hin. Als sie danach greifen wollte, zog er die Hand zurück. »Beweismaterial«, sagte er.

»Was beweisen Sie denn damit?«, fragte sie und lächelte.

»Das werden wir noch sehen. Sagen Sie, Rosa, war in den vergangenen Tagen eine Frau beim Lechthaler in der Kammer?«

Die Wirtin schüttelte den Kopf. »Das wüsste ich«, sagte sie. »Ich arbeite seit neununddreißig Jahren hier. Und oben bei den Bergführern dulde ich keinen Weibsbesuch. Sie wissen gar nicht, wie oft so ein Flachlandflittchen sich einen meiner Jungs schnappen möchte. Aber nicht in meiner Hütte. Unten im Tal, da können die treiben, was sie wollen, die Jungs, aber hier oben sollen sie sich auf die Tour konzentrieren und nicht herumturteln.« Sie drückte ihm eine Kaffeetasse in die Hand, schenkte ihm ungefragt aus einer der Kannen ein.

»Können Sie sich erklären, wie diese Spange in Lechthalers Zimmer gekommen sein könnte?«, fuhr Saltapepe fort.

Sie hob die Schultern. Der Ispettore dachte nach. Vielleicht hatte die Wirtin nicht mitbekommen, dass Lechthaler Besuch hatte. Sie musste doch auch mal freihaben. Ja, so musste es gewesen sein.

»Wann waren Sie in den letzten Tagen hier?«, fragte er also, »und wer hat Sie vertreten, wenn Sie nicht da waren?«

Sie sah ihn irritiert an.

»Wann waren Sie weg? Unten im Tal?«

Sie runzelte die Stirn. »Unten? Bin ich im Sommer nie. Von Mitte Juni bis zum fünfzehnten September bin ich hier. Tag und Nacht. Bis vor zwei Jahren bin ich noch zu den Begräbnissen runter. Aber mittlerweile lebt keiner meiner Freunde mehr. Mittlerweile sterben schon die Jüngeren, da gehe ich nicht hin, das ist mir zu deprimierend.«

»Immer hier oben.« Saltapepe trank einen Schluck, der Kaffee war stark und bitter.

»Früher bin ich außerdem mindestens einmal die Woche zur Messe.« Rosa bekreuzigte sich. »Aber ich bin jetzt sechsundsiebzig. Der Pfarrer hat mir versichert, dass es in Ordnung ist, wenn ich mir die Messe nur im Radio anhöre. Und wenn der Empfang bei Sturm schlecht ist, dann bete ich allein ein *Vaterunser*. Das, so hat Hochwürden gesagt, ist auch in Ordnung. Beichten tue ich dann im Winter. Im Sommer kommt bei mir eh nicht viel zusammen.«

Saltapepe hatte ihr gar nicht mehr richtig zugehört. Er versuchte sich vorzustellen, wie es sich anfühlte, immer hier zu sein. »Gefangen, wochenlang«, murmelte er.

»Gefangen?« Sie schmunzelte. »Frei bin ich. Freier geht es nicht.«

Nun vernahm der Ispettore ein Räuspern neben sich, es war der Bergführer.

»Wenn Sie mitkommen wollen, Ispettore, dann müssten wir uns langsam bereit machen.«

Der Ispettore erstarrte. Auf die Idee war er bislang gar nicht gekommen. Was für ein Irrsinn. Oder? Ja. Sie steckten mitten in den Ermittlungen. Aber vielleicht, er dachte angestrengt nach, vielleicht wäre es eine Möglichkeit, Egger zum Reden zu bringen. Oben, auf dem Gipfel. Ihm wurde mulmig zumute. Gestern? Die kleine Krise am Grat? War er wirklich bereit für den Aufstieg? Zu schnell, ja, er war einfach zu schnell losgegangen. Er hatte das getan, wovor ihn Tappeiner und der Wirt von der *Tabaretta*-Hütte gewarnt hatten. Das würde ihm nicht wieder passieren. Und er war nicht allein.

Vor dem Fenster war es immer noch zappenduster. Natürlich, er konnte nicht sicher sein, dass Egger sich ihm öffnen würde. Vielleicht wäre es sinnvoller, hier auf die Spurensicherer zu warten. Dann abzusteigen. Aber, aber! Er da oben. Er, dem das niemand zutraute. Er – er musste es zumindest probieren.

»Also?« Egger musste bemerkt haben, wie der Ispettore mit sich rang.

»Ich, na ja.«

»Sie schaffen das schon!«

»Wann sind wir zurück?«

»Ich denke, ich gehe nur hoch bis zum Eisplateau, schleppe im Rucksack ein paar Seile bis zu den Spalten, dann komme ich zurück, halte hier die Stellung. In fünf Stunden sind wir wieder da, schätze ich.«

Saltapepe überlegte. In fünf Stunden, dann wäre es neun Uhr. Gegen Mittag könnte er wieder im Tal sein. Die anderen hatten vormittags eh in der Questura zu tun, er könnte sagen, er habe derweil die Bergführer und die Hüttenwirtin befragt, das wäre ja nicht einmal gelogen.

»Ich – habe gar keine Gletscherausrüstung.«

Der Mann musterte ihn von oben bis unten. »Helme haben wir genug. Handschuhe auch. Pickel ebenso. Schuhgröße?«

»Zweiundvierzig.«

»Dann können Sie auch eins von unseren Steigeisen nehmen.«

»Ich weiß nicht.«

»Ja oder nein?«

»Okay.« Saltapepe folgte Egger in den Vorraum. Es war nun zehn nach vier. Unten im Tal schliefen alle noch.

Er, Saltapepe, Ispettore aus Neapel, ehemaliger Anti-Mafia-Kämpfer, würde auf den Gletscher klettern. Er würde nun endgültig allen beweisen, dass er in Südtirol angekommen war. Vielleicht könnte er sich einem der anderen Bergführer anschließen, um auch ohne Egger zum Gipfel zu gelangen. Wenn er schon mal da oben war! Er auf dem Gipfel des Ortlers! Dann konnte ihm keiner mehr etwas.

Jemand öffnete die Tür nach draußen, kalte Luft drang herein. Saltapepe nahm die Ausrüstung entgegen, die Egger für ihn zusammengesucht hatte. Die ersten Männer und Frauen traten ins Freie, sie hatten sich in Grüppchen aufgeteilt und aneinandergeseilt. Ein paar der Bergretter und Bergführer standen alleine herum.

»Wir teilen uns auf«, sagte Egger zum Ispettore, »einige bringen die Kundschaft zum Gipfel, wir anderen kontrollieren auf dem Plateau die Spalten. Später, wenn es hell wird, wird der Hubschrauber den gesamten Gletscher abfliegen.«

Das ältere Paar machte noch ein Selfie. Lukas Staffler, der junge Pilotenscheinaspirant, half gerade einem Mann, das Seil am Gurt zu befestigen. Er war also tatsächlich bereits hier. Er musste mitten in der Nacht hochgestiegen sein. Was waren das nur für Burschen! Die ersten Seilschaften stiegen die regennassen Treppenstufen vor der Hütte hinab. Saltapepe und Egger setzten sich ebenfalls in Bewegung.

Niemand sprach. Nur das leise Sausen des Windes war zu hören. Der Ispettore spürte das leichte Ziehen am Seil des Bergführers, er schaute auf seine Füße, die sich beinahe wie von selbst bewegten. Sie gingen langsam. So langsam ging er sonst nie. Er verstand.

Er konnte nur vermuten, wie steil es rechts von ihm in die Tiefe ging. Vielleicht war es besser so. Das Schwarz der Nacht machte die Gefahren um sie herum unsichtbar.

»So, hier beginnt auch schon der Klettersteig, der uns bis zum Fuß des Gletschers bringt«, sagte Egger. »Festhalten.«

Saltapepe berührte den Felsen, das Gestein fühlte sich kalt und nass an. Abweisend. Doch das Seil spannte, er stemmte sich empor, suchte nach Halt, zuerst mit der einen Hand, dann mit der anderen. Kurz musste er an Tappeiner denken, er fragte sich, ob sie stolz auf ihn wäre – oder ihn für verrückt erklären würde. Er stellte den Fuß auf einen Felsvorsprung, drückte sich hoch. Ging doch. Normalroute, natürlich schaffte er das. Wäre doch gelacht. Er, Meereskind, Stadtkind, Napoli-Kind, kletterte den Ortler empor. Pah!

2

Die Lichter leuchteten orangefarben. Auf der abgetretenen Treppe, die zum Eingang des Bahnhofs führte, kauerten zwei Figuren. Der Himmel über Bozen wurde langsam hell. Es war kurz nach sechs, die Stadt schlief noch. Krähen kreischten in den Baumwipfeln des kleinen Parks, in dem tagsüber Bagger tiefe Gräben aushoben, weil hier ein neues Viertel mit einem Einkaufszentrum und Wohnhäusern entstehen sollte.

Grauner überlegte, ob die Krähen aus Protest kreischten. Er vermutete es. In der Schalterhalle roch es nach kaltem Tabak, obwohl das Rauchen hier schon im vergangenen Jahrtausend verboten worden war. Die Tage des faschistischen Gebäudes waren gezählt, der Bahnhof sollte in naher Zukunft in den Osten der Stadt verlegt werden.

Der Commissario hatte diese Halle immer gemocht. Für die meisten war der Bahnhof ein Ort der Freiheit, an jedem Gleis wartete ein Zug, der in die Ferne fuhr. Man musste nur einsteigen, um den Alltag, das alte Leben hinter sich zu lassen.

Grauner hingegen mochte den Bahnhof, weil er wusste: Die Züge fuhren auch ohne ihn. Sollten alle anderen doch hin- und herhetzen, er blieb.

Er schaute zur Anzeigetafel, die Pendlerzüge, die aus Norden, Süden und Westen nach Bozen kamen, würden erst in etwa einer Stunde eintreffen, die Menschen ausspucken, die die Stadt tagsüber bevölkerten. In wenigen Minuten würde der Nachtzug *Wien–Rom* an Gleis 3 ankommen, in dem Sara und Mickey saßen. Alba hatte ihm vorhin geholfen, die vier alten Kühe zu melken, jetzt bereitete sie ein üppiges Frühstück vor. Einen Willkommensschmaus.

Grauner hoffte so sehr, dass es den beiden gut ging. Aber da war noch diese eine Sache, die er nicht aus dem Kopf bekam. Er ärgerte sich ein bisschen über sich selbst. Weil er groß angekündigt hatte, zum Jahresende aufhören zu wollen, in Pension zu gehen. Er hatte sich riesig gefreut, als seine Tochter und ihr Freund sich bereit erklärt hatten, den Hof zu übernehmen. Nie hätte er gedacht, dass Sara Lust darauf hätte. Früher hatte sie immer gesagt, sie wolle irgendetwas Künstlerisches machen – oder einen stinknormalen Bürojob. Er hatte nichts gegen einen stinknormalen Bürojob, solange er ihn nicht machen musste. Wenn Menschen in stinknormalen Bürojobs glücklich wurden, war ihm das recht. Wer glücklich war, beging keine Morde.

In schwachen Momenten musste er sich eingestehen, dass er die Stallarbeit vermissen würde. Mahlers Sinfonien beim Melken, beim Ausmisten. Das Leben auf so einer Alm war sicher schön und himmlisch ruhig, aber würde es ihm wirklich reichen? Er hatte sein ganzes Leben auf dem Hof verbracht. Die Nächte, die er nicht in einem Bett mit Alba geschlafen hatte, konnte er an wenigen Händen abzählen.

Zwei weiße Lichter näherten sich. Aus dem Lautsprecher kam die vertraute monotone Stimme, die das Eintreffen des Zuges ankündigte. Die Bremsen kreischten, als er ins Gleis einfuhr. Zischend öffneten sich die Türen der Waggons.

Grauner sah Sara und Mickey ganz vorne aussteigen. Lächelnd eilten sie auf ihn zu. Seine Tochter wirkte verändert. An Weihnachten hatte sie sie das letzte Mal besucht. Sie sah so erwachsen aus. Fast fremd erschien sie ihm. Das musste der rote Lippenstift sein. Und die dicke schwarze Hornbrille, die sie auf der Nase trug. Dabei war sie, wenn sich das in den vergangenen Monaten nicht geändert hatte, doch überhaupt nicht kurzsichtig.

Auch Mickey war kaum wiederzuerkennen. Die Haare trug er schulterlang, er hatte einen Dreitagebart. Gott, wo war das jugendliche Pickelgesicht geblieben, die Sicherheitsnadel im Ohr und die grünen Haare?

»Papa!«, rief Sara und drückte ihm einen Schmatz auf die Wange.

Er schloss sie fest in die Arme, alle beide. Dann nahm er Saras Koffer, sie hakte sich bei ihm ein, Mickey ging nebenher. In Richtung der Aufzüge, die sie samt Koffer zur Unterführung bringen würden.

»Wie war die Reise?«, fragte Grauner.

»Super«, sagte Mickey. »Wir hatten ein Schlafabteil ganz für uns alleine. Und das *WLAN* funktionierte einwandfrei. Ich konnte wunderbar ein paar Stunden arbeiten. Ich muss bald eine Hausarbeit abgeben: *Grafische Bezugspunkte im Präsentationsdesign interperipherer Work-out-Locations.«*

Grauner nickte, verstand jedoch nicht, wovon der Junge sprach.

»Wie geht es Mama?«, fragte Sara.

»Gut«, antwortete er, als sie vor dem Aufzug standen.

»Papa«, Sara lehnte sich an ihn, »wir müssen mal reden. Über den Hof.«

»Ja«, sagte er zerstreut und kramte in der Hose nach dem Autoschlüssel, er bekam das Handy zu fassen, zog es heraus, tastete mit der anderen Hand seine Jackentasche ab. Er warf einen schnellen Blick auf das Smartphone und erstarrte. Sieben Anrufe in Abwesenheit. Von der Questura. Es war 6.25 Uhr. Das konnte nichts Gutes bedeuten. Da musste wieder etwas passiert sein.

»Papa, kommst du?«

Er stand immer noch vor dem Aufzug, die Türen schlossen sich, er streckte den rechten Fuß nach vorne, sie glitten auseinander.

»Ich, hm, muss …«, er hielt sich das Handy ans Ohr, »… kurz telefonieren.«

3

Aus der Ferne war das Summen des Staubsaugers zu hören, ansonsten war es still auf den Fluren. Tappeiner liebte es, in aller Frühe als Erste in die Questura zu kommen. Wenn die Kollegen noch in den Federn lagen. Sie brauchte Ruhe, um zu recherchieren. Sie wusste, worin die Stärken der anderen lagen. Grauner besaß eine unfehlbare Intuition. So richtig konnte man das nicht erklären. Eine Art sechster Sinn. Vielleicht, weil er wie die Menschen in den tiefsten Tälern Südtirols war, weil er sie verstand.

Saltapepe hingegen hatte nichts mit den Menschen hier gemein, zumindest behauptete er das, auch wenn sie nicht sicher war, ob das stimmte. Er beobachtete sie aus sicherer Distanz. Wie ein Forscher. Nie würde er sich von ihnen einwickeln lassen. Seinem kritischen Blick entging nicht das kleinste Detail.

Büromenschen waren sie beide nicht. Sie selbst schon eher. Auch wenn sie den Großteil ihrer Freizeit in der Natur verbrachte, wanderte und kletterte. Sie wusste: Wäre sie Wanderführerin oder Klettertrainerin, dann würde ihr die Natur irgendwann auf die Nerven gehen. Und sie würde das stundenlange Wühlen im Internet wahrscheinlich vermissen.

Ja, recherchieren, das konnte sie. Besser als die anderen. Nicht selten ertappte sie sich dabei, dass sie im Browser Dutzende Webseiten gleichzeitig geöffnet hatte.

Aber diesmal kam sie nicht weiter. Sie konnte einfach nichts finden, das sie aufmerken ließ. Ihr ermittlerischer

Instinkt war auf nichts angesprungen. Sie seufzte und öffnete einen Artikel, in dem es um das Kletterevent ging.

Tappeiner war ein treuer Fan von Caterina Bianchi, ja, das musste sie zugeben. Bianchi war eine der besten Hallenkletterinnen der Welt. Bereits als Zwölfjährige hatte sie bei Wettkämpfen in ganz Europa mitgemacht. Die *Gazzetta dello Sport* hatte ihr, als sie mit vierzehn Jahren in Toronto Jugendweltmeisterin geworden war, eine ganze Seite gewidmet. Natürlich weiter hinten, hinter den Fußballartikeln, hinter den Berichten über den *Giro*, hinter den Informationen über das damals anstehende *Formel-1*-Rennen in Imola. Aber immerhin. Eine ganze Seite in der *Gazzetta*!

Mit achtzehn wurde Bianchi Weltmeisterin. Doch dann, zwei Jahre später, verletzte sie sich im Training schwer. Nicht bei einem Sturz, sie knickte beim Aufwärmen um. Kreuzbandriss. Sie fand nicht mehr zu ihrer alten Form zurück. Sie pausierte, arbeitete als Sportlehrerin, zehn Jahre später, mit achtundzwanzig, versuchte sie sich im Hochalpinismus. Sie war auf der Suche nach einer neuen Herausforderung. Doch das war gar nicht so einfach, nachdem die Generation davor, die Reinhold Messners dieser Welt, bereits die höchsten Berge bestiegen, zahllose Rekorde aufgestellt hatten. Sich immer waghalsigere Aktionen ausgedacht hatten: Höhenbergsteigen ohne künstlichen Sauerstoff. Ohne Fixseile. Alleine. Mit Skiern den steilen Eishang wieder hinabfahrend. Bergüberschreitungen. Winterbesteigungen. Winterüberschreitungen.

Dann, irgendwann, gingen ihnen die Ideen aus. Und erst die nächste Kletter-und-Bergsteiger-Generation, zu der auch Bianchi gehörte, fand schließlich einen neuen Weg, sich am Berg zu messen: den Wettlauf mit der Zeit!

Nun ging es nicht mehr darum, den Berg zu bezwingen. Sondern, das Ziel möglichst schnell zu erreichen. Bianchi erklomm die steilsten, die schwierigsten Wände. In Rekordzeit. In den Anden. In den Rockys, im Himalaja. In den Alpen. Am Matterhorn, an der Eiger-Nordwand. Am Mont Blanc. Am Ortler. Die Fans nahmen begeistert Anteil. Umso mehr, wenn zwei Kletterinnen oder Kletterer gegeneinander antraten.

Bald wurden aufwendig organisierte Kletterduelle veranstaltet. Gesponsert von großen Markenlabels. Das Bergabenteuer wurde zum Sport. Zum kommerziell vermarkteten Speed-Event.

Ausverkauf des Alpinismus, schrieben die einen.

The next level of mountaineering, behaupteten die anderen.

Bianchi galt nun, mit fünfunddreißig, als eine der besten Extrembergsteigerinnen. Sie hatte einige potente Sponsoren für sich gewinnen können. *Omega. Salewa. Land Rover.* Und war im vergangenen Jahr auf der Titelseite der *Sportsweek* gewesen.

Grauners Assistentin hatte nun am Ortler unbedingt dabei sein wollen. Sie hatte ihre Heldin vor vielen Jahren bereits bei einem Wettkampf in Bozen gesehen, auf einer künstlichen Eiswand vor dem Kletter-Dome im Süden der Stadt. Und in Mailand, in einer der Messehallen. Nie jedoch in freier Natur.

Tappeiner hatte die Ortler-Nordwand selbst schon einmal erklommen, in einer Seilschaft, mit einem erfahrenen Kletterfreund. Sie war dabei an ihre Grenzen gekommen. Nach sechseinhalb Stunden hatte sie glücklich und völlig erschöpft am Gipfel gestanden. Wie man diese Strecke deutlich unter einem Drittel der Zeit schaffen konnte, war auch ihr ein Rätsel.

Zahra Jafari hatte den Zweikampf gewonnen. Tappeiner schluckte. Und nun lag sie vermutlich tot oder schwer verletzt in einer Gletscherspalte. Sie, die Außenseiterin.

Bianchi und Jafari, das wusste man, konnten sich nicht leiden. Ihre Rivalität war von Jahr zu Jahr schlimmer geworden. Und wurde von den Medien kräftig angefeuert, sogar von Hass war die Rede. Kurz überlegte Tappeiner, ob Bianchi etwas mit dem Verschwinden zu tun haben könnte. Aber nein, wie denn? Jafari war vor ihr am Gipfel gewesen. Nein, nein, es konnte sich nur um einen Unfall gehandelt haben.

Grauners Assistentin hatte viele Artikel gefunden, in denen es um den erbitterten Konkurrenzkampf der beiden ging. Aber nur wenige Informationen über Jafaris Leben und ihre Karriere. Wer war Jafari? Die einunddreißigjährige Iranerin galt als zurückhaltend, auf Pressekonferenzen sprach sie kaum. Selten gab sie Interviews. Das, was Tappeiner über sie wusste, hatte sie aus einer Geschichte, die im *TIME*-Magazin erschienen war. Ein gewisser Norman Pellegrini hatte sie geschrieben.

Genau genommen ging es darin nicht nur um sie, sondern um die Politisierung iranischer Sportlerinnen unter dem Mullahregime. Es ging um die Skifahrerin Atefeh

Ahmadi, Olympiateilnehmerin, die in Deutschland Asyl beantragte, um in Freiheit zu leben.

Es ging um die Schachspielerin Sara Khadem, die nach Spanien floh, nachdem sie es gewagt hatte, bei einem Turnier ohne Kopfbedeckung anzutreten.

Es ging um die Taekwondoin Kimia Alesadeh, die bei den Olympischen Spielen in Rio de Janeiro Bronze geholt hatte. Sie bezichtigte das Regime des Sexismus – und fand Unterschlupf in den Niederlanden.

In vier Absätzen ging es auch um Zafari. Sie sei in recht ärmlichen Verhältnissen aufgewachsen, in der Nähe der Stadt Aksan im Nordosten Irans. Sie zog mit ihren Eltern nach Teheran, gegen den Willen der restlichen Familie.

Es fiel schnell auf, dass das Mädchen ein besonderes sportliches Talent hatte. Ihr Vater, ein Soldat, starb jung, ihre Mutter wurde zu ihrer Trainerin, das Regime tolerierte es, weil das Duo so erfolgreich war.

Jafari wurde Juniorlandesmeisterin im Weitsprung, es wurde ihr in Aussicht gestellt, ins olympische Team aufgenommen zu werden. Doch dann, als sie siebzehn war, beteiligte sie sich erstmals an Protesten gegen das Regime. Das war im Jahr 2009. Sie vernetzte sich mit Schülerinnen und Studentinnen landesweit. Suchte über die sozialen Medien Kontakte ins Ausland. Auch zu Journalisten. Veröffentlichte Videos auf Facebook, in denen sie davon sprach, in einem Land leben zu wollen, das Frauen die gleichen Rechte gewährte wie Männern.

Tappeiner dachte an die aktuellen Ereignisse im Iran. Sie kannte sich nicht gut mit Politik aus. Ja, sie verfolgte die Nachrichten, informierte sich auf Twitter darüber, was in Südtirol und Italien los war, blätterte hin und wieder im *Kurier*. Oft las sie nur die Überschriften. Doch die Proteste im Iran, die vor allem von jungen Frauen ausgegangen waren, hatten sie beeindruckt. Sie hatte sich in die Geschichte des Landes eingelesen.

In den vergangenen Wochen und Monaten hatte sie oft darüber nachgedacht, ob sie den Mut aufbringen würde, sich gegen so ein Regime aufzulehnen. Sie wusste es nicht. Wahrscheinlich, dachte sie, konnte sie es gar nicht wissen. Weil es ihr viel zu gut ging, um sich überhaupt vorstellen zu können, unfrei zu sein.

Die größte Freiheit verspürte sie, wenn sie alleine oder gemeinsam mit jemandem, dem sie voll und ganz vertraute, eine Wand hochkletterte. Zum Gipfel stieg. Dieses Freiheitsgefühl, sie konnte nicht genug davon bekommen.

Wenn ihr das jemand verbieten würde? Ja, ganz sicher würde sie das zornig machen.

Jafari, so las sie weiter im Artikel, wurde festgenommen und für zwei Monate in ein Gefängnis in Teheran gesteckt, das für schlimmste Misshandlungen der Inhaftierten bekannt war. Eine Siebzehnjährige! Die Mutter, die vor den Toren der Haftanstalt in den Hungerstreik trat, durfte sie nicht besuchen.

Als sie entlassen wurde, wurde die junge Sportlerin aus dem nationalen Leichtathletikteam ausgeschlossen. Sie begann mit dem Klettern, wechselte bald in den Kletteralpinismus. Nahm an Zweikämpfen teil. Zeigte sich auf blankem Eis besonders talentiert. Wieder trainierte sie ihre Mutter. Wohl nur zähneknirschend ließen die

Staatswächter sie gewähren, beobachteten sie jedoch genau. Wahrscheinlich hatten sie ihr mit schlimmen Konsequenzen gedroht, sollte sie sich wieder regimekritisch äußern.

Zahra Jafari gehörte schnell zu den zwanzig besten ihres Fachs. Politisch äußerte sie sich nicht mehr. Sie sei dankbar, dass ihr Land sie unterstütze. Sie sei stolz, Iranerin zu sein. Sie freue sich, für das persische Volk an Turnieren teilnehmen zu dürfen.

Und doch schaffte sie es, ihrem Unmut subtil Ausdruck zu verleihen. Ab und an schob sie das Kopftuch scheinbar versehentlich während des Kletterns nach hinten, sodass ihre Haare hervorblitzten. Eine amerikanische Konkurrentin umarmte sie bei einer Preisverleihung innig.

An den aktuellen Protesten beteiligte sie sich nicht. Von manchen wurde ihr das vorgeworfen. Andere wiesen darauf hin, dass niemand wisse, was ihr damals, als sie beinahe noch ein Kind war, angetan worden sei. Und nun? War sie wirklich tot? Tappeiner war sich sicher, dass die Männer von der Bergrettung bereits aufgebrochen waren, um auf dem Gletscher nach ihr zu suchen. Solange man sie nicht gefunden hatte, bestand die Möglichkeit, sie lebend zu bergen, der Gedanke tröstete sie.

In rund zwei Stunden würde Grauner in der Questura eintreffen. Dann würden sie wieder ins Tal fahren. Tappeiner beschloss, sich in der Gemeinschaftsküche einen Kaffee zu kochen. Als sie aufstand, den Sessel nach hinten schob, klingelte das Telefon auf ihrem Schreibtisch. Verblüfft starrte sie es an. Um diese Uhrzeit klingelte hier nie das Telefon. Warum auch? Die Zentrale stellte erst ab halb neun Anrufer zu ihnen durch. Weil erst dann genug Beamte vor Ort waren, um die ganzen Spinner abzuwimmeln, die sich tagein, tagaus bei ihnen meldeten.

Tappeiner hob ab.

»Die Carabinieri aus Sulden«, sagte der Kollege aus der Zentrale am anderen Ende der Leitung.

»Stellen Sie durch«, antwortete Grauners Assistentin.

Es knackte in der Leitung. »Ah, hallo.«

»Ja, hier ist Silvia Tappeiner, die Assistentin des Commissario. Was kann ich für Sie tun?«

»Es gibt … wir haben … Ich muss Ihnen ein zweites Unglück melden.«

»Zahra Jafari, sie wurde gefunden? Ist sie tot?« Tappeiner konnte es kaum glauben, es war gerade erst hell geworden. Hatten die Bergretter sie so schnell entdeckt? Und wenn ja, wo? War sie vielleicht doch nicht in eine Gletscherspalte gestürzt, o Gott, war sie etwa am Klettersteig abgerutscht?

»Ein Toter im Dorf. Im Hotel *Bellavista*«, sagte die fremde Stimme.

Tappeiner schluckte. »Ermordet?«

»Erstochen. Oder erwürgt. Erwürgt und dann erstochen. Oder umgekehrt.«

»Was?«

»Das sagt zumindest der Dorfarzt hier im Tal. Der Tote lag unter einem Stapel Wäsche in der Waschküche. Im Keller des Hotels. Er konnte als einer der Gäste identifiziert werden. Sein Hals weist ein rotes Hämatom auf. In der Brust hat er einen Einstich.«

Tappeiner klappte ihr Notizbuch auf. »Um wen handelt es sich?«

»Der Mann ist iranischer Staatsbürger. Sein Name lautet ...«

Sie hörte ein Rascheln, so als holte der Mann einen Zettel hervor.

»... Diyar Al-Abadi.«

»Wie lange lag der Tote schon unter der Wäsche im Keller?«, fragte sie.

In der Leitung war es still, sie sah vor sich, wie der andere die Schultern hob.

4

Der alte Trick hatte sich wieder einmal bewährt. Man musste immer vom Schlimmsten ausgehen. Dann wurde man meist positiv überrascht. Er fühlte sich besser als gestern. Und das, obwohl er sich auf beinahe viertausend Meter über dem Meeresspiegel befand.

Egger hatte ihn sogar gelobt. Mit stolzgeschwellter Brust war Saltapepe vorangeschritten, bis ihm der Gedanke gekommen war, dass der Bergführer das vermutlich immer machte.

Ein Fuß vor den anderen, er verfiel in eine Art Rausch, das kannte er nicht einmal vom Fußballspielen. Es erinnerte ihn an das Gefühl von früher, wenn er nachts mit der Vespa von Neapel zur Amalfiküste gefahren war.

Eros' alte Lieder auf dem Walkman. *Cuori agitati*! Der Fall, die Sorge um die vermisste Sportlerin, all das rückte in weite Ferne.

Ein paar der Bergretter und Bergführer waren vorausgegangen – hoch zu den gefährlichen Gletscherspalten. Der Rest der Wanderer folgte ihnen, die Grüppchen trieben auseinander, der Abstand zwischen ihnen wurde größer.

Als der Ispettore und Egger nach etwa einer Stunde die Gletscherzunge erreichten, banden sie sich die Steigeisen unter die Bergschuhe. Saltapepes Blase am Fuß hatte sich nicht bemerkbar gemacht. Diese Salbe, er musste sie sich unbedingt besorgen. Nun ging es steil bergauf. Saltapepe hackte die Stiefel ins Eis, rutschte ab, das Seil und Eggers Kraft bewahrten ihn davor, über das blanke Weiß in die Tiefe zu rutschen.

»Hier müssen Sie anders gehen«, sagte ihm der Bergführer nach wenigen Schritten.

»Wie *anders*?«, fragte der Ispettore. Er verstand nicht. Er ging nun mal, wie er ging. Was war daran falsch?

Egger machte es ihm vor. Er trat mit der ganzen Sohle flach auf den weißen Untergrund, vertraute auf die Zacken der Eisen, die sich ins Eis fraßen, daran kleben blieben. Es sah aus, als trotzte er der Schwerkraft.

Saltapepe machte es ihm nach, er wurde mutiger und schneller. Die Berge um sie herum waren in einen weißen Morgenschleier gehüllt, langsam lichtete sich dieser, das Eis begann in allen Farben zu leuchten.

Schließlich, als sie am Ende der Wand angelangt waren, war weit im Osten, hinter den Dolomiten, ein Stück des Feuerballs zu sehen, der sich langsam in den hellblauen Himmel schob.

»Che meraviglia. Welch wunderschöner Anblick!«, entfuhr es dem Ispettore.

Tief atmete er ein. Endlich hatte er mal keinen Berg vor der Nase, endlich hatte er freie Sicht. Er ließ den Blick über die Gipfel schweifen, die Täler, die noch im Schatten lagen. Die Eisfläche, auf der sie standen, war von rötlich braunen Striemen überzogen. Saltapepe bückte sich, fuhr mit den Handschuhen darüber. »Sand?«, fragte er irritiert.

»Von der Sahara«, antwortete der Bergführer, »den bläst der Sciroccowind übers Mittelmeer hierher.«

Der Ispettore schüttelte fassungslos den Kopf und richtete sich auf. »Wie weit ist es noch zu den Gletscherspalten?«

»Eine Stunde etwa«, antwortete Egger.

Von weit her war ein Knattern zu vernehmen, es wurde lauter, bald tauchte am Horizont ein Hubschrauber auf. Er flog über sie hinweg in Richtung Gipfel.

Etwa zehn Minuten später standen sie vor einer Metallleiter, die an eine kleine Eiswand gelehnt war. Egger rüttelte kurz daran, sie wankte, Saltapepe hob skeptisch die Augenbrauen.

»Passt«, sagte der Mann, dann stieg er die Leiter hoch, als wäre es das Normalste der Welt. Unter der Leiter steil abfallendes blankes Eis. Dem Ispettore wurde schwindelig.

»Jetzt!«, sagte eine Stimme über ihm. Egger war bereits oben angekommen und wartete.

Saltapepe setzte den Fuß auf die unterste Sprosse. Zog sich hoch. Die Hände krallten sich am Metall fest, die Knie schlotterten. Er bemühte sich, nicht nach unten zu schauen. Schlagartig wurde ihm bewusst, in was für einer absurden Situation er sich gerade befand. Egger über ihm grinste schelmisch und hielt den Eispickel fest in der Hand. Was wusste er eigentlich über diesen Mann? Dass er ein Freund des Mordopfers war, mehr nicht.

Er war ihm ausgeliefert. Er bräuchte bloß das Seil vom Karabiner lösen, die Leiter umstoßen, dann wäre es vorbei mit ihm. In diesem Moment sah der Ispettore, dass Egger gar nicht grinste, er hatte das Gesicht vor Anstrengung verzogen und keuchte.

»Kommen Sie schon, Ispettore«, sagte er, »Sie werden nicht leichter, wenn Sie so lange im Seil hängen.«

Saltapepe nahm allen Mut zusammen und kletterte hoch. Als er wieder Eis unter den Füßen hatte, atmete er auf. »Scusami«, sagte er kleinlaut.

Egger drehte sich unbeeindruckt um, ging weiter.

»Diese Leiter, wer hat die denn da hingestellt?«, fragte Saltapepe und beeilte sich, hinterherzukommen.

»Wir«, sagte Egger, »wir kümmern uns um die Piste hier oben.«

»Piste?«, fragte Saltapepe erstaunt.

»Die Normalroute, wir nennen sie so«, antwortete der Bergführer, »weil wir hier versuchen, möglichst jeden hochzubekommen.«

»Wie viele bringen Sie pro Sommer zum Gipfel?«

»Jeder Bergführer mindestens einen Kunden pro Tag«, antwortete Egger knapp.

Saltapepe kannte sie, diese wortkargen Männer. Die Fischer im Hafen von Neapel waren genauso. Er hatte die Erfahrung gemacht, dass man sie am besten zum Reden brachte, wenn man selbst schwieg. Er wartete.

»Oder eben eine Seilschaft. Sechs Mann höchstens.«

Der Ispettore sagte nichts.

»Einer allein ist mir jedoch lieber. Mit sechs Leuten ist es immer schwierig, da die alle unterschiedliche Rhythmen haben. Da müssen sich alle dem Langsamsten anpassen. Das kann gefährlich werden.«

»Warum?«, fragte er nun doch.

»Weil die Schnelleren dann unaufmerksam werden. Anfangen zu labern. Mir andauernd Fragen stellen. Zu viele Fragen, das ist nicht gut.«

Saltapepe grinste. Der Mann hatte Humor. »Wie erkennen Sie denn, ob es einer bis zum Gipfel schafft? Ich meine, wenn er erst mal auf dem Eis ist und keine Kraft mehr hat, wird's doch schwierig, oder?«

»So weit darf es nicht kommen.«

»Also?«

Egger hielt inne, nahm den Rucksack von den Schultern, öffnete ihn.

»Tee?«

»Gerne«, sagte Saltapepe.

»Meist weiß ich das schon in der Hütte. Wie der aussieht. Wie der geht. Wie viel der redet.«

»Redet?«

»Die, die am meisten reden, sind oft die, die am

schlechtesten laufen. Wenn mir einer ewig lang erzählt, wo und wann und wie oft er schon auf welchem Gipfel gestanden hat, dann weiß ich, der nervt den ganzen Tag. Dann sag ich klipp und klar, dass ich ihn nicht mit hochnehme.«

»Und wenn er trotzdem will?«

»Kann er ja, der Berg ist ein freier Ort. Dann soll er alleine gehen. Nur sehe ich ihn dann halt meistens wieder. Wenn er Glück hat, lebendig.« Egger schenkte ein, reichte dem Ispettore einen Becher. »Manchmal merke ich es erst nach dem Losgehen, spätestens beim Klettersteig, dass es nix wird.«

»Und dann?«, fragte Saltapepe.

»Dann ist diskutieren schwierig, weil der noch frisch ist. Noch nicht müde. Ich gehe meistens bis zum Fuß des Gletschers weiter – bis zu der Stelle, wo wir die Steigeisen angezogen haben.«

Der Ispettore nahm noch einen Schluck und sah ihn abwartend an.

»Und gebe dann Gas.«

Saltapepe runzelte die Stirn. »Sie gehen schneller?«

»Ich mache ihn richtig fertig. Am Schnaufen und Keuchen erkenne ich, wenn es so weit ist.«

»So weit? Was meinen Sie?«

»Sie sagen immer alle mehr oder weniger das Gleiche. *Ui, ich glaube, da habe ich mich jetzt doch ein bisschen überschätzt.* Oder: *Uh, heute scheint nicht mein Tag zu sein.*«

»Sie entscheiden dann, dass es Zeit ist, umzukehren.«

»Nein, ich antworte so etwas wie: *Könnte sein, dass das*

Wetter umschlägt. Oder, wenn tatsächlich irgendwo ein paar Wölkchen zu sehen sind: *Da braut sich ein Gewitter zusammen. Wir können weitergehen, besser wär's aber, umzudrehen.*« Der Bergführer trank einen Schluck Tee und grinste. »So schnell, wie die umdrehen, kannst du gar nicht gucken.«

»Schlau.« Der Ispettore lachte.

»Das alles«, sagte Egger nun leise, »habe ich von Matthias gelernt.«

»Er war also ein vorsichtiger Mann, der Lechthaler?«

»Er war vorsichtig, wenn er Leute hinaufbrachte. Und einer der Mutigsten, wenn man sie suchen und runterbringen musste. Wir haben es immer öfter mit Idioten zu tun, die in den Bergen wirklich nichts verloren haben.«

»Idioten?«, fragte Saltapepe.

»Volltrottel«, antwortete Egger, als wäre das eine präzisere Aussage. »Vor drei Wochen musste ich einem polnischen Pärchen in Flipflops vom Klettersteig zur Hütte zurückhelfen. Letzte Saison hatte ich einen Streit mit einer niederländischen Junggesellentruppe. Die Männer hatten mich als Guide gebucht und weigerten sich, die Kiste Bier, die sie am Gipfel trinken wollten, in der Hütte zurückzulassen.«

Egger packte die Teekanne wieder in den Rucksack. »Könnte sein, dass das Wetter umschlägt. Da braut sich ein Gewitter zusammen«, sagte er dann.

Saltapepe grinste. »Keine Sorge, ich bin noch nicht außer Atem.«

Egger zeigte zum Gipfel. Tatsächlich, schwarze Wolken.

»Umdrehen?«, fragte der Ispettore.

»Ein bisschen Zeit haben wir schon noch«, antwortete der Bergführer. »Kommen Sie. Wir sind bald bei den Spalten.«

Sie gingen langsam weiter. Anfangs brachen sie immer wieder knietief im Schnee ein, später war da nur Eis, blank und stabil, in dem die Steigeisen nur zarte Kerben hinterließen. Spuren waren kaum zu erkennen.

Irgendwann tauchten kleine schwarze Punkte in weiter Ferne auf. Die Seilschaften vor ihnen. Das Tal war nicht mehr zu sehen. Manchmal hielt Egger an. Stocherte mit dem Pickel am Boden herum. »Vorsicht«, sagte er dann, winkte den Ispettore heran, zeigte auf die schmale Eisspalte vor ihm, stieg mit einem großen Schritt darüber hinweg.

Die Punkte wurden größer, bekamen Konturen. Die Männer und Frauen standen in einer großen Gruppe zusammen.

»Was ist los?«, rief Egger, als sie näher kamen.

»Ein Pickel«, antwortete einer der Bergretter und trat einen Schritt zur Seite.

5

»Wie lange liegt der schon da?«, fragte Grauner und bekam keine Antwort.

Die Miene des Toten war erstarrt, die Augen glasig. Das Hemd war aufgerissen. In der Mitte der Brust klaffte eine tiefe Wunde. Der Hals wies einen großen roten Fleck auf. Um den Mann herum lagen Haufen dreckiger Bettwäsche.

Weiherer trat an den Commissario heran, er sprach leise. »Wir wissen es nicht, da brauchen wir Filippis Einschätzung. Aber etwas anderes: Der Tote, er hatte ... er trägt ...«

Grauner ließ die kurze Kunstpause über sich ergehen, was blieb ihm anderes übrig?

»... ein Pistolenholster unter dem Hemd.«

Der Commissario hob die Augenbrauen. Weiherer bückte sich, schob das Hemd zur Seite, die braune Tasche kam zum Vorschein. Leer.

»Von der Pistole keine Spur«, fuhr der Spurensicherer fort. »Wir haben den ganzen Raum abgesucht. Auch das Zimmer des Toten. Nichts.«

»Habt ihr Schmauchspuren gefunden? Hat der Mann geschossen?« Grauner kniete sich neben den Kollegen.

»Eine Schmauchspuranalyse können wir vor Ort nicht durchführen«, antwortete Weiherer, »das muss die Gerichtsmedizin machen.«

»Sucht nach der Pistole und nach Einschusslöchern«, sagte der Commissario, »hier, im Zimmer des Toten und ...«, er stockte, dachte nach. »Und in der Turnhalle.«

Weiherer nickte.

»Sucht auch nach der Tatwaffe. Womit ist dieser Mann getötet worden? Mit einem Messer?«

»Ein Messer, ja, wahrscheinlich«, antwortete der Chef der Scientifica. »Ein großes Messer. Meine Männer durchforsten bereits mit einigen deiner Polizisten das Gelände des Hotels, Grauner.«

»Hatte der Mann ein Handy bei sich?«

»Ja«, sagte Weiherer, »es ist bereits auf dem Weg nach Bozen. Ein chinesisches Modell. Mehrmals täglich ein- und ausgehende Anrufe, immer dieselbe Nummer. Teheran. Wir haben es bereits mehrmals probiert, niemand geht ran.«

Grauner betrachtete gedankenverloren das Gesicht des Toten, stand dann auf und sah sich im Raum um. Er glaubte nicht an Zufälle. Niemand, der bei klarem Verstand war, der etwas Lebenserfahrung hatte, glaubte daran. Die Wunde an der Brust war zweifelsohne auf einen Stich mit einem scharfen Gegenstand zurückzuführen. Und das Hämatom am Hals? Nein, er war kein Gerichtsmediziner, ganz sicher nicht, er würde sich hüten, sich in Filippis Bereich einzumischen, es lag ihm außerdem fern, einem Dorfarzt die Kompetenz abzusprechen. Aber das, was er da sah, waren keine Würgemale. Das war ein Fleck, der nach einem festen Stoß auftrat. Nein, er kannte den Dorfarzt von Sulden nicht, aber er kannte viele andere Dorfärzte. Man konnte sie, wenn man so wollte, in zwei Kategorien einteilen.

Die einen, die es sich gemütlich machten. Sie hörten sich die Wehwehchen ihrer Schäfchen an, weil sie wussten, dass es oft gar nicht viel mehr brauchte, damit die Schäfchen sich besser fühlten. War der Fall komplizierter, verwies man sie an einen Facharzt. Basta, Arbeit getan.

Und dann gab es noch den zweiten Typus, der weitaus anstrengender war. Jene Ärzte, die mit großen Hoffnungen und Ehrgeiz gestartet waren, eine Karriere in der Chirurgie, der Kardiologie oder sonst wo angestrebt hatten, es dann aber aus dem Dorf nicht hinausgeschafft hatten.

Sie fühlten sich zwar zu Größerem berufen, hatten aber nicht den Mumm, das Tal zu verlassen. Kurz, der Typ Dorfarzt, der immer alles besser wusste. Grauner vermutete stark, es in diesem Fall mit einem solchen Mann zu tun zu haben.

Der Commissario lugte in den Flur. Ramona Unterkofler, die Bürgermeisterin, unterhielt sich dort mit einem älteren Herren. Der Mann war schlaksig und groß, er trug einen weißen Vollbart und hatte sich einen schwarzen Lederkoffer unter den Arm geklemmt. Zum Glück, dachte Grauner sich, standen die beiden am anderen Ende des Flurs, nicht beim Aufzug, den er gleich zu benutzen plante.

Er verabschiedete sich von Weiherer und schlich sich aus der Waschküche, doch als er den Fahrstuhl beinahe erreicht hatte, hörte er die krächzende Stimme der Bürgermeisterin im Rücken. Er schloss kurz die Augen, blieb stehen, drehte sich um.

»Herr Kommissar, das hier ist Dr. Meininger, unser Dorfarzt, er hat sich den Toten bereits angeschaut.«

Der Mann kam auf ihn zu, streckte ihm die Hand entgegen, er plapperte gleich los. »Eigentlich habe ich mich in den vergangenen Jahren auf Bergunfälle spezialisiert«, sagte er, »Oberschenkelhalsbrüche und Bänderrisse der Skifahrer im Winter, Fleischwunden und Schädelbrüche der Kletterer im Sommer. Aber natürlich kenne ich mich auch mit solchen Sachen ganz gut aus.« Er nickte eifrig. »Wir hatten mal einen Fall, da hatte ein Bauer mit einem anderen einen Streit. Es ging um den Gestank des Schweinestalls, der vom Bauernhof des einen zu dem des anderen hinüberwehte.«

Die Bürgermeisterin sah ihn mit großen Augen an, fuhr sich durchs kurze Haar.

»Nun betrieb der zweite Bauer aber auch Ferienwohnungen, Urlaub auf dem Bauernhof, verstehen Sie? Naturfeeling für Großstädter. Echtes Dorfleben. Aber halt nicht *zu* echt. Ponys streicheln, das wollen sie ja alle, aber den Schweinegestank, den wollen die meisten dann doch nicht. Also lag da eines Morgens eines der Ferkel, eines dieser süßen kleinen Dinger, tot vor dem Stall des Schweinebauern. Erwürgt. Ja, mit einer ähnlichen Druckstelle wie die, die unser Toter am Hals hat.«

Grauner überlegte, ob sein Gegenüber unter Schock stand. Der war ganz sicher noch nie an einem Tatort gewesen. Also nicht an einem richtigen. Nur an einem Ferkeltatort. Der war einfach überfordert. Ja, so musste es sein. Er murmelte etwas Unverständliches und hörte nicht mehr zu, als Meininger ihm seine Analyse vortrug. Er versuchte, die Informationen zu ordnen, die Weiherer ihm gegeben hatte. Der Mann, der da in der Waschküche lag, war Iraner. Einundfünfzig Jahre alt. In Etage vier war ein Zimmer auf seinen Namen gebucht worden, vom iranischen Sportkletterverband. Er gehörte zum Team von Zahra Jafari. Er sei ihr Berater gewesen. Was auch immer das bedeuten mochte.

Vorgestern, am Samstagmittag, habe er sich etwas aufs Zimmer bestellt, das hatte Tappeiner bereits in Erfahrung gebracht. Später hing an der Tür ein *Bitte nicht stören*-Schild. Normalerweise, hatte der Hoteldirektor erklärt, klopfe jemand vom Personal an die Zimmertür, wenn ein Gast nicht zu den Mahlzeiten erschienen sei und das Schild länger als vierundzwanzig Stunden an der Tür hänge. Diesmal hätten sie das nicht getan. Im Durcheinander nach dem Verschwinden der Kletterin sei das untergegangen. Heute in aller Früh habe ihn eine Angestellte unter dem Wäschehaufen entdeckt. Die Rezeption alarmiert. Sie stehe noch unter Schock.

»Danke, gute Arbeit«, unterbrach Grauner den Dorfarzt. »Wenn ich Sie brauche, weiß ich, wo ich Sie finden kann.«

Er trat in den Aufzug, um ins Erdgeschoss zu fahren. Sie mussten schnellstens herausfinden, welche Rolle der Tote im Gefüge des iranischen Teams tatsächlich gespielt hatte.

Der Commissario betrat das Foyer. Bodentiefe Fenster gaben den Blick auf die Berge und die Dächer des Dorfes frei. Er entdeckte seine Assistentin draußen auf der Sonnenterrasse, telefonierend. Zwischen den leeren Stühlen und Tischen lief sie wild gestikulierend umher.

Er ging auf sie zu, er wollte sie beauftragen, an der Rezeption die Nummern der Mitglieder des iranischen Teams zu besorgen. Sie alle zusammenzutrommeln.

Außerdem sollte sie schnellstmöglich den Abtransport des Leichnams in die Gerichtsmedizin organisieren.

Und wo verdammt war Saltapepe? Die Sonne schien vom wolkenlosen Himmel. Auch wenn er am Berg etwas langsam war, müsste er doch inzwischen im Tal angekommen sein. Es war beinahe halb zehn Uhr.

Tappeiner legte das Handy weg. »Ich habe veranlasst, dass sich das iranische Team in einer halben Stunde versammelt. Dann können wir mit ihnen sprechen. Außerdem müsste der Leichentransporter gleich da sein.«

»Wow, Silvia«, sagte Grauner und klopfte ihr auf die Schultern.

Sie schmunzelte. »Filippi hat sich eben gemeldet. Ich hatte ihr die Fotos des Toten sofort geschickt.«

»Und?«, fragte er.

»Ein Würgemal sei das ganz bestimmt nicht, hat sie gesagt. Das stammt eher von einem Stoß. Von einem harten Gegenstand oder ...«

Grauner richtete sich auf. »Oder?«

»Es könnte auch ein Faustschlag oder ein Fußtritt gewesen sein.«

»Vermutlich der Schlag eines Kampfsportlers«, sagte er nachdenklich.

»Lechthaler, bevor er starb?« Tappeiner legte den Kopf schief.

»Oder einer seiner Taekwondokollegen«, spann er den Gedanken weiter. Dann hob er den Zeigefinger und grinste schief. »Wir dürfen nicht spekulieren, Silvia! Wir müssen uns an die Fakten halten. Und herausfinden, ob Al-Abadi vor oder nach Lechthaler getötet wurde.«

Sie schwiegen eine Weile. Grauner atmete die frische Bergluft ein, sah zum Gipfel des Ortlers hinauf. Stunden könnte er damit verbringen, ihn anzusehen. So manch einer kam damit nicht klar, wenn ihm die Berge tagein, tagaus die Sicht verstellten. Er hatte es nie so empfunden. Unvorstellbar, auf dem flachen Land zu leben, wo nichts dem Blick Halt bot, alles in der Ferne verschwamm.

Er bemerkte, dass hinter dem Gipfel schon wieder graue Wolken aufgezogen waren. Neuer Tag, gleiches Spiel. Im Sommer waren die Vormittage oft heiter, bis im Laufe des Nachmittags vom Süden her ein Gewitter anrollte. Manchmal auch schon früher.

»Saltapepe?«, fragte er schließlich in Tappeiners Richtung. »Bei mir hat er sich noch nicht gemeldet.«

Sie wich seinem Blick aus.

»Bei dir?«, fragte Grauner weiter.

»Nein, aber …«

»Aber?«

»Ich habe mich auch schon gewundert. Ihn dann angerufen. Er ist nicht rangegangen. Also habe ich es bei der *Payer*-Hütte versucht. Ich habe mit der Hüttenwirtin gesprochen. Er ist …«

»Ist er immer noch da oben? Hat er etwas entdeckt?« Grauner runzelte die Stirn.

»Er ist nicht mehr in der Hütte, er ist…«

Der Commissario sah sie abwartend an.

»Er ist in aller Früh mit dem Suchtrupp losgegangen. In Richtung Gletscher.«

Grauner glaubte, sich verhört zu haben. Bis vor Kurzem war der freiwillig keinen einzigen Schritt bergauf gegangen. Und jetzt der Ortler? Was stimmte nicht mit dem? Tappeiner tat, als suchte sie etwas in ihrer Tasche. Alles aus Liebe? Doch dann grinste er. Natürlich. Sie veräppelte ihn.

Er hatte die Zügel in den vergangenen Jahren wohl etwas zu locker gelassen. Nichts gegen Scherze, an langweiligen Tagen in der Questura, aber nun, nach zwei Morden? »Silvia!«

Doch sie hob nur den Kopf und zuckte mit den Schultern.

6

»Ist es ganz sicher ihr Pickel?«, fragte Egger.

Der Mann bejahte, nahm den Helm und die Sonnenbrille ab. Saltapepe erkannte Lukas Staffler, der nun erklärte, dass am Griff Jafaris Name eingraviert sei.

»Wo lag er?«, fragte Egger.

»Da vorne, neben einer großen, tiefen Spalte.«

Beide Bergführer senkten die Häupter. Saltapepe glaubte zu verstehen, was das bedeutete. Sein Magen zog sich zusammen.

»Kommt«, sagte Staffler schließlich, »ich zeige es euch.«

Die anderen traten stumm zur Seite.

»Da«, sagte der junge Bergretter.

Ein Pickel ragte aus dem Schnee. Der Ispettore lief darauf zu.

»Halt«, Egger zog ihn zurück. »Vorsicht!«

Nun sah Saltapepe auch den dunklen, beinahe zwei Meter breiten Riss. Die Gletscherspalte.

»Liegt sie dadrin?«

Der junge Bergführer hob die Schultern. »Wir haben nach ihr gerufen – keine Antwort. Einer von uns wird versuchen, hinunterzuklettern.«

Saltapepe schaute ungläubig zur Spalte. »Da runter?«

»Ja«, sagte Staffler.

»Wie tief geht's da rein?«

»Zehn Meter bestimmt. Vielleicht ist die Spalte aber auch irgendwo so eng, dass man stecken bleibt.«

»Glauben Sie, es ist möglich, sie noch lebend zu finden?«, fragte der Ispettore.

»So oder so müssen wir versuchen, sie zu bergen«, sagte der Mann. »Wir lassen niemanden einfach am Berg zurück. Wir tun alles, um die Verunglückten ins Tal zu bringen, auch wenn sie tot sind. Das sind wir ihnen schuldig.«

Das Rotorengeknatter des Hubschraubers war wieder zu hören, er kreiste über ihnen. Einige der Bergsteiger zogen weiter in Richtung Gipfel, der von schwarzen Wolken umgeben war. Saltapepe schaute fragend zu Egger, der hob nur die Schultern. Der Berg war ein freier Ort.

»Würden Sie da jetzt hochgehen?«, fragte Saltapepe.

Der Mann schüttelte den Kopf.

»Wäre Lechthaler weitergegangen?«

»Sicher nicht.«

»Gab es wegen solcher Sachen Streit?«

»Streit kannst du dir auf dieser Höhe nicht leisten.«

»Und Streit gab es im Tal schon genug, nicht?«

Egger sah ihn ausdruckslos an.

»Lechthaler und Ramoser«, präzisierte der Ispettore.

Der Bergführer nickte langsam. »Ja, eine Schande, dass das alles so gelaufen ist.«

»Was, wie gelaufen?«

»Na ja …« Er schien zu überlegen, wie er es ausdrücken sollte. Zwei der anderen Bergretter warfen sich einen schnellen Blick zu.

»Was ist schade?«

»Dass die sich nicht grün gewesen sind. Das ist doch schade, wir müssten doch zusammenhalten, alle an einem Strang ziehen.« Zum ersten Mal, seitdem der Ispettore ihn kannte, wirkte er verunsichert.

»Die Vereine«, murmelte Saltapepe. In den vergangenen Jahren hatte er gelernt, dass die Dörfer Südtirols von den Vereinen zusammengehalten wurden.

Natürlich gab es das auch in Städten, aber das war nicht das Gleiche. In Neapel, als Jugendlicher, hatte der Ispettore sich eine Weile in der Curva des SSC engagiert, bis er bemerkt hatte, dass sie durch und durch mafiainfiltriert war. Dann schrieb er sich in einem Segelclub ein, bis er eines Nachts beobachtete, wie Mitglieder heimlich illegale Waren von Frachtschiffen an Land brachten. Als er sich im Stadtviertelverein anmeldete, musste er feststellen, dass dort Geldwäsche betrieben wurde. Danach ging er zur Polizei.

»Etwas verstehe ich immer noch nicht.« Er wandte sich wieder an Egger. Staffler hatte sich den Rucksack umgeschnallt, seine Kunden um sich versammelt. Weiter hinten machten sich vier Bergretter an einem Seil zu schaffen. Sie befestigten es mittels mehrerer Haken im Eis und warfen das andere Ende in die Spalte. Einer der Männer hängte sich mit einem Karabiner daran.

»Die Kampfrichter sind doch am Gipfel gewesen und auf dem Rückweg zur Hütte hier vorbeigekommen. Jemand müsste den Pickel der Iranerin doch gestern schon gesehen haben.«

»Nein«, antwortete Egger, »wir befinden uns hier nicht mehr auf der normalen Route. Die führt dort oben entlang«, er zeigte in Richtung Norden. »Jafari muss vom Weg abgekommen sein. Sie war ja die ganze Zeit alleine beim Abstieg.«

»Die ganze Zeit nicht«, fiel ihm Staffler ins Wort.

Egger und Saltapepe schauten zu ihm.

»Ein Stück weiter oben auf dem Gletscherfeld habe ich Bianchi und Jafari zusammen gesehen. Vom Hubschrauber aus. Ich bin ja immer wieder hochgestiegen, mit einem Kcamerateam der *RAI* an Bord. Da habe ich sie gesehen, ich habe sie an ihren Jacken erkannt. Ganz sicher.«

»Was?« Saltapepe hatte geschrien. »Laut unseren Informationen war Jafari bereits losgegangen, als die Italienerin am Gipfel ankam.«

»Jafari mag alleine losgegangen sein, aber Bianchi muss sie irgendwann eingeholt haben. Ich habe sie gesehen. Zwei Punkte. Ein gelber, ein roter.«

Saltapepe dachte fieberhaft nach. Vielleicht war die Italienerin gar nicht so überrascht gewesen, wie sie getan hatte, als sie unten in der *Payer*-Hütte angekommen war und von Jafaris Verschwinden erfahren hatte. Der Ispettore holte das Handy heraus. Kein Empfang, natürlich. Er tippte trotzdem eine Nachricht an Grauner.

Bin auf Eisfeld unterm Gipfel. Pickel gefunden, Jafari liegt wohl in Gletscherspalte. Wahrscheinlich tot. Ein Zeuge hat sie beim Abstieg auf dem Gletscher mit Bianchi gesehen. Vielleicht hat die etwas mit der Sache zu tun. Sollten wir prüfen!

Er drückte noch nicht auf »Senden«. »Was jetzt?«

»Die vier Kollegen suchen hier weiter«, sagte Staffler. »Ich will meine Leute noch schnell hoch zum Gipfel bringen. Ich brauch die hundert, Helmut, die fünfzig reichen mir nicht, der Umbau vom Stadel, das kostet.« Der junge Mann setzte Helm und Sonnenbrille auf. »Wir sehen uns in der Hütte.«

»Mach schnell«, sagte Egger.

Dann stapfte Staffler mit seiner Gruppe los.

Saltapepe schaute ihm sehnsüchtig hinterher. Einmal auf diesem Gipfel stehen. Auf dem höchsten Südtirols. Aber nein, er musste schleunigst ins Tal zurück.

Egger trat ganz nah an ihn heran, packte ihn am Oberarm. »Einer der berühmtesten Bergsteiger, der alle Achttausender erklommen hat, der jetzt alt ist, hat einmal gesagt, sein größtes Glück sei nicht, auf all diesen Gipfeln gestanden zu haben. Sondern, noch zu leben.«

Saltapepe nickte. *Ich gehe jetzt wieder talwärts, wir treffen uns im Dorf. Ciao, S.*

Er schickte die Nachricht ab. Hoffte, dass sie bald übertragen würde.

»Ich packe die Seile noch aus, schaue nach den Kol-

138

legen an der Spalte, helfe ihnen, sie festzumachen, dann gehen wir los.«

Der Ispettore steckte das Handy zurück in die Jackentasche. »Fünfzig, hundert, was bedeutet das?«, fragte er.

»Das haben die jungen Bergführer sich ausgedacht. Zwanzig Prozent des Preises zahlen die Kunden, wenn die Tour wetterbedingt ausfallen muss, fünfzig, wenn wir mittendrin umdrehen müssen, hundert, wenn sie am Gipfel stehen.«

Während Egger mit den Bergrettern sprach, drehte Saltapepe sich um sich selbst und legte den Kopf in den Nacken. Wind war aufgekommen, er wirbelte Schneekristalle umher, der Hubschrauber drehte ab, verschwand am nördlichen Ende des Gletscherplateaus in der Tiefe.

7

Sie hatten sich an einem Tisch im Bistro des Hotels *Bellavista* versammelt. Grauner und Tappeiner auf der einen Seite, Zahra Jafaris Kletterdelegation auf der anderen.

Da saß Jafaris Mutter, sie war blass. Neben ihr der Materialwart der Kletterin, ihr Masseur, ihr Koch.

Der Commissario biss sich auf die Lippen und überlegte, wie er das nun anstellen sollte. Selbst wenn die anderen alle Englisch konnten, seine eigenen Englischkenntnisse waren, nun ja, inexistent.

»Does anyone here speak English?«, hörte er Tappeiner neben sich sagen.

»I do«, sagte die Mutter der Athletin und fuhr dann zu

seiner Erleichterung und Überraschung beinahe akzentfrei auf Deutsch fort: »Wir können uns aber auch in Ihrer Sprache unterhalten. Ich habe sie als Studentin gelernt. Ich übersetze dann für die anderen.«

Ein dünnes Seidentuch bedeckte ihre Haare, sie war ganz in Schwarz gekleidet.

Der Commissario lehnte sich nach vorn. »Ich muss Ihnen mitteilen, dass wir den Pickel Ihrer Tochter gefunden haben. Im Eisfeld unter dem Gipfel, am Rande einer tiefen Gletscherspalte.«

Die Mutter der Athletin bemühte sich sichtlich, Haltung zu bewahren, doch ihre Lippen begannen zu zittern.

»Die Bergrettung sucht die Spalte nun ab. Die Männer tun alles, um sie zu finden.«

Die Frau wiederholte leise die Worte auf Farsi. Ihr Gesicht glich einer Maske. Bleich und starr.

Der Commissario warf einen schnellen Blick zu Tappeiner. »Ich muss mit Ihnen, Ihnen allen, nun über den Tod Ihres Kollegen sprechen, Diyar Al-Abadi.«

»Kollege, pah!«, entfuhr es der Mutter.

Grauner hob die Augenbrauen. Die Frau presste die Lippen zusammen.

»Diyar Al-Abadi ist kein Kollege?«, fragte er. Die drei Teammitglieder schauten stumm zu Boden.

»Er wird meiner Tochter von der Regierung zur Seite gestellt. *Zu ihrer eigenen Sicherheit*, wie es heißt«, sagte die Mutter der Athletin. Ihre Stimme klang, als läse sie eine Gebrauchsanweisung vor.

»Wann haben Sie Al-Abadi zuletzt gesehen?«, fragte Grauner.

»Vorgestern, kurz vor dem Abendessen. Telefonierend. In der Lobby. Er war ständig in Kontakt mit irgendwelchen Leuten in Teheran.«

Grauner griff in die Jackentasche, zog das Handy hervor, öffnete die Bildergalerie. Er legte es auf den Tisch und wischte von einer Aufnahme zur nächsten. Sie zeigten den Toten und dessen Verletzungen.

Die Frau flüsterte den anderen etwas auf Farsi zu.

»Haben Sie eine Ahnung, woher die Wunden stammen könnten?«

Keine Reaktion.

»Ist Ihnen dieser Fleck am Hals aufgefallen, als der Mann noch gelebt hat?«

Die anderen schwiegen weiterhin. Nur der Materialwart zuckte leicht mit den Schultern.

»Gut«, sagte der Commissario, stand auf, kramte eine Visitenkarte aus der Tasche, schob sie über den Tisch. »Sie erreichen mich unter dieser Nummer – falls Ihnen noch etwas einfällt. Ich werde Sie auf dem Laufenden halten, was die Suche nach ...«

Mitten im Satz erhob sich die Mutter der Athletin, griff nach seiner Hand und drückte sie sanft. Er roch ihr Parfum, ein dezenter Hauch von Lavendel. »Finden Sie meine Tochter, Herr Kommissar, ich vertraue Ihnen. Ich muss sie sehen und zurück in ihre Heimat bringen. In das Dorf meiner Eltern, an den Ort ihrer Kindheit, ihre sterblichen Überreste sollen dort begraben werden.«

»Nichts«, sagte Tappeiner und ging voran auf die Terrasse.

»Doch, das war doch einiges«, sagte er.

Die Assistentin blieb stehen. Atmete die frische Luft ein. Der Gipfel war hinter den dunklen Wolken nicht mehr zu sehen.

»Was meinst du?«, fragte sie. Immer wieder erstaunte es sie, wie viel sie auch nach all den Jahren noch von ihm lernen konnte.

»Al-Abadis schrecklicher Tod hat sie nicht erschüttert«, sagte er nachdenklich. »Sie trauern nicht um ihn, im Gegenteil. Es wirkte fast, als wären sie erleichtert.«

»Wahrscheinlich sind sie aufgewühlt, weil Jafari verschwunden ist«, warf Tappeiner ein.

Grauner grummelte etwas Unverständliches. »Ja«, sagte er schließlich nachdenklich, »aber die Mutter hat so gesprochen, als wäre bereits klar, dass ihre Tochter tot ist. Das verstehe ich nicht. Die meisten klammern sich bis zum Beweis des Gegenteils an die Hoffnung, ihr Kind würde noch leben. Irgendetwas haben wir übersehen.«

Sie liefen die Treppe hinab, die von der Terrasse zur Straße führte. Tappeiner holte ihr Handy hervor, zwei Sprachnachrichten waren eingegangen. Sie zeigte Grauner den Bildschirm.

»Die Spurensicherung«, sagte sie und hielt sich das Gerät ans Ohr. Zwei Minuten später waren sie einen Schritt weiter. Einen kleinen zumindest.

Der Mist in der Turnhalle, er stammte tatsächlich von Lex Ramosers Bauernhof. Er enthielt neben Exkrementen von Kühen, Schweinen, Hühnern, Kaninchen und

Ziegen auch Vogelschiss. Alpendohle. Kanarienvogel. Eigenartigerweise auch die Hinterlassenschaften eines Bartgeiers. Und: Weiherers Männer hatten in der Turnhalle tatsächlich ein Einschussloch mitsamt der Patrone entdeckt. In einem Holzbalken in der Decke. Neun Millimeter. Eine Pistole.

»Das ist interessant«, sagte Grauner.

»Und verwirrend«, gab Tappeiner dazu.

»Nehmen wir an, es war tatsächlich unser Iraner, das zweite Mordopfer, der in der Halle geschossen hat«, überlegte der Commissario, »warum war er da? Warum hat er das getan? Auf wen hat er geschossen? Kannte er Lechthaler?«

»Oder Ramoser?«

Grauner scharrte mit den Füßen im Kies des Straßenrands.

»Woher sollten die beiden sich kennen?«, fragte Tappeiner.

Er zuckte mit den Schultern. Aus Richtung des Gemeindehauses kamen zwei Passanten schnellen Schrittes näher.

»Uff, Ramona Unterkofler schon wieder«, raunte der Commissario ihr zu.

Der Mann neben der Bürgermeisterin hatte schulterlanges, zerzaustes Haar, er trug eine schwarze Hornbrille und einen dunkelblauen Trenchcoat. Tappeiner brauchte ein paar Sekunden, bis ihr einfiel, woher sie ihn kannte. Vor der *Tabaretta*-Hütte hatte sie ihn gesehen, gestern, inmitten des Journalistenpulks hatte er gestanden, neben Charly Weinreich, dem Reporter vom *Südtirol Kurier*.

Die beiden waren noch etwa zehn Meter von ihnen entfernt, da schrie die Bürgermeisterin bereits. »Oschtralattn, der tote Lechthaler, dieser tote Iraner, die zu neunundneunzig Prozent tote Kletterin, mit Ihnen im Tal, Kommissar Grauner, hören die Schreckensnachrichten ja gar nicht mehr auf! Mir wäre es lieber, Sie würden bald wieder nach Bozen zurückkehren, damit endlich wieder Ruhe einkehrt!« Die Frau versuchte sich an einem Lächeln, es misslang.

Tappeiner stöhnte leise. Sie kannte das bereits. Irgendjemand beschwerte sich immer, das Geschnüffel würde alles nur schlimmer machen. Dahinter steckte die Furcht, dass der Mörder einer von ihnen sein könnte. Einer aus dem Tal. Das Böse musste von außen kommen. Es kam doch immer von außen.

»Are you from *Gazzetta dello Sport*?«, fragte der Mann mit der Hornbrille, als die beiden bei ihnen angelangt waren.

Grauner drehte sich hilflos zu Tappeiner. Sie übersetzte.

»Or local press?«, hakte der Mann nach.

»Das sind Polizisten«, sagte die Bürgermeisterin, noch bevor Tappeiner antworten konnte. »Local police. Südtiroler FBI. Mordkommission. Columbo, you understand? Bumbum!«

Der Mann hob eine Augenbraue. »Oh, really? So please let me introduce myself, if I may: Norman Pellegrini, filmmaker and freelance journalist on behalf of the *TIME-Magazine*.«

Pellegrini! Ja, Tappeiner erinnerte sich an den Namen.

Das war der Mann, der vor einigen Jahren das große Porträt über Zahra Jafari geschrieben hatte.

»Ich kenne Ihren Artikel über iranische Sportlerinnen im Asyl, in dem auch unsere Vermisste vorkommt«, sagte sie auf Englisch, »guter Text.«

Der Mann lächelte.

»Und in welcher Angelegenheit recherchieren Sie jetzt?«

»Mal schauen«, sagte er nur, seine Augen blitzten.

Tappeiner überlegte, ob man als Journalist derart abgebrüht war, dass man sich sogar freute, wenn etwas Schreckliches passierte.

»Anfangs wollte ich ihn zum Teufel schicken«, sagte die Bürgermeisterin, »aber er sagte, dass er vielleicht eines Tages ein Porträt über mich schreiben wolle, da dachte ich mir: Warum nicht? Vielleicht machen wir unser Tal dann auch international bekannt.«

Tappeiner warf dem Commissario einen Blick zu. Der schien gar nicht zuzuhören.

»Die Sicht eines Ermittlers würde ganz wunderbar in den Text passen«, sagte Pellegrini. »Ihr Kollege hier«, er zeigte auf Grauner, »er gefällt mir. Können Sie ihn fragen, ob er …«

»Er will nicht«, sagte Tappeiner.

»Wir könnten einen Deal machen«, sagte der Journalist, »einen Informationsaustausch.«

»Wir machen keine Deals. Wir ermitteln. Wir suchen Mörder. Und wenn wir sie gefunden haben, machen wir Feierabend.«

Der Mann grinste. Tappeiner grinste breiter.

»Na dann«, sagte Pellegrini, »viel Glück.«

»Ebenso«, antwortete die Ermittlerin.

»Was wollte der?«, fragte Grauner, als die beiden sich entfernt hatten.

»Dich groß rausbringen«, antwortete die Assistentin.

»Du hast ...«

Sie schmunzelte. »Ich kenne dich mittlerweile, Grauner, ich habe in deinem Sinne geantwortet. Außerdem können wir das Belli nicht antun, dich – und nicht ihn! – der internationalen Presse zu präsentieren.«

Dann lachten sie beide.

»Und jetzt?«, fragte Tappeiner schließlich, als sie ein paar Meter gegangen waren. Sie schaute auf die Uhr. Es war Viertel nach zwölf.

»Ich versuche, Belli zu erreichen, besorge einen Untersuchungsbeschluss für Ramosers Hof und die Genehmigung für ein offizielles Verhör. Du kontaktierst die Carabinieri, sie sollen ihn abholen. Und nach Bozen bringen.«

Sie nickte.

»Hoffentlich ist Saltapepe bald da, dann gehe ich mit ihm heute Abend zur Feuerwehr, ehe wir nach Bozen zurückfahren, um den Bauern zu verhören.«

»Zur Feuerwehr?« Sie verstand nicht ganz.

»Ja, Weiherer hat mir vorhin geschrieben, dass die Taekwondostunde heute dort stattfindet. Die Turnhalle ist noch immer nicht freigegeben. Weil vier Männer vom Taekwondo auch bei der Feuerwehr sind und die Feuerwehrautos heute eh gewaschen werden, wird die Garage kurzerhand umfunktioniert.«

8

Der Ispettore hatte gar nicht bemerkt, dass sich der Nebel angeschlichen hatte. Er nahm die Sonnenbrille ab, sah trotzdem kaum etwas.

Das Seil zog und zerrte an ihm, Egger ging eilig voran. Saltapepe hörte den Wind jaulen, unzählige Eiskristalle rieselten ihm in den Kragen seiner Jacke.

»Egger«, schrie er. Mühsam setzte er einen Fuß vor den anderen. Da tauchte ein Schatten auf, der Mann war stehen geblieben. In seinem Bart hatte sich Schnee verfangen.

»Wo sind wir? Die Eiswand, wie kommen wir bei dem Wetter da runter?« Saltapepe merkte, dass seine Stimme zitterte.

Erst verstand er nicht, was ihm der Mann antwortete, er schrie erneut.

»Die Eiswand, wie kommen wir da hinab?«

Dann verstand er ihn doch.

»Wir kommen nicht runter.«

Dem Ispettore rutschte das Herz in die Hose. Das war es dann wohl. »Wir sind … – sind wir verloren?«

»Wir sind bereits nordwestlich an der Wand vorbeigegangen. In Richtung des Biwaks«, schrie der Bergführer, »da finden wir Schutz.«

»Wie? Was? Wie weit ist das?« Saltapepe fürchtete sich vor der Antwort. Biwak? War das eine Hütte? Hier gab es doch keine Hütten! Ein Zelt? Ein Zelt, nein, das würde so ein Sturm innerhalb von Minuten wie eine wilde Bestie zerrissen haben.

»Da«, sagte Egger und zeigte nach vorne.

Tatsächlich, im Schneegestöber waren schwache Konturen zu erkennen. Die beiden kämpften sich voran und erreichten eine kleine Blechhütte. Sie war nur wenige Quadratmeter groß. Der Bergführer zog die Tür auf, sie schlüpften hinein. Der Ispettore schaute noch einmal zurück in den Sturm. Wo mochten die anderen alle sein? Egger schloss die Tür. Sie nahmen Helm, Brille und Handschuhe ab. Der Bergführer entzündete das Licht einer Taschenlampe. Nahm das Funkgerät in die Hand. Es knackte, dann rauschte es.

»Mayday, Mayday, Zentrale? Könnt ihr mich hören? Habe mit dem Ispettore der Polizei das Biwak erreicht. Draußen recht heftiger Sturm.«

Recht heftig? Saltapepe hätte gelacht, wenn er nicht so fertig gewesen wäre.

»Weitere Kunden und Bergretter sind noch im Unwetter. Oben am Gipfel. Wir warten hier drinnen. Hallo, Mayday, könnt ihr mich hören?« Er legte das Gerät weg.

Der Ispettore wartete darauf, dass er etwas sagte. Doch da kam nichts mehr. Also begann er selbst zu sprechen. Vorsichtig. »Wie ... wie lange müssen wir hier drin ...?«

Egger zuckte die Schultern. »Das Unwetter kann Stunden dauern. Vielleicht auch bis morgen früh.«

Saltapepe rieb sich die Hände, sie waren eiskalt. Dann schaute er sich um.

Es war, als hämmerte der Sturm mit tausend Fäusten gegen das Blech des Biwaks. Es war, als heulten tausend Stimmen im Wind. Auf dem Boden waren Decken und Plastikplanen ausgelegt. Weiter hinten standen ein Gaskocher und eine Kiste mit Plastikwasserflaschen. In einem kleinen Holzregal stapelten sich Blechteller sowie einige Keramiktassen. Auf der anderen Seite stand ein kleiner Schrank, darin lagen Handtücher, Seile, Karabiner. Er war auch mit ein paar Schubladen versehen.

»Dieser Unterschlupf hat uns schon oft gerettet«, sagte Egger, »wir haben das Biwak vor vielen Jahrzehnten aufgestellt. Wenn das Unwetter kommt, ist es oftmals zu gefährlich abzusteigen. Dann verkriechen wir uns hier und warten.«

»Steht die Hütte auf Eis?«, fragte der Ispettore.

»Nein, auf einem Felsvorsprung, sie ist mit meterlangen Stahlstangen im Stein verankert. Da kann der Wind zerren, wie er will, das Biwak fliegt nicht weg.«

Wieder lauschte Saltapepe dem Heulen des Sturms, und wieder war es ihm, als hörte er Stimmen, doch er verstand nicht, was sie sagten.

»Es klingt, als würde jemand flüstern«, sagte er.

Der Mann grinste. »Flüstern! Ja, es heißt, das sind die Toten im Eis.«

Der Ispettore sah ihn skeptisch an. »Wie viele Tote gab es denn in den vergangenen Jahrzehnten? Seit dem Ersten Weltkrieg? Sie haben von diesem Touristen erzählt, der vor ein paar Tagen unterhalb der *Payer*-Hütte verunglückt ist. Dann, das müssen wir annehmen, Jafari – das sind zwei in diesem Sommer. Es wird doch nicht jeden Sommer so etwas Schlimmes geschehen, es ...« Der

Gesichtsausdruck seines Gegenübers ließ ihn mitten im Satz innehalten.

»Mal gibt es einen im Jahr, mal vier. Vor elf Jahren waren es zwölf. An einem Tag. Zwei ganze Seilschaften. Einer rutschte aus, rammte die anderen, alle landeten sie am Fuße der Eiswand. Alle tot.«

Saltapepe schluckte, seine Kehle fühlte sich staubtrocken an, er schnappte sich eine der Flaschen.

»Die meisten können wir bergen.«

»Und die anderen?«

»Liegen da immer noch irgendwo im Eis. Es sind ihre Stimmen, die Sie hören.«

»Die Kollegen, die mit den Kunden zum Gipfel wollten, und die, die sich in die Spalte abgeseilt haben, was ist mit ihnen?«

»Sie werden es schon herschaffen. Noch ist der Wind nicht so stark.«

Diese Gelassenheit begann Saltapepe gehörig zu nerven. »Wir haben kaum etwas gesehen draußen!«

»Meine Kollegen kennen den Weg. So wie ich. Sie finden ihn blind. Auch im *Whiteout*.«

Der Ispettore schreckte hoch. Er hatte lange Zeit stumm vor sich hin gestarrt, dann, irgendwann, musste er eingenickt sein. Wie lange hatte er geschlafen? Er tippte aufs Handy. 16.11 Uhr. Egger lehnte ihm gegenüber an der Wand, lächelte. Der Ispettore rappelte sich hoch, die Glieder schmerzten. Er stellte sich vor den Schrank mit den Schubladen. Erst jetzt bemerkte er, dass an einigen Namensschildchen prangten. *H. Egger*, las er. *L. Staffler. M. Lechthaler.*

Er drehte sich um. »Was ist dadrin?«

»Unsere Geheimnisse.« Der Bergretter lächelte.

Der Ispettore runzelte die Stirn. »Geht das auch ein bisschen genauer?«

»Die Telefonnummern von ein paar netten Damen, die ich zum Gipfel bringen durfte. Und ein iPod. Alleine, im Sturm, nachts, da kann's manchmal ganz schön einsam sein. Da hilft Musik. *Pink Floyd*«, er summte vor sich hin. »*Dark Side Of The Moon.*«

»Und was horten die anderen?«

»Beim Lukas vermute ich stark, dass er ein paar *Playboy*-Heftchen dadrin hat.«

»Und Lechthaler?«

Egger zuckte die Schultern. Saltapepe ging zur Schublade des Toten, rüttelte daran, sie war verschlossen. Neben einem der eingerollten Seile entdeckte er einen Pickel. Zögernd sah er Egger an.

»Sie sind der Inspektor, Sie entscheiden das«, sagte der Bergführer.

Saltapepe nahm den Pickel, steckte das flache Ende zwischen die Front und den Rahmen, es brauchte nicht viel, es knackte und krachte, die Schublade sprang auf.

Der Ispettore zog sie heraus und legte sie auf den Boden. Er schob drei Paar dicke Socken beiseite, eine Gletscherbrille und ein Feuerzeug, das neben einer halb leeren Kaugummipackung lag. Ganz unten entdeckte er ein Foto. Er hielt es ins Licht.

Sonne, eine Steinmauer, ein Feigenbaum. Dahinter erstreckten sich karge Felder und mächtige Berge. Das war nicht Südtirol, das erkannte der Ispettore sofort. Zwei Menschen lehnten an der Mauer, eng umschlungen. Der junge Lechthaler. Die Haare waren etwas länger als auf den Bildern im Album, das er in der Kammer gefunden hatte, sie standen struppig ab. Das Gesicht hatte er im Nacken einer jungen Frau vergraben. Ihre Haare waren schulterlang, pechschwarz, ihr Teint dunkel. Sie könnte Neapolitanerin sein, dachte der Ispettore. Sie hatte die Augen geschlossen, lächelte. Sie war wunderschön.

»Diese Frau«, sagte der Mann neben ihm. Saltapepe bemerkt erst jetzt, dass auch Egger auf das Foto starrte. »Ich kenne sie. Ich habe sie erst kürzlich gesehen.«

Der Ispettore runzelte die Stirn. Wie sollte das gehen? Das Foto war vergilbt, die Aufnahme sicher mehrere Jahrzehnte alt.

»Der Mund, das Gesicht, ich glaube, diese Frau war vor drei Tagen in der *Payer*-Hütte.«

Saltapepe schaute ihn ungläubig an.

»Sie saß da alleine. Irgendwann gesellte sich Lechthaler zu ihr. Ich dachte, sie wäre eine seiner Kundinnen. Später hab ich sie nicht mehr gesehen. Es war verdammt viel los an dem Abend. Alle Betten belegt.«

Auf der Rückseite war etwas mit verblasster Tinte geschrieben. Er brauchte einige Anläufe, bis er es entziffern konnte.

»Tehar ... Teheran«, murmelte er. »12. Juli 1977.«

Und: »Fe – Fer – Far – Fariba.«

Teheran. Lechthaler. Ihm war klar, dass das, was er da

in der Hand hielt, Ermittlungsstränge verbinden könnte. Er hatte nur noch keine Ahnung, wie.

Wieder hörte Saltapepe von draußen Klopfgeräusche. Die Toten? Nein, das war kein Flüstern. Jemand rief nach ihnen. Egger stand auf und öffnete die Tür.

Dunkle Gestalten traten herein, sie nahmen die Helme ab und sanken erschöpft zu Boden. Es waren die Bergführer und ihre Kunden, die weiter zum Gipfel gegangen waren, und die Männer, die sich in die Gletscherspalte abgeseilt hatten.

»Das war knapp«, sagte Staffler, »aber wir haben es zum Gipfel geschafft.«

Dann erzählte einer der Bergretter, die nach Jafari gesucht hatten, dass sie nach der Gipfelrückkehr der einen alle gemeinsam losgegangen seien. Nur wenig später habe der Sturm so gewütet, dass sie in einer Eismulde eng aneinandergedrückt gewartet hätten. Eine gefühlte Ewigkeit. Erst als der Wind für kurze Zeit weniger stark geblasen habe, seien sie weitergegangen.

Sekundenlang herrschte nun Schweigen im Biwak.

»Und Jafari?«, fragte Saltapepe schließlich.

Sie schüttelten nur stumm den Kopf. Egger machte sich am Gaskocher zu schaffen.

»Macht es euch gemütlich, so gut es geht«, sagte er. »Kann sein, dass wir die Nacht hier verbringen.«

9

Die Tür der Feuerwehrhalle stand offen, im Flur hingen einige Fotos. Alte Schwarz-Weiß-Abbildungen von Männern mit Schnurrbärten und antiken Feuerlöschwagen. Rechts ging es zu einer Umkleidekabine ab. Kleidung lag auf den Bänken, Bergschuhe und Sneakers standen auf dem Boden, Socken hineingestopft. Der Raum war leer. Aus der Ferne hörte Grauner Schreie.

»Hu!«

»Hu-e!«

»Ha!«

»Hua-ha!«

Das Tal hatte sich bereits am frühen Nachmittag verdunkelt. Die Menschen waren von der Straße verschwunden, dann hatte der Regen eingesetzt. Bald schüttete es wie aus Kübeln. Grauner und Tappeiner hatten immer wieder versucht, Saltapepe zu erreichen. Nichts. Der Anschluss in der *Payer*-Hütte war nicht erreichbar gewesen. Sie fuhren zur Station der Bergrettung. Auch dort konnte man ihnen nicht weiterhelfen. Der Kontakt zu den Kollegen am Berg sei abgebrochen. Sie wüssten nicht genau, wo sie seien. Grauner wehrte sich dagegen, das Schlimmste anzunehmen.

Er und Tappeiner stärkten sich in einer Bar an der Hauptstraße. Er aß ein Speckbrot mit Gurken, sie trank einen Smoothie. Er verstand nicht, was das sein sollte. So eine Art Orangensaft – nur ohne Orangen. Dafür mit Karotten und Sellerie. Er wollte nicht darüber nachdenken, warum man so etwas trank. Das war Gemüse, das musste man doch nicht pürieren. Außer man war ein Greis und hatte keine Zähne mehr. Tappeiner hatte schöne weiße Zähne.

Sie telefonierten mit Bozen, ließen sich von dort die Protokolle der Befragungen von Dorfbewohnern aufs Handy schicken. Sie überflogen sie und warteten weiter sehnsüchtig auf eine Nachricht vom Ortler. Dann, endlich, ein Anruf. Von einem der Bergretter in der Station. Es habe Funkkontakt gegeben. Einer ihrer Kollegen habe sich gemeldet. Helmut Egger. Der sei mit Saltapepe im Biwak.

Die beiden waren erleichtert, dass der Ispettore in Sicherheit war. Erst Stunden später hörte es auf zu regnen, doch hell wurde es nicht mehr. Der Wind blies immer neue dunkle Wolken über die Gipfel. Am Ortler blitzte es ununterbrochen.

Sie traten ins Freie hinaus, verabschiedeten sich voneinander. Tappeiner sollte zur Carabinieristation gehen, die Kollegen waren bereits zweimal zu Ramosers Hof gefahren, hatten den Bauern aber nicht angetroffen. Nun würden sie es erneut versuchen. Grauner fuhr zur Feuerwehrhalle, die Taekwondostunde begann um halb sieben.

Der Commissario lief nun den Gang entlang bis zu einer Tür, hinter der eine große Garage lag. Hier standen normalerweise riesige Feuerwehrautos.

Als er die Halle betrat, bot sich ihm ein merkwürdiges Bild. An der Wand hatte jemand eine südkoreanische

Flagge befestigt. Auf dem Boden waren Matten ausgebreitet. Darauf Männer und Frauen in weißen Doboks mit koreanischen Schriftzeichen auf dem Rücken. Manche trugen weiße Gürtel, manche grüne, wenige rote, drei schwarze. Sie hatten sich zu Paaren zusammengefunden, ein kleiner Mann mit Kurzhaarschnitt und roten Wangen umkreiste die Kämpfer und gab Anweisungen in einer Sprache, die Grauner nicht verstand.

»Dollyo chagi!«

»Ap chagi!«

»Olgul makki!«

»Momdollyo chagi!«

Die Teilnehmer führten eigenartige und doch beeindruckend schöne Bewegungen aus. Sie hoben das Bein und ließen den Fuß auf Kinnhöhe kreisen, wichen geschmeidig zurück. Grauner staunte, so hoch käme er mit seinen Beinen nie im Leben. Er trat näher, erst drehte sich ein Kopf zu ihm, dann drei, dann alle.

Der Mann, der die Kommandos gab, bemerkte ihn, kam schnell und lautlos auf ihn zu, es sah aus, als schwebte er. *»Charyot«*, sagte er und verbeugte sich. *»Kyung ye.«*

Auch Grauner deutete eine leichte Verbeugung an. »Äh, ja«, antwortete er. »Chary – o, Charly! Charl –? Ich bin Johann.« Er vernahm ringsum ein gedämpftes Kichern, fuhr schnell fort: »Johann Grauner, Kommissar der Polizia di Stato. Ich ermittle in den zwei Mordfällen hier im Tal, ich wollte mit Ihnen sprechen, Herr – Charly?«

»Harald, mein Name ist Harald Wiesenheimer.«

»Herr Wiesenheimer, haben Sie kurz Zeit?«

Wiesenheimer nickte. »Am besten draußen in der Umkleidekabine.« Er drehte sich um. »Freies Kämpfen!«

Alle verbeugten sich. Dann schwebte der Mann in Richtung Ausgang.

Wiesenheimer setzte sich zwischen zwei Jacken, Grauner nahm ihm gegenüber neben einer Tasche Platz, die voller Schutzkleidung zu sein schien. Plastikhelme, Schienbeinschoner.

Der Mann begann zu sprechen, noch bevor der Commissario die erste Frage stellen konnte. »Normalerweise sind wir doppelt so viele«, sagte er, schnappte sich eine Wasserflasche, öffnete den Deckel, trank.

»Aber?«, sagte Grauner.

»Die von uns, die nicht Feuerwehrleute sind, sind Bergführer oder Bergretter – und die sind alle am Ortler. Erst habe ich überlegt, das Training abzusagen. Weil die ja nun alle festsitzen und, na ja, wegen Matthias. Aber dann haben wir beschlossen, es stattfinden zu lassen. Zu Hause hocken, das hilft nichts.«

Grauner brummte zustimmend. »Erzählen Sie mir von Lechthaler, bitte, wir wissen immer noch so wenig über ihn.«

Wiesenheimers Augen blitzten auf, so als freue er sich, vom Toten sprechen zu dürfen. »Matthias hat sein Tal geliebt, dieses Dorf. In jungen Jahren ist er in vielen Ländern unterwegs gewesen, er hat viel mitgenommen und ins Tal gebracht. Das hat einigen nicht gepasst, aber das hat ihm nichts ausgemacht.«

»Er liebte das Tal«, wiederholte Grauner nachdenklich, »aber uns ist auch zu Ohren gekommen, dass er den Ortler noch viel mehr liebte. Dass er so oft wie möglich da oben war.«

»Ja, das stimmt.« Der Mann nickte. »Seitdem die Sache mit Salomon passiert ist, ist er kaum noch hier unten gewesen.«

»Salomon?«

»Salomon Ramoser. Der Sohn von …«

»Lex Ramoser!«

Wiesenheimer bejahte.

»Was ist passiert?«

Der Mann saß ruhig da, schloss kurz die Augen. Grauner fragte sich, ob er meditierte.

»Sie müssen wissen, Lex und Matthias sind in ihrer Jugend und auch später noch beste Freunde gewesen. Als der Matthias von seiner Weltreise zurückkam, war es Lex, der mit ihm die Bergrettung und den Kampfsportverein gründete.«

Grauner rutschte auf der Bank hin und her. Wiesenheimer sprach leise und langsam. Zu langsam.

»Doch dann«, sagte Wiesenheimer, »ging alles in die Brüche.«

»Wegen Salomon.« Grauner bemühte sich, seine Ungeduld zu verbergen. Wiesenheimer schien zum ersten Mal verunsichert. Als kapiere er erst jetzt, dass er dabei war, etwas auszuplappern. Als zögere er, das Schweigen nun zu brechen.

»Salomon«, sagte er schließlich, »er war für Matthias wie ein eigener Sohn. Er ist ja Junggeselle geblieben.

Manchmal sind sie alle zusammen in die Berge gegangen. Matthias, Salomon, Lex, dessen Frau Greta. Manchmal war Matthias auch mit Salomon alleine unterwegs. Auch auf den Ortler sind sie. So wie an dem Tag, als es passiert ist.«

Grauner ahnte, was nun kam. Er beugte sich vor, legte dem Gegenüber eine Hand auf die Schulter. Er wollte die Wunden des Mannes nicht aufreißen – und musste es doch tun. Nein, diese Gespräche, das war ihm klar, würde er nicht vermissen.

»Die Bergretter haben ihn nach drei Tagen gefunden – in einer Gletscherspalte. Er saß da mit geschlossenen Augen. Erfroren. Lex hat Matthias die Schuld gegeben. Matthias hat damals nur ein Mal darüber gesprochen, was passiert war. Als er unter Beruhigungsmitteln stand und beim Dorfarzt, Dr. Albert Meininger, im Patientenzimmer lag. Danach hat er geschwiegen. Bis kurz vor seinem Tod.«

Lechthaler und Ramosers Sohn, damals sechzehn Jahre alt, seien über die Nordwand aufgestiegen. Es war Salomons erstes Mal. Er war ein guter Taekwondokämpfer, ein hervorragender Kletterer mit reichlich Kraft und Ausdauer. Er war bereit. Er schaffte es ohne größere Probleme.

Es geschah beim Abstieg. Das Wetter war überraschend umgeschlagen, wie so oft. Lechthaler ließ Salomon vorausgehen. Er wollte, dass er das Führen lernte. Plötzlich brach der Bub ein. Unter ihm tat sich der Boden auf. Er fiel in eine Spalte, das Seil riss. Salomon stürzte ab, fünf Meter, sieben vielleicht. Er landete auf dem harten Eis, brach sich den Oberschenkel. Schrie vor Schmerzen.

»Er lebte noch?«, unterbrach Grauner die Erzählung.

Der Mann nickte. Lechthaler habe über Funk weder die *Payer*-Hütte noch das Büro der Bergretter im Dorf erreichen können. Er habe versuchte, zu ihm hinabzuklettern, zwei Stunden lang. Schließlich sagte er Salomon, er werde zur Hütte absteigen, Hilfe holen. Der Junge flehte ihn an, nicht wegzugehen. Der Sturm wurde stärker. Lechthaler wusste, er musste sich beeilen, und machte sich auf den Weg.

Für einige Sekunden herrschte eine gespenstische Stille im Umkleideraum der Feuerwehr. Dann drangen von nebenan gedämpft Schreie herüber.

»Als Matthias bei der Hütte ankam, traf er auf ein paar erfahrene Bergkollegen. Den Egger Helmut und noch zwei andere. Aber da tobte der Sturm bereits heftig.«

»Und der Junge war alleine oben«, flüsterte Grauner. Er spürte einen Kloß im Hals.

»Ja, und es war unmöglich, gleich wieder hochzugehen. Sie mussten warten.«

»Wie lange?«

»Den ganzen restlichen Tag. Und die halbe Nacht.«

»Salomon starb alleine.«

»Der Lex ist nicht mehr zum Taekwondo gekommen, er hat irgendwann mit Tischtennis angefangen. Und er hat dem Matthias die Freundschaft gekündigt. *Wage es nicht, noch einmal seinen Namen zu sagen!*, soll er ihm einmal entgegengeschleudert haben. Seine Frau Greta starb schon vor Jahrzehnten. Sie hat sich eine der Serpentinen ausgesucht, auf der Straße, die aus dem Tal führt. Gleich die zweite, dort geht es steil zum Bach runter. Die von der Feuerwehr sagten, sie müsse sofort tot gewesen sein. Ihr Mann wurde immer mehr zum Einzelgänger. Trainierte wie wild Tischtennis. Im Verein, aber auch viel alleine, auf seinem Hof. Gegen die Wand. Das war alles, was ihm geblieben war – und die Vögel.«

»Die Kanarienvögel?«, fragte Grauner.

»Ja, die und die Spatzen und die Rotkehlchen und die Dohlen und die Bartgeier.«

»Die Bartgeier.« Grauner dachte an die Kotproben.

»Die Toten am Gletscher, wir wissen nicht, was mit ihnen passiert. Die einen glauben, dass ihre Seelen im Eis gefangen bleiben. Dass man sie im Sturm manchmal schreien hört. Die anderen sagen, sie verwandeln sich in Vögel. Ramoser glaubt, der Seele seines Sohnes nahe zu sein, wenn er Vögel um sich schart. Keiner weiß, woher er die Bartgeier hat. Aber drüben hinter dem Reschenpass, da gibt es eine Vogelaufzucht, denen sind mal welche gestohlen worden, die sie verletzt in den Bergen gefunden hatten. Es heißt, der Ramoser … Aber wissen tu ich es nicht.«

Grauner schüttelte ungläubig den Kopf. »Sagen Sie, im Taekwondo, so ein Schlag gegen den Hals …«

»Schläge gegen den Hals sind verboten«, ging der Mann sofort dazwischen.

»Ja, aber wenn es ums Überleben geht…«

»Soweit ich weiß, ist Matthias mit einer Heugabel in der Brust gefunden worden.«

»Ich rede nicht von ihm.«

»Der tote Mann im Hotel, der Iraner?«

Grauner hob die Augenbrauen.

161

»Der hatte doch auch einen Stich in der Brust, oder?«

»Sie wissen viel.«

Der Mann schmunzelte. »Das Dorfflüstern.«

»Er hatte ein Hämatom am Hals und einen tiefen Einstich nahe dem Herzen.«

Wiesenheimer setzte sich auf, schob den Dobok zur Seite. Die Brust war übersät mit roten Flecken. Dann schob er den Ärmel hoch, der Unterarm war ganz blau.

»Vor einer Woche. Zweiter Platz bei einem Wettkampf in Vallagarina. Sie müssten mal den Drittplatzierten sehen.«

Grauner stand auf. Sein Gegenüber ebenso.

»Eine Frage noch. Sie sagten zuvor, Lechthaler habe lange nicht über die Ereignisse am Berg gesprochen. Bis kurz vor seinem Tod. Was meinen Sie damit?«

Wiesenheimer schüttelte ungläubig den Kopf. »Sie haben ihn nicht gesehen, oder?«

»Wen gesehen? Was gesehen?« Wieder verspürte er die Ungeduld.

»Den Dokumentarfilm, der Freitagabend auf *arte* lief? Eine Sendung über die Schicksale am Ortler. Der Filmemacher, Pellegrini heißt der, hat auch Matthias getroffen, ihn in der Turnhalle interviewt. Keine Ahnung, wie der das geschafft hat, aber Matthias hat ihm alles noch einmal erzählt. Da hat man gemerkt, wie sehr er noch um Salomon getrauert hat. Er habe noch immer Albträume. Und wünsche sich, er und Ramoser würden eines Tages wieder in Freundschaft ein Glas Wein miteinander trinken. Jetzt glauben Sie nicht, Herr Kommissar, dass wir hier im Dorf freitagabends immer alle *arte* schauen, wir lesen jeden Tag den *Südtirol Kurier* und gucken die Regionalnachrichten der *RAI,* aber diesen Film hat dann doch der eine oder andere gesehen.«

»Auch Ramoser?«

»Ja, der auch. Er ist zum *Huberwirt* gekommen, am Samstagvormittag, hat rumgeschimpft und ein Glas Wein nach dem anderen in sich hineingeschüttet. Das letzte hat er gegen die Wand gehauen. Dann ist er gegangen. Die Jüngeren im Gasthaus haben alle nicht verstanden, was los war. Wir Älteren schon. Wir erinnern uns alle noch an seine Worte damals.«

»*Wage es nicht, noch einmal seinen Namen zu sagen!*«, murmelte Grauner.

Sie verließen die Umkleidekabine. Der Commissario warf noch einen Blick in die Halle. Am Rande der Matten schlugen die Weißgurte Purzelbäume.

»Purzigagelen?«, fragte Grauner und schmunzelte. »Ist das auch eine Kampftechnik?«

Wiesenheimer nickte. »Für den gelben Gürtel muss man einen Purzelbaum schlagen können. Vorwärts. Und rückwärts.«

Grauner grinste noch breiter.

Wiesenheimer runzelte die Stirn. »Lachen Sie nicht, Herr Kommissar, das ist gar nicht so einfach. Wann haben Sie das letzte Mal einen gemacht?«

Der Pick-up parkte vor der Tür. Neben der Tischtennisplatte. Die Wipfel der Lärchen und Tannen tanzten träge
im Wind. Tappeiner lief mit den beiden Carabinieri über
den Hof, sie hatten das Polizeiauto am Holztor stehen gelassen. Zuvor hatte sie mit Grauner gesprochen, der sie
nach seinem Besuch in der Feuerwehrhalle sofort angerufen hatte.

Im Stall war das Muhen einer Kuh zu hören, die Hühner flatterten wild in ihrem Verschlag, das Scheunentor
stand offen, zwei weiße Bälle schwammen in einer Pfütze
aus Regenwasser und Schlamm.

Grauners Assistentin wies einen der Carabinieri an,
zur Scheune zu gehen, den anderen schickte sie in den
Stall. Sie lief zur Haustür. Ihr war klar, dass sie vielleicht bereits beobachtet wurden. Sie dachte an das
Einschussloch in der Turnhalle. Die Pistole war immer
noch nicht gefunden. Deshalb war es besser, sich auf-
zuteilen. So konnte er sie nicht alle gleichzeitig erschie-
ßen.

Tappeiner straffte die Schultern, klopfte dann energisch an die Tür. Nichts. Sie klopfte noch einmal. »Ramoser!«

Stille. Sie drückte die Klinke nach unten, die Tür öffnete sich knarzend. Sie trat in den dunklen Flur. An dessen Ende drang Licht aus einem Zimmer. Es roch ätzend
nach vergorener Milch und Vogelkot.

»Ramoser!«, rief Tappeiner noch einmal. Sie stand
ganz still, vernahm dumpfe Geräusche. Ein Rascheln, ein

Schnaufen, ein Klopfen. Sie betastete ihre Pistole unter der Jacke. Überlegte, sie zu ziehen. Ließ es bleiben.

Ihre Schritte klapperten auf dem Steinboden, die Wände waren schmutzig weiß, es sah aus, als hätte Ramoser schon vor Jahren beschlossen, das Haus verfallen zu lassen. Als sie die Tür erreichte, hielt sie inne, atmete tief ein und tat einen Schritt nach vorn in den Raum hinein.

Tappeiner fuhr erschrocken zurück. Ein Federviech war von der Decke auf sie zugeflogen, hatte erst im letzten Moment abgedreht und war auf dem Boden gelandet – der übersät war von Exkrementen.

Nun stand der Bartgeier ruhig vor ihr, neigte den schönen Kopf zur Seite, musterte sie. Zwei Spatzen pickten Körner auf, ein Rotkehlchen tapste umher, eine Dohle kreischte. Auf dem Fenstersims saß ein Kakadu. Ein zweiter begutachtete das Vogelfutter, das aus einem umgekippten Fressnapf gekullert war. Auf einer Sprossenwand, die in die Wand eingelassen war, hockte ein weiterer Geier, er interessierte sich nicht für sie, kratzte sich mit dem Schnabel unter einem Flügel.

Ramoser stand hinter einer Tischtennisplatte. Er hatte ihr den Rücken zugewandt und trug einen schmutzig weißen Dobok. »Hua!« Er hob das rechte Bein, trat kraftvoll gegen die Mauer. Verputz rieselte zu Boden. Jetzt erst bemerkte Tappeiner, dass die Fersen und Fingerkuppen des Mannes bluteten. Dass das Blut auch an der Wand klebte, am Boden, in die Fasern seines Anzugs gedrungen war.

»Hua-he!« Er schlug mit der Faust zu. Dann ließ er die

Arme sinken. »Sie kommen, um mich abzuholen«, sagte er, ohne sich umzudrehen.

»Wir müssen Sie in die Questura in Bozen bringen. Wir haben Fragen.«

Nun wendete er sich langsam, wie in Zeitlupe, ihr zu. Einer der Kanarienvögel flatterte hoch, landete auf seiner linken Schulter. Die Dohle tapste in seine Richtung, rieb sich das Gefieder an seinem Hosensaum.

»Ich habe Ihrem Kollegen doch schon alles gesagt.«

»Sie haben uns so gut wie nichts gesagt, aber wir haben einiges von anderen erfahren.«

Er schaute zu Boden.

»Ihr Sohn. Salomon.«

Er ballte die Hand zur Faust.

»Der Schmerz muss unermesslich groß sein. Ich kann es mir gar nicht vorstellen.«

»Nein, das können Sie nicht«, sagte er schnell.

»Was ist das hier?« Sie breitete die Arme aus.

»Das ist mein Wutraum. Mein Überlebensraum. Hier kann ich Dampf ablassen. Gegen alles ankämpfen. Die Erinnerung. Den Schmerz. Die Angst. Den Hass. Damit ich da draußen nicht Dinge tue, die ich nicht tun sollte.«

»Vorgestern Nacht, da waren Sie nicht hier drin, da waren Sie in der Turnhalle. Beim Lechthaler.«

Verächtlich sah er sie an. Tappeiner kannte diesen Blick. Ja, was wussten sie schon von den Personen, gegen die sie ermittelten? Sie kamen, schnüffelten herum, aber sie kratzten immer nur an der Oberfläche. Es war unmöglich, die menschlichen Abgründe auszuleuchten. Die tiefen Gletscherspalten, die in jedem von uns klafften.

Die Dohle kreischte wieder. Die Bartgeier flatterten wild. Sie drehte sich um, da standen die beiden Carabinieri mit den Waffen im Anschlag. Sie wies sie an, sie wegzustecken.

»Wissen Sie, Frau ...«

»Silvia Tappeiner.«

»Wissen Sie, gestern, als mir gesagt wurde, dass der Lechthaler tot ist, da habe ich zum ersten Mal seit Langem so etwas wie Hoffnung verspürt.«

»Hoffnung?«

»Ja, ich habe gehofft, dass der Schmerz erträglicher würde. Ich bin ein Narr.«

Tränen bildeten sich in den Augenwinkeln des Bauern.

»Er ist noch genauso stark, der Schmerz. Ich weiß jetzt, dass er nie weggehen wird.«

Das Rotkehlchen piepste. Es klang, als ob es den Mann trösten wollte.

11

»Papa, ich ...«

»Nein, Sara ...« Grauner saß bei Mitzi und molk sie. Per Hand. Das machte er oft. Er ließ die Melkmaschine mit ihren Schläuchen, ihrer monoton surrenden Pumpe in der Ecke stehen. Weil die Geräusche Mahlers Sinfonien in den ruhigen Passagen kaputt machten. Weil man sich beim Melken nicht stressen sollte. Auch die Viecher nicht. Das Melken war für ihn wie eine Meditation. Für die Kühe auch. Ganz sicher. Doch heute lief keine Musik im Stall. Er war spät dran mit dem Melken, aber das waren Mitzi und ihre Kolleginnen gewohnt.

Der Commissario, Tappeiner und Belli waren in der Gerichtsmedizin gewesen. Hatten sich den zweiten Toten angesehen. Ja, an dessen rechter Hand waren tatsächlich Schmauchspuren festgestellt worden. Er hatte also geschossen. Wohl in der Turnhalle. Filippi bestätigte ihnen, was sie bereits vermutet hatten. Der Einstich in der Brust musste von einem messerähnlichen Gegenstand herrühren.

»Einem sehr großen Messer oder einem anderen spitzen Utensil«, sagte sie, »der Stich war tödlich, der Stoß gegen den Hals, der das Hämatom verursacht hat, war es nicht.«

Der Stich und das Hämatom musste ihm zeitgleich oder kurz hintereinander zugefügt worden sein.

»Innerhalb von Minuten. Oder ein paar Stunden. Mehr nicht«, so die Medizinerin.

Sie fuhren Ramoser mit einer Polizeistreife nach Bozen. Belli wollte ihn sofort verhören. Doch Grauner war dagegen.

»Lassen wir ihn zur Ruhe kommen«, sagte er, »lassen wir ihn schmoren.«

»Wir haben keine Handhabe, ihn in Untersuchungshaft zu stecken, Grauner«, schimpfte Belli.

Der Commissario wusste, sein Vorgesetzter wollte ein rasches Geständnis, aber das würde er so nicht bekommen. Um an Informationen zu kommen, mussten sie die Geduld Ramosers strapazieren. Geständnis? Daran dachte Grauner nicht. Er war sich gar nicht so sicher, dass der Bauer etwas mit dem Mord zu tun hatte. Er war sich aber sicher, dass er mehr wusste, als er preisgegeben hatte.

»Wir behalten ihn nicht in U-Haft, wir verschieben nur immer wieder den Verhörtermin, Stunde um Stunde, bis morgen früh.«

Der Staatsanwalt gab zähneknirschend nach. Grauner versuchte vergeblich, Saltapepe zu erreichen. In der *Payer*-Hütte teilte man ihnen mit, dass die Bergsteiger im Biwak übernachten müssten.

Caterina Bianchi würde morgen um neun Uhr in die Questura kommen. Auch mit ihr hatten sie einiges zu besprechen.

Zwei Tote. Wahrscheinlich drei. Was war es, was sie alle übersahen? Grauner wurde das Gefühl nicht los, dass das alles irgendwie zusammenhing.

Er fuhr über die Serpentinenstraße hoch ins Dorf. Das Radio hatte er ausgeschaltet. Das musste so ein Tag erst einmal hinbekommen, ihm die Lust auf Mahler zu nehmen. Erst als er am Hof ankam, fiel ihm wieder ein, dass es etwas zu besprechen gab. Mit Sara und Mickey.

Seine Pensionierung? Tja, er hatte vorhin, als sie das Spital verlassen hatten, Belli noch einmal darauf ansprechen wollen, doch der hatte ihn abgewimmelt. Er sei schon viel zu spät dran. Treffen des Zigarrenclubs im *Laurin*. Grauner hatte tagsüber darüber nachdenken wollen, was er in dem Familiengespräch sagen wollte. Doch natürlich war dafür keine Zeit gewesen. Solange ein Mörder da draußen herumlief, mussten private Fragen warten. Ob er sich wieder einen Ochsen anschaffen sollte. Oder es nicht doch besser wäre, einen neuen Panda zu leasen, wie ihm die Dame von der Bank einzureden versuchte.

»Papa, nein, du zuerst, wirklich!«

»Sara, ich habe in den vergangenen Tagen viel über eure Pläne nachgedacht.«

Bei Mitzi kam keine Milch mehr, Grauner erhob sich, schob den Schemel in die nächste Box, zu Lora.

Sara saß bei Marianna. Sie melkte viel langsamer als er. Ihr fehlte die Übung.

»Ich habe euch gesagt, Sara, sobald ich in Pension gehe, gehört der Hof euch, ich hab euch versprochen, euch zu unterstützen, auch wenn ich es, das muss ich sagen, etwas übergriffig fand, dass du in deinem Zimmer bereits irgendwelche Gäste einquartiert hast.«

»Gäste, Papa! Das waren doch keine normalen Gäste.« Sie lachte. »Elsa und Björn, das sind Freunde von uns. Ich habe vorhin noch mit ihnen telefoniert. Sie haben so von euch geschwärmt. Sie haben sich total wohlgefühlt.«

Grauner schaute hinter Loras Rücken hervor. Seine Tochter streichelte Marianna, sie hatte das Melken aufgegeben. Ihr schien etwas auf dem Herzen zu liegen. Ach, was war er für ein schlechter Vater, dass er das erst jetzt bemerkte.

Er stand auf, ging zu ihr hin, legte ihr die Hand auf die Schulter. »Sag mir, was dich bedrückt, Sara.«

Sie griff nach seiner Hand. »Ich weiß, Papa, dass Mickey und ich euch in den vergangenen Monaten ein bisschen verrückt gemacht haben mit unserer Idee. *Grauners Little Farm*. Ich weiß nicht, wie ich es dir sagen soll. Ich habe das *Boku*-Studium aufgegeben. Ich habe mich exmatrikuliert.«

Er zog die Hand zurück und schluckte.

»Mickey und ich, wir haben viel über unsere Pläne für den Hof nachgedacht. Und sie ein wenig verändert. Erweitert, könnte man sagen. Elsa und Björn haben uns darauf gebracht. Keine Übernachtungen hier auf dem Hof! Kein Stallbaden! Kein Flachdach, kein Teich. Das ist alles Murks. Die beiden hatten den Mistgeruch noch in Venedig in der Nase.«

Grauner fiel ein Stein vom Herzen. Obwohl er nicht verstand, was gegen ein bisschen Mistgeruch in Venedig einzuwenden war. So roch man zumindest den Gestank der Lagune nicht.

»Dafür: lokale Produkte! Mamas Marmeladen. Ihre eingelegten Zucchini und Melanzane und Zwiebeln. Getrocknete Tomaten. Speck, Käse, Gewürze. Wir ziehen einen Onlineshop auf. Ihr beide organisiert alles hier vor Ort. Mickey und ich leiten die Außenstelle in Wien.«

»Die Außenstelle …?«

»Ja, wir wollen ein kleines Knödelgeschäft eröffnen.«

»Ein Knödelgeschäft.« Sein Gehirn kam nicht hinterher.

»Wir haben sogar schon eine passende Location gefunden. Im zweiten Bezirk. Da war früher ein mexikanischer Schnellimbiss drin.«

»Ein Mexikaner.«

»Ja, und vor dem Mexikaner eine argentinische Fla-
mencoschule. Die Miete ist gar nicht so hoch, das Schild
für den Eingang habe ich bereits in Auftrag gegeben.«

»Sara!« Er wollte nicht laut werden, doch es ging nicht
anders. »Du hast das Studium geschmissen! Du, du …
Knödelgeschäft. Du kannst doch gar keine Knödel kochen. Du hast dich doch nie fürs Kochen interessiert.«

»*Albas Knödelmanufaktur*«, unterbrach sie ihn. »Wir
machen das zusammen. Verstehst du? Wir haben heute
Nachmittag lange mit Mama gesprochen. Sie hat sich
unseren Businessplan angesehen. Mama hat da voll Bock
drauf. Sie ist begeistert, Papa!«

»*Businessplan*.«

»Ja, Papa, ich habe das Fach gewechselt. Bei Betriebs-
wirtschaftslehre konnte ich direkt ins zweite Semester
einsteigen. Ich studiere jetzt BWL, Schwerpunkt Marketing, ich konnte mir ein paar Kurse anrechnen lassen.«

»BWL!« Grauner atmete langsam aus und schloss kurz
die Augen.

»Mama macht die Knödel, schickt sie gefroren nach
Wien, wir verkaufen sie. Im Laden. Aber eben auch übers
Netz, auf *www.grauners-little-farm.net*. Die Hipster lieben das. Glaub mir! Und: Ich werde das Knödelmachen
schon noch lernen. Mama hat gesagt, nach tausend Versuchen klappt's.«

Grauner verstand nicht, wer oder was diese Hipster
sein sollten. Zwischenhändler vielleicht? War aber auch
egal. Er musste zugeben, die Idee begann ihm zu gefallen.
Der Hof? Sara und Mickey würden ihn dann eben etwas
später übernehmen. Kein Mensch blieb freiwillig für im-

mer in der Stadt. Schon gar niemand, der auf dem Berg aufgewachsen war. Das war ganz und gar auszuschließen. Er und Alba, sie würden ihre Almpläne wie geplant umsetzen können. Aber nun hätten sie mehr Zeit dafür.

»Sara, du bist eine erwachsene Frau. Und dein Kopf ist voller Ideen. Das ist toll. Lass uns darüber reden – aber wir sollten nichts überstürzen.« Ruhe. Auf der Alm. Das Viech würden sie nach und nach verkaufen. Auch wenn ihm das nicht leichtfallen würde. Vor allem an den vier alten Damen hing sein Herz. Die Mitzi, die Josefina, die Lora, die Marianna. »BWL und Marketing statt Landwirtschaft. Das ist deine Entscheidung. Du wirst deinen Weg schon gehen.«

»Und als drittes Standbein bauen wir die Almhütte zum minimalistischen Chalet um!«

Grauner zuckte zusammen. Josefina muhte.

»Natürlich nur, Papa, wenn du einverstanden bist. Ein einfaches, bodenständiges, naturbelassenes Hideaway für gestresste Großstädter. Vier Einheiten. Ohne Luxus, ohne Handyempfang, kein WLAN, nix. *Calm Alm!* Wie gefällt dir der Name?«

»Ich, also, und ... Und Mama? Hat sie darauf auch *Bock*?«

»Grundsätzlich findet sie es gut. Aber sie sieht es wie du. Mickey und ich, wir sollten nichts überstürzen. Auch wegen des Geldes.«

»Geld?«

»Wir brauchen dreißigtausend Euro, Papa. Für die Manufaktur. Und noch mal siebzigtausend für den Umbau der Alm. Fürs Erste.«

»Sara!« Er hatte geschrien. Josefina muhte erneut. Mitzi stimmte mit ein. Es war nicht zu erkennen, ob sie seine Entrüstung teilten. Oder sich auf die Seite seiner Tochter geschlagen hatten.

»Hu... Hu... Hundertt... Hunderttausend!«, wimmerte er, »*fürs Erste* ...«

»Ja.«

Grauner rieb sich das Gesicht. »Ich rede noch mal mit Alba«, sagte er dann, »du und Micky, ihr legt uns einen ordentlichen Businessplan vor, einen, den auch eine Bank beeindruckend fände. Wenn wir das machen, dann langsam, Schritt für Schritt, ja?«

»Ja.«

»Nichts überstürzen!«

»Versprochen.« Sie strahlte ihn an.

»Ich habe noch nicht *Ja* gesagt!« Er hob den Zeigefinger.

Sie küsste ihn auf die Wange, umarmte ihn. Wie gut das tat.

»Komm mit ins Haus rüber, lass uns darauf anstoßen. Wir haben einen Veltliner aus dem Burgenland dabei.«

»Wir haben doch einen Lagrein im Haus«, antwortete er.

Sie lachte. Er löste sich von ihr.

»Geh schon mal vor, Sara, ich komm gleich.«

Er sah ihr nach, als sie aus dem Stall trat. Dann drehte er sich noch einmal zu den vier alten Kuhdamen um. Für diese eine Sache musste noch Zeit sein. Hier war er unbeobachtet.

Die Kühe? Ach, den Kühen war es doch, also, es wäre ja noch schöner, wenn er wegen der Kühe ...

Er stellte sich gerade hin. Streckte die Arme aus, legte das Kinn auf die Brust, krümmte sich und ließ sich nach vorn kippen, spürte, wie sein Schädel auf dem Stallboden aufkam, dann der erste Wirbel, die anderen, er rollte, nein, er kippte zur Seite. »Ahhh!« Hadrilaschtigga, Putteitonigga, er schaffte tatsächlich kein Purzigagele. Grauner lag am Boden, der Rücken schmerzte, der linke Oberarm ebenso.

Josefina muhte, die anderen stimmten wieder mit ein. So hatte er sie noch nie muhen hören. Lachten sie? Ja, sie lachten. Blöde Viecher!

3. Juli

1

Sie hatten Ramoser bis halb zwei Uhr morgens immer
wieder gesagt, dass das Verhör gleich stattfinden werde.
Als er schließlich am Tisch des Untersuchungsraums
eingeschlafen war, weckten sie ihn und boten ihm an, in
einem Gästezimmer zu übernachten. Er nahm das An-
gebot an.

Am nächsten Morgen brachten sie ihm frische Bröt-
chen von einem Bäcker am Waltherplatz und Kaffee.
Nicht den aus dem Automaten. Das wäre zu grausam
gewesen. Sie beorderten auch einen Pflichtanwalt in die
Questura, da Ramoser keinen Rechtsbeistand hatte. Zurück im Untersuchungsraum ließen sie ihn erneut zwanzig Minuten warten. Indes entdeckte einer der Polizisten
in dem Zimmer, in dem Ramoser die Nacht verbracht
hatte, leichte Einkerbungen in der Wand. Und Verputz-
brösel auf dem Plastikboden.

Als Grauner dem Bauern und seinem Verteidiger

schließlich gegenübersaß, bemerkte er, dass Ramoser blutige Fingerkuppen hatte. Sie ließen einen Arzt holen, der wusch die Wunden, desinfizierte und verband sie. Vielleicht sind wir zu weit gegangen, dachte sich der Commissario, der alleine im Raum geblieben war.

»Vielleicht tun wir dem Mann unrecht«, sagte er zu Belli, als der zu ihm hereinkam, ihm zwei Becher sowie eine Plastikflasche mit Wasser reichte. Und eine Mappe auf den Tisch legte.

Der Staatsanwalt nickte nur, was Grauner verwunderte. Er nickte sonst nie nur.

Als Ramoser wieder da war und ihm gegenüber Platz nahm, musterte der Commissario ihn lange. Es war, als hätte er nun einen völlig anderen Menschen vor sich. Der Bauer wirkte müde. Nicht nur körperlich. Auch seelisch. Wenn er Informationen aus dem Mann herausbekommen wollte, war jetzt ein guter Zeitpunkt.

Er überlegte, mit welcher Frage er starten sollte, er hatte sich mehrere zurechtgelegt auf der Fahrt vom Dorf hinunter durch das Eisacktal, in die Stadt hinein. Doch Ramoser begann von allein zu sprechen, das hatte er nicht erwartet. Der Pflichtverteidiger zog kurz die Augenbrauen zusammen, sagte jedoch nichts. Der Fall schien ihn nicht sonderlich zu interessieren.

»Es ist nicht besser geworden in den zurückliegenden Jahren. Das mit dem Zorn. Und der Trauer. Und der Wut. Aber zumindest auch nicht schlechter. Ich bin ganz sicher, dass die Vögel mir guttun. Auch der Sport. Mit den anderen Tischtennisspielern in der Halle. Alleine, am Hof, gegen die Wand. Mit Schläger und Ball. Oder mit den Füßen und Fäusten. Nein, ich habe den Kampfsport nie aufgegeben. Ich konnte das nur mit *ihm* nicht mehr machen. Miteinander kämpfen, das ist etwas Intimes. Das hat mit Vertrauen zu tun. In mir ist zu viel Hass dafür.«

Grauner verstand genau, wovon der Mann sprach. Er mochte sich nicht vorstellen, wie es wäre, Sara zu verlieren.

»Und dann haben Sie ihn gesehen – in der TV-Dokumentation.«

Der Mann rührte sich nicht.

»Das Interview.«

Immer noch keine Reaktion.

»Ich habe mir den Film heute früh in der Mediathek angesehen. Lechthaler, Ihr ehemaliger Freund, spricht über seinen Schmerz, und doch lächelt er ab und an. Er steht da mit verschränkten Armen – mitten in der Turnhalle.«

Ramosers Augen waren rot unterlaufen. Ihm liefen Tränen über die Wangen. Grauner kramte in seiner Tasche und reichte ihm ein frisches Schneuztuch.

»Er lächelte. In Ihnen ist nur Finsternis. Sie sind alleine. Salomon ist tot. Ihre Frau, Greta, ebenso.« Grauner schenkte Wasser ein, schob dem Mann einen Becher hin. Der griff danach.

»Greta – Greta hat es geschafft. Ich schaffe es nicht.«

Der Commissario runzelte die Stirn.

»Ich habe dem lieben Gott dafür gedankt, dass er meiner Frau die Kraft gegeben hat, es zu tun. Es zu beenden. Ich weiß nicht, ob sie jetzt bei Salomon ist, ich hoffe es so sehr. Aber alleine der Gedanke, dass sie keinen Schmerz mehr empfindet, tut gut.«

»Sie gaben ihm, Lechthaler, bis zuletzt die Schuld an Salomons Tod.«

»Er hat gezögert, Herr Kommissar.« Er drehte den Becher in der Hand, sah Grauner nicht an. »Am Berg zögert man nicht. Er hätte bis zum bitteren Ende bei ihm bleiben oder sofort zur Hütte gehen sollen. Wäre er sofort runter, hätte man vielleicht noch etwas machen können. Wäre er bei ihm geblieben, hätte Salomon zumindest nicht alleine sterben müssen. Matthias war ein Egoist, immer schon.«

Der Commissario lehnte sich vor. »Und doch war er Ihr bester Freund.«

»Das war in einem anderen Leben. Ich hätte viel früher verstehen müssen, dass ihm nicht zu trauen ist.«

»Sie haben nach Lechthalers Rückkehr von seiner Weltreise gemeinsam die Bergrettung gegründet – und die Kampfsportschule. Sie haben Ihre Frau Greta kennengelernt. Salomon kam auf die Welt.«

Der Mann hielt sich die Hände vors Gesicht. Der Verteidiger blätterte unbeeindruckt in den Akten. Er schien sich gerade erst in die Sachlage einzulesen.

Grauner schwieg. Er hätte nicht gedacht, dass Ramoser so offen sprechen würde. Er hatte das Misstrauen gespürt. Anfangs. Diesem Mann hatte schon lange niemand mehr zugehört, da war er sich sicher.

Der Bauer wischte sich die Tränen von den Wangen, atmete aus.

»Ramoser, als Sie die Reportage auf *arte* gesehen haben, da kam alles wieder hoch«, sagte Grauner vorsichtig. »Da sind Sie zum *Huberwirt*, haben getrunken, viel.«

Der Mann blinzelte.

»Zurück am Hof haben Sie gedacht: *Dem zahle ich es heim!* Sie haben den Schubkarren genommen, ihn mit Mist beladen.«

An einen geplanten Mord glaubte Grauner immer weniger. Wenn er Lechthaler umgebracht hatte, dann im Affekt.

»Sie wollten ihn nicht töten, doch Sie wollten ihn Ihre Verachtung spüren lassen. An dem Ort, an dem er den Namen Ihres Sohnes erneut in den Mund genommen hatte. Vor einer TV-Kamera! An dem Ort, an dem er, wenn er hier unten im Tal war, viel Zeit verbrachte. Sie sind zur Turnhalle gegangen. Haben den Mist verstreut. Sie konnten nicht ahnen, dass Lechthaler an diesem Abend noch einmal in die Halle kommen würde.«

»Um Kletterseile zu holen, die dort im Abstellraum verstaut sind.« Ramoser sprach ganz ruhig.

»Er überraschte Sie und griff Sie an. Hatte er eine Pistole? Sie hatten die Mistgabel in der Hand.«

»Nein, Herr Kommissar, nein, so war es nicht. Er hat mich überrascht, ja, ich habe alles liegen lassen und bin gegangen.«

Grauner stand auf. Er drehte sich zur Spiegelwand, hinter der Belli und Tappeiner saßen. Dann wieder zum Tisch. Schlug donnernd mit der Faust darauf. Ramoser zuckte zusammen. Der Anwalt schrie auf. Auch die Kollegen hinter dem Spiegel mussten sich erschrocken haben. So etwas machte er selten.

»Sie können mich weiter anlügen, Ramoser, dann sitzen wir hier noch ewig. Oder wir einigen uns jetzt darauf, keine Spielchen mehr zu spielen. Ich nicht. Sie nicht.«

Die Lippen seines Gegenübers zitterten. Sein Verteidiger machte sich Notizen auf einem Zettel.

»Sie sind Lechthaler in der Halle begegnet. Was ist dann geschehen? Sprechen Sie!«

»Nein. Ja, nicht nur ihm.«

Kurz herrschte Stille im Verhörraum. »Nicht nur ihm? Wer war noch dort?«, fragte der Commissario schließlich.

Der Mann schluckte. »Ich bin, nachdem ich den Mist verteilt hatte, kurz in die Umkleidekabine gegangen, um ... um ...«

»Um?«

»Ich musste mal.«

»Und dann?«

»Als ich in die Halle zurückwollte, um den Schubkarren und die Gabel zu holen, stand Matthias plötzlich da, mit den Seilen in der Hand. Ich hab mich hinter der Tür versteckt und ihn beobachtet. Er hat sich den Mist angeschaut und laut geflucht.«

»Und dann?«

»Dann hat sich Matthias plötzlich umgedreht. Ein Mann ist auf ihn zugekommen. Ich habe den noch nie gesehen. Das müssen Sie mir glauben. Der war ganz in Schwarz gekleidet. Schwarzer Mantel, schwarze Lederschuhe. Schwarze Haare. Erst dachte ich, ein Einbrecher, und hab mich noch gefragt, was will der denn hier stehlen? Medizinbälle?« Schweiß hatte sich auf Ramosers Stirn gebildet. »Irgendetwas hatte der in der Hand. Eine Karte, ein Stück Papier.«

Ein Foto, dachte Grauner. Das Foto, das Lechthaler in jungen Jahren im Dobok zeigte.

»Die beiden standen sich wortlos gegenüber. Dann hat der fremde Mann den Matthias etwas gefragt. In gebrochenem Deutsch. *Was haben die beiden geplant?* Ich weiß nicht, von wem er gesprochen hat. Aber er wiederholte die Frage immer wieder: *Was haben die beiden geplant?*«

»Was antwortete Lechthaler?«

»Nichts. Er ließ die Seile fallen, ging in Position, sprang mit einem Satz auf den Mann zu, traf ihn mit einem *Momdollyo Chagi* am Hals.«

»Mit einem was?«

»Das ist ein Fußtritt nach einer halben Drehung. Der Mann fiel zu Boden. Dann aber … dann hatte er plötzlich eine Pistole in der Hand. Er hat sich aufgerappelt und Matthias wieder gefragt: *Was haben Sie vor?* Matthias ist einen Schritt zurück, hat sich blitzschnell umgedreht und ihm gegen die Hand getreten. In dem Moment löste sich ein Schuss, der Mann ließ die Pistole fallen. Matthias hat sie sofort mit dem Fuß in die nächste Ecke befördert, damit er nicht mehr drankommt. Der andere griff nach der Mistgabel, die neben ihm lag. Nie hätte der ihn damit erwischt, wenn Matthias nicht auf dem Mist ausgerutscht wäre.«

Ramoser rieb sich das Gesicht, nahm einen Schluck Wasser. Grauner hatte der Erzählung bewegungslos gelauscht. Langsam griff er nach der Plastikflasche und schenkte dem Bauern nach.

»Als ich gesehen habe, wie der den Matthias ersticht, bin ich zurückgestolpert und gegen eine der Bänke gestoßen. Ich dachte, jetzt entdeckt der mich. Also bin ich abgehauen. So schnell ich konnte. Nach Hause. Zum Hof.«

Grauner nickte. »Wenn das alles stimmt, was Sie mir sagen, dann haben wir den ersten Fall gelöst. Dann müssen wir nur noch herausfinden, wer den Mörder umgebracht hat.« Er öffnete die Mappe, die Belli ihm vorhin gebracht hatte, zog ein Bild heraus. Schob es Ramoser hin. Es zeigte den Iraner, nackt in der Gerichtsmedizin. Mit der Stichwunde in der Brust. Und dem Hämatom am Hals.

»Diyar Al-Abadi. Berater in der Delegation von Zahra Jafari, die Kletterin, die am Gletscher verschwunden ist.«

Ramosers Augen weiteten sich.

»Sie haben den Mann in der Nacht nicht wiedergetroffen?«

Der Bauer schüttelte den Kopf.

2

Draußen war es ruhig, beinahe gespenstisch. Die Sterne glitzerten am schwarzen Firmament. Kurz berieten sie sich. Vier der Bergretter beschlossen, wieder hinüber zur Gletscherspalte zu klettern, um ein letztes Mal zu versuchen, Jafari zu finden. Dass sie nicht mehr lebte, war allen klar. Auch, dass es unwahrscheinlich war, nach dieser zweiten, schneereichen Nacht ihren Leichnam noch bergen zu können.

Egger und Staffler wollten Saltapepe und die anderen zur *Payer*-Hütte bringen. Der Ispettore musste dringend sein Handy aufladen, Grauner anrufen und ins Tal zurückkehren.

Saltapepe hatte sich in eine längere Seilschaft eingereiht. Sie stiegen die steile Eisrampe hinab. Ab und an war ein Kreischen zu hören.

»Lilly«, flüsterte der Ispettore.

Langsam wurde es heller, nach etwa drei Stunden erreichten sie die *Payer*-Hütte. Rosa, die Wirtin, wartete bereits mit einer heißen Gemüsesuppe, Tee und einem Schnäpschen. Als Saltapepe die Stube betrat, kam es ihm vor, als hätte er zum ersten Mal seit Stunden festen Boden unter den Füßen.

Noch nie hatte ihm eine Gemüsesuppe so gut geschmeckt. Erst jetzt, mit vollem Magen, realisierte er, was er da oben riskiert hatte.

Die Wirtin trat an seinen Tisch heran. »Nachschlag?«, fragte sie.

»Gerne«, antwortete er. Er dachte an das Foto aus dem Biwak, das er in seine Jackentasche gesteckt hatte. An die Frau, die Egger hier vor drei Tagen gesehen hatte. Mit Lechthaler.

Er holte das Bild hervor, legte es auf den Tisch. »Diese Frau, kennen Sie sie?«

Die Wirtin runzelte die Stirn und besah es sich von Nahem.

»Jahrzehnte älter. Sie soll vor drei Tagen hier in der Hütte gewesen sein. Mit Lechthaler.«

»Ja«, sagte sie nur.

»Wissen Sie, ob diese Frau mit Lechthaler am Morgen darauf zum Gipfel gegangen ist? War sie seine Kundin?«

Sie schien kurz nachzudenken. Dann schüttelte sie den Kopf. »Nein, soweit ich mich erinnere, hat die Dame kein Zimmer gebucht. Sie muss am späten Nachmittag wieder runter sein.«

Saltapepe vermutete, dass die Wirtin, die gerade noch eine Kelle Suppe auf seinen Teller schöpfte, doch nicht so genau wusste, wer in ihrer Hütte schlief. Beinahe musste er schmunzeln.

»Haben Sie sie schon vorher einmal gesehen?«

Sie verneinte.

»Sie heißt Fariba. Ist wohl Iranerin. Hat Lechthaler von ihr gesprochen? Einen Nachnamen genannt?

»Nein«, sagte die Wirtin. Sie griff nach dem Wasserkrug, schenkte ihm nach. »Auch noch ein Schnapserl?«, fragte sie.

Er wehrte ab.

»Die beiden, diese Fariba und Matthias. Es war eigenartig, sie wirkten so, jetzt, wo Sie mich daran erinnern, sie wirkten so … vertraut.« Sie wandte sich zum Gehen.

»Vertraut?«

»Ja, vertraut«, sagte sie und ging zurück in die Küche.

Saltapepe tastete nach seinem Handy, das unter der

185

Bank am Ladekabel hing. Der Bildschirm leuchtete. Es war höchste Zeit, sich bei Grauner zu melden.

3

Grauner hatte Tappeiner gebeten, das Gespräch zu führen. Er wusste nicht, wie sehr sie Caterina Bianchi verehrte. Nun, fand sie, war es zu spät, es ihm zu sagen.

An dem Tisch, an dem der Commissario vor einer halben Stunde Ramoser verhört hatte, saß jetzt sie. Die Ausnahmeathletin trug schwarze Leggins, weiße Sportschuhen und ein pinkes T-Shirt. Sie wirkte auf den Bildern und in den Videos viel größer. Auf der Straße hätte Tappeiner ihre Heldin wohl nicht erkannt. Es war eine freiwillige Anhörung, deshalb musste nicht zwingend ein Rechtsbeistand dabei sein. Sie war allein gekommen.

Grauners Assistentin warf einen letzten unsicheren Blick zur Spiegelwand, hinter der Belli und der Commissario alles verfolgten. Dann trat sie an Bianchi heran, ihr Händedruck war fest, sie wirkte angespannt.

»Danke, dass Sie Zeit für uns haben«, sagte Tappeiner und legte eine Mappe vor sich auf den Tisch.

»Wir sagen doch *du*, oder?«, fragte Bianchi und richtete sich auf.

»Wir, ich, als Ermittlerin …«

»Du kletterst doch auch, oder?«

Grauners Assistentin schaute sie überrascht an.

»Wir Kletterfrauen haben alle den gleichen Händedruck, die gleichen kaputten Finger.«

Tappeiner betrachtete ihre Hände, ja, sie sahen wirklich zerschunden aus. Zweimal hatte sie sich bereits den rechten kleinen Finger gebrochen. Über die linke Handfläche zog sich ein dünner weißer Strich. Eine Narbe – in der Nähe von Arco am Gardasee war sie aus dem Fels gefallen.

Sie schmunzelte, besann sich aber sofort wieder. Das war eine große Chance. Sie hatte sie Grauner zu verdanken. Das durfte sie nicht vermasseln.

»Wir haben Ihre Konkurrentin, Zahra Jafari, immer noch nicht gefunden.«

Die Sportlerin sackte in sich zusammen.

Saltapepe hatte angerufen, kurz nachdem Ramoser die Questura verlassen hatte. Die Bergführer hatten die Hoffnung aufgegeben, die Iranerin lebend zu bergen. Zu viel Schnee sei gefallen. Sie blieb nun wohl irgendwo tief im Eis begraben.

»Nahe der Gletscherspalte, in der wir ihre Leiche vermuten, hat man ihren Pickel entdeckt.«

Die Athletin rutschte unruhig auf ihrem Stuhl hin und her.

»Signora Bianchi, Sie haben uns verschwiegen, dass Sie sie beim Abstieg eingeholt haben. Ein Hubschrauberpilot hat sie zusammen auf dem Eisfeld gesehen.«

Die Farbe wich aus dem sonnengebräunten Gesicht der Athletin. »Ich … ich …«, begann sie. »Mich hat nie jemand danach gefragt.«

Tappeiner bemühte sich, gelassen zu wirken. Von den nächsten Minuten hing so viel ab.

»Ich habe sie beim Abstieg eingeholt, ja, ich habe ihr gratuliert.«

»Gratuliert?«

»Gratuliert.«

»Es heißt, Sie beide seien nicht nur Konkurrentinnen, sondern erbitterte Feindinnen. Sie sprächen kein Wort miteinander. Jafari hat Sie geschlagen. So etwas hat Folgen, das wissen Sie, auch für Sponsoringverträge.«

Bianchi rollte die Augen. »Ich habe mich bereits vor Monaten entschlossen, zu dem Thema nichts mehr zu sagen.«

Tappeiner stand auf. Haute auf den Tisch, wie Grauner es vorhin gemacht hatte. Es war ihr etwas peinlich, doch es war einen Versuch wert.

»Das hier ist keine Pressekonferenz, Bianchi, das ist eine polizeiliche Befragung.«

Die Sportlerin drehte den Kopf zur Seite.

Tappeiner ging noch einen Schritt weiter. »Es gab zwei Morde. Mindestens.«

»Wie *mindestens*?« Bianchi sprang auf. Nun war sie es, die die Stimme erhob. »Das glaube ich jetzt nicht, du … Sie … Sie verdächtigen mich … Sie glauben, dass ich Jafari in eine Gletscherspalte gestoßen habe?«

Tappeiner ging zu ihrem Stuhl zurück, öffnete die Mappe, die auf dem Tisch lag, zog ein zusammengefaltetes Papier heraus. Es war ein Artikel aus der Zeitung *La Repubblica*. »*Lite verticale*. Streit in der Vertikalen. Dieser Text handelt von dem Konkurrenzkampf zwischen Ihnen, von dem Hass aufeinander. Es werden historische Vergleiche angestellt: Falcon Scott und Roald Amundsen auf dem Weg zum Südpol. Michael Schumacher und David Coulthard in der *Formel 1*. Muhammed Ali und Joe Frazier im Ring. Inter gegen Milan im *San Siro*.«

»Die haben ihre Konkurrenten auch alle nicht ermordet«, konterte die Sportlerin.

Tappeiner ignorierte den Einwurf. »Worüber haben Sie gesprochen, als Sie Jafari eingeholt haben?«

»Wie gesagt, ich habe ihr gratuliert.«

»Was hat Sie zu Ihnen gesagt? Vielleicht hat sie Sie provoziert?«

»Nein, das hat sie nicht. Sie wollen es genau wissen, ja? Wir haben kurz über die Passagen gesprochen, die uns am schwersten gefallen sind.«

Wie gerne hätte Tappeiner nun alles vergessen. Die Anhörung. Die Morde. Den Fakt, dass sie Ermittlerin war. Wie gerne hätte sie das Du angenommen, wie gerne hätte sie sich mit Bianchi über ihre Erfahrungen beim Aufstieg unterhalten. Sie räusperte sich. »Warum ist Jafari beim Abstieg von der normalen Route abgekommen?«

»Ist sie das?«

»Die Gletscherspalte, in der sie nun liegt, bei der wir den Pickel gefunden haben, befindet sich etwa zweihundert Meter südlich davon.«

»Das weiß ich doch nicht, sie muss vom Weg abgekommen sein, nachdem wir gesprochen haben. Sie sagte mir noch, sie wolle sich ein wenig ausruhen. Ich hab sie dann zurückgelassen. Vielleicht musste sie einfach nur aufs Klo.«

Tappeiner lehnte sich nach vorne und suchte ihren Blick. »Ja, vielleicht, vielleicht, vielleicht.« Dann stand sie auf, stellte sich ans Fenster. Schaute hinaus auf den Innenhof, der vier Etagen tiefer sein tristes Dasein fristete. Auf den Talferwiesen, die sich hinter der Mauer der Questura erstreckten, hasteten ein paar Hundebesitzer ihren Viechern hinterher. Der Verkehr stadteinwärts staute sich auf der *Drusus*-Brücke, wie jeden Morgen. Stadtauswärts war die Spur frei.

»Nur eine Sache verstehe ich überhaupt nicht. Sie sagen, Sie hätten Jafari überholt. Aber als Sie an der *Payer*-Hütte angekommen sind, da sollen Sie ganz außer sich gewesen sein, als Sie erfahren haben, dass Ihre Konkurrentin noch nicht da ist. Das passt nicht zusammen.«

»Ich bin als Zeugin eingeladen worden, Frau Ermittlerin.«

»Ja, wir unterhalten uns doch nur.«

»Nein, Sie verhören mich!« Die Frau zitterte. »Ich sage kein Wort mehr. Ich möchte, dass Sie meine Anwältin verständigen.«

Verdammt, dachte Tappeiner, das war's. Es war ein Wunder, dass sie nicht gleich darauf bestanden hatte. Wäre Tappeiner ihre Anwältin, hätte sie ihr geraten zu schweigen. Sie hatten nichts gegen sie in der Hand. Die meisten Morde konnten aufgeklärt werden, weil jemand sich verplapperte. Ein guter Ermittler war ein geduldiger Zuhörer. »Gut«, sagte sie schließlich, legte den Zeitungsartikel zurück in die Mappe und schob Bianchi einen Zettel und einen Kugelschreiber hin. »Name und Telefonnummer Ihres Rechtsbeistands«, sagte sie schmallippig. »Wir werden die Dame umgehend kontaktieren. Ich bin gleich wieder zurück.«

Die Athletin wippte nervös mit dem Fuß, während sie in ihrem Handy nach der Nummer suchte. Helden, dachte sich Tappeiner, sollte man im echten Leben nicht begegnen.

4

»Gutes Gespräch«, sagte Grauner und klopfte seiner Assistentin auf die Schulter. Sie glaubte ihm vermutlich nicht, aber er meinte, was er sagte. Was hätte er anders gemacht? Vielleicht hätte er einen etwas sanfteren Ton angeschlagen. Hätte sie ebenfalls geduzt. Schließlich war sie kein alter verrückter Bauer, der sich Bartgeier als Haustiere hielt. Tappeiner kletterte leidenschaftlich gern. Vermutlich verehrte sie Bianchi. Hatte versucht, sich abzusichern.

Ihm war es auch einmal so ergangen. Vor vielen Jahren. Da hatte er einen Cellisten des Bozner Sinfonieorchesters vor sich sitzen, der unter Verdacht gestanden hatte, seine Freundin mit einer Saite seines Instruments erwürgt zu haben.

Der Commissario hatte den Mann bewundert, hatte seinetwegen sogar Konzerte anderer Komponisten besucht, was Alba sehr gefreut hatte. Auch wenn sie Mahler ebenso liebte wie er, wollte sie doch ab und zu etwas anderes hören. Und da hatte er dann gesessen, dieser Cellist. In diesem kargen Zimmer. Grauner hatte es nicht glauben können. Dass jemand, der so unfassbar schön spielte, zu so etwas Hässlichem fähig war.

Bellis Stimme riss ihn aus den Gedanken. »Die Anwältin«, sagte er, »sie ist in zwanzig Minuten hier.«

Der Commissario hatte sich in sein Büro zurückgezogen. Saltapepe hatte ihm eine WhatsApp-Nachricht geschrieben. Er sei gleich da. Vielleicht traf er zeitgleich mit Giulia Salvaguardia ein, der Bozner Staranwältin, die Bianchi vertrat.

Er wandte sich dem Bildschirm zu, griff nach der Maus, als einer der Polizisten an den Türrahmen klopfte.

»Sie, also, sie ist weg.«

»Tappeiner?« fragte er. »Wo ist sie denn hin?«

»Nein«, antwortete der andere und schien sich nicht so recht zu trauen, hereinzukommen. »Die Kletterin. Silvia hat mir gesagt, ich solle die Tür bewachen.«

»Bianchi!« Der Commissario sprang auf. »Aber wie?«

»Ich, ich …« Der Beamte brachte den Satz nicht zu Ende.

»Sie *was*?«

Tappeiner eilte herbei, sie musste Grauners Schreie gehört haben.

»Nein, es war … «

»Was ist?«, fragte Grauners Assistentin und drängte sich an dem Mann vorbei.

»Ich war nur kurz auf Toilette, ich verstehe das nicht, sie kann doch nicht genau in den Minuten … Als ich zurückkam, war der Raum leer.«

»Schlagen Sie Alarm, trommeln Sie alle zusammen«,

schrie Grauner, »informieren Sie zuallererst den Pfört-
ner. Ich hoffe für euch alle, sie ist noch auf dem Gelände.«

Der Commissario rannte aus dem Zimmer, er befahl
allen, die er traf, sich an der Suche zu beteiligen. Jeden
Raum, jeden Schrank zu kontrollieren. Er lief die Treppe
hinab und eilte auf den Parkplatz hinaus. Eine junge Frau
stieg gerade aus einem weißen Mercedes Coupé Cabrio-
let, er erkannte sie, es war Salvaguardia, Bianchis Anwältin. Grauner baute sich schnaubend vor ihr auf, sie sah
ihn ausdruckslos an.

»Wo, wo ist sie, pringingilla, pranzanziga, zettlettiga,
wo?!«

»Commissario«, hauchte sie, strich sich den Rock glatt
und nahm die Sonnenbrille ab, »wovon um Gottes willen
sprechen Sie?«

Er ging in die Knie, schaute unter die Autos.

»Herr Grauner?«

Ihm war schon klar, dass sie ihn für verrückt halten
musste, aber das war ihm jetzt egal. Verrückt war, was
gerade passiert war. Dass eine Verdächtige aus dem Verhörraum entkommen konnte. Nein, so etwas durfte nicht
passieren, nicht ihm, nicht bei seinem vermutlich letzten Fall.

Unter den Wagen war sie nicht. Er rappelte sich wieder
auf. Salvaguardia verzog das Gesicht, trat einen Schritt
zurück.

»Öffnen Sie den Kofferraum«, sagte er scharf.

»Commissario, ich muss schon sagen, was erlauben
Sie sich?«

»Sofort!«

Die Anwältin rollte die Augen, kramte den Schlüssel aus dem Gucci-Handtäschchen, die Lichter des Wagens blinkten auf. »Prego, buffone!«, zischte sie. »Narr!«

Er schaute in den Kofferraum. Leer. Grauner murmelte eine Entschuldigung, dann rannte er los, zum Portier, der vor das Wachhäuschen an der Schranke getreten war.

»Ist hier gerade eine junge Frau rausgegangen? Eine Zivilistin, sportlich gekleidet?«

»Nein«, sagte der Mann.

»Nein?«

Grauners Gegenüber hielt ein Handy in der Hand.

»Ganz sicher nicht?«

Der Portier schüttelte den Kopf. Der Commissario schnappte sich das Telefon, auf dem Bildschirm hüpften grinsende grüne Schweinchen umher.

»Ich, ja, manchmal ...«, stotterte der Wachmann.

Grauner trat auf die Straße, schaute sich um, eilte zum Stadttheater und zum Eingang des kleinen Parks vor dem Gefängnis und der Carabinieristation. Er sah sie nicht. Er beschloss, zur *Drusus*-Brücke zu laufen. Von dort hatte er einen guten Blick über die Talferwiesen.

Der Verkehr rollte ihm entgegen. Unter der Fahrradbrücke weiter südlich hatten Obdachlose Zelte aufgeschlagen. Dort, wo die Talfer, die aus dem Sarntal kam, in den Eisack mündete. Am Ufer spazierten Hunde und ihre Besitzer, Flaneure, Jogger, Pärchen mit Kinderwagen. Er schaute zur anderen Flussseite. Da stand jemand. In einem pinken T-Shirt. Regungslos. Beobachtete ihn.

Dann, nach Sekunden erst, bewegte sich die Person. Schlug sich in die Büsche, war nach einigen Augenblicken weiter unten, bei den flachen weißen Steinen, erneut zu sehen. Verschwand im Grün einer Trauerweide, tauchte wieder auf, erreichte das *Drusus*-Stadion. Grauner kniff die Augen zusammen, sie war weg.

Auch wenn er die Person nur von Weitem gesehen hatte: Er war sich sicher, dass sie es gewesen war. Doch selbst wenn er gerannt wäre, er hätte Bianchi niemals erwischt. Grauner zog das Handy hervor. Sie mussten alle zur Verfügung stehenden Einsatzwagen losschicken.

Als er die Kollegen informiert hatte, lief er zurück zur Questura. Schaute die Fassade hoch bis zur vierten Etage. Das Fenster des Verhörraums stand offen. Er erkannte Tappeiners und Bellis Gesichter, sie lugten heraus. Ein Gedanke begann sich zu formen. Nein, das war unmöglich, das schaffte niemand. Oder?

5

Der Commissario konnte nicht glauben, was Tappeiner ihnen gerade erklärte.

»Da«, sagte seine Assistentin und zeigte nach unten.

Er lehnte sich noch weiter nach vorn. Salvaguardia tat es ihm gleich.

»Wenn sie sich am Fenstersims festgekrallt hat, dann konnte sie mit den Zehenspitzen den Vorsprung da unten erreichen, von dort ist sie hinüber zur Regenrinne. Sich daran hinabgleiten zu lassen, ist für eine wie Bianchi ein Klacks.«

Grauner schaute in den Hof. Einige alte Polizeiautos standen da, die kaputt waren, aber nicht repariert werden konnten, da das Geld fehlte.

»Und dann?«, fragte die Anwältin. Sie war ihm zuvorgekommen. »Wie kam sie aus dem Hof raus? Ist sie wirklich um das Gebäude herumgelaufen und vorne einfach am Portier vorbeispaziert?«

Tappeiner zeigte auf einen Wagen, der neben der Mauer parkte. »Sie könnte auf das Autodach gestiegen sein. Da, die Stelle, wo der Verputz abgefallen ist, da muss sie hochgeklettert sein.«

Der Commissario schüttelte ungläubig den Kopf.

»Auf dem Rand der Mauer nach links, da hat sie sich um den Stacheldraht herumgewunden, dann ins Gebüsch.«

Grauner drehte sich zu Salvaguardia. »Das kann die wirklich?«

Die Frau hob die Schultern. »Weiß ich doch nicht. Ich bin ihre Anwältin, nicht ihre Trainerin.«

Der Commissario schnaubte vor Wut. Er hatte diese Mauern rund um die Questura noch nie leiden können. In all den Jahrzehnten hatte er sich nie daran gewöhnt, von ihnen umgeben zu sein. Aber er war davon ausgegangen, dass sie einen Nutzen hatten. Falsch gedacht. Doch es konnte ja auch niemand ahnen, dass sie eines Tages Spiderwoman hier sitzen haben würden.

Eine Polizistin kam zu ihnen, räusperte sich.

»Und?«, fragte Grauner grimmig.

»Nichts«, sagte die Kollegin, »sie ist uns wohl entwischt.«

»Warum hat sie das getan?«, fragte er nun wieder in Richtung der Anwältin. »Das macht sie erst recht verdächtig. Und sie glaubt doch nicht, dass sie einfach so untertauchen kann.«

»Noch mal, Commissario, ich bin nicht ihre Komplizin«, wiederholte Salvaguardia, »aber ich kenne Caterina Bianchi mittlerweile recht gut.«

»Also?«

»Entweder hat sie es getan, weil sie es kann.«

Tappeiner konnte sich ein Grinsen nicht verkneifen. Grauner warf ihr einen tadelnden Blick zu.

»Sieht sie eine Klettermöglichkeit, muss sie sie nutzen. Es ist wie eine Sucht. Einmal hatte ich eine Besprechung mit ihr. Bei ihr in der Wohnung. In Bergamo. Sie hat ihr ganzes Wohnzimmer mit Klettergriffen versehen. Wände, Decke. Sie hing über mir, während ich in den Unterlagen blätterte.«

»Aber es könnte noch einen anderen Grund geben?«

Die Frau nickte. »Auch wenn es nicht so scheint, Caterina Bianchi ist eine sehr introvertierte Person. Sensibel. Ein scheues Reh. Rehe verkriechen sich, wenn Gefahr droht. Am Felsen ist sie stark, da fühlt sie sich sicher. Sie könnte geflohen sein ...«

»Weil sie schuldig ist.« Belli war lautlos an die drei herangetreten. Nun drehten sich alle zu ihm um.

»Nein, weil sie Angst hat. Womöglich ist sie in etwas hineingeraten, das sie überfordert«, sagte Salvaguardia und sah den Staatsanwalt abschätzig an.

»Was könnte das denn sein?«, fragte Grauner.

Die Frau schnappte sich ihre Handtasche und lief zur Tür. »Ich bin hergekommen, um meiner Mandantin beizustehen. Meine Mandantin ist nicht da, also gehe ich wieder.«

Grauner sprang auf sie zu, er konnte sich nur mühsam beherrschen, sie nicht am Arm zu packen. »Signora Salvaguardia, wovon sprechen Sie?«

»Ich sage nichts mehr. Ich unterliege der Schweigepflicht.«

Sie verließ das Zimmer, Grauner stöhnte und ließ sich auf einen der Stühle fallen. Da entdeckte er sie. Drei dunkle Flecken auf dem Plastikboden, zwischen Tisch und Fenster. Er stand auf, besah sich den Fensterrahmen, ja, auch da war ein Fleck. »Blutstropfen«, sagte er.

»Vermutlich von Ramosers Fingern«, sagte Tappeiner schulterzuckend.

»Wahrscheinlich«, murmelte der Commissario.

6

Saltapepe war da. Er wirkte müde, aber glücklich. Das Gesicht war verbrannt, die Haare standen wild durcheinander. Er hätte es ihm nicht übel genommen, wenn er kurz bei seiner Wohnung vorbeigefahren wäre, sich geduscht und umgezogen hätte. Er drückte seinen Kollegen kurz, Tappeiner drückte ihn länger.

»Was machst du für Sachen …« Sie küsste ihn auf die Wange. »Da oben. Ohne mich!«

Der Ispettore schaute verlegen zur Seite. Grauner lächelte. Ihm war klar, dass die beiden seit geraumer Zeit ein Paar waren. Alle wussten es. Nur sie beide wohl noch nicht.

Belli schüttelte Saltapepe die Hand. »Guter Einsatz, so muss das sein. Ich werde Sie in den Gesprächen mit der Presse lobend erwähnen. Und apropos Presse, ich muss dann, im *Laurin* wartet der Regionalpräsident der Journalistenkammer auf mich, haltet mich auf dem Laufenden, ja?«

Es war nun bereits Mittag. Grauner hatte Saltapepe von den Ereignissen im Tal und hier in der Questura erzählt. Die Fahndung nach Bianchi lief. Sie standen zu dritt um den Schreibtisch des Commissarios herum. Hatten sämtliche Notizen, Fotos und Unterlagen darauf ausgebreitet. Der Ispettore hatte von seinen Erlebnissen berichtet, das Fotoalbum und die Haarspange aus der *Payer*-Hütte in die Mitte gelegt. Nun holte er auch das Bild aus dem Biwak hervor, reichte es herum.

»Diese junge Frau …« Weiter kam er nicht.

»Die kenne ich«, brach es aus Grauner heraus.

Der Ispettore hob die Augenbrauen. »Sie hat sich vor drei Tagen in der Hütte mit Lechthaler getroffen.«

»Das ist die Mutter der verunglückten iranischen Kletterin. Sie heißt, hm …« Der Commissario hielt Ausschau nach seinem Notizbuch.

»Fariba«, sagte der Ispettore und zeigte ihnen die handgeschriebene Zeile auf der Rückseite. *Fariba. Teheran. 12. Juli 1977.*

Tappeiner ging zu ihrem Schreibtisch, hielt zwei vollgekritzelte Blätter hoch. »Ja«, sagte sie schließlich, »Fariba Jafari, geboren am 13. März 1956. In einem Dorf in der Nähe der Stadt Aksan. Mutter und Trainerin der Athletin. Sie war dabei, als wir gestern mit der iranischen Delegation gesprochen haben.«

»Lechthaler und die Mutter von Zahra Jafari kannten sich also. Seit Jahrzehnten schon«, murmelte der Commissario. Tappeiner blätterte im Fotoalbum. Er stellte sich zu ihr.

Hamburg, Hafen. September 1975. Lechthaler, der vor einem großen Containerschiff stand.

Suezkanal, September 1975. Ein Stück der Wasserstraße, dahinter Wüste. Lechthaler mit Helm und Schutzweste an der Reling. Lächelnd.

Peking, Sommer 1976. Lechthaler auf der Chinesischen Mauer.

Nepal, November 1976. Der Himalaja. Ein Kloster, das in die Felsen gebaut war. Bauern auf Weiden mit Ziegen. Kahl rasierte Mönche. Auch Lechthaler hatte eine Glatze und die Hände zum Gebet gefaltet.

Kathmandu, Januar 1977. Eine Straßenszene. Mofas, ein Laster, der Hühner geladen hatte, ein überforderter Polizist mittendrin.

Teheran, März 1977. Mofas, alte Autos, Wäsche an Balkonen, Palmen, ein Springbrunnen.

Teheran, Sommer 1977 – mit Fariba! Tee und Gebäck auf einem Tischchen, die Beine einer Frau, lackierte Fußnägel.

Teheran, September 1978. Feuer, Rauch. Demonstranten. Militär.

Teheran, Februar 1979. Panzer, Soldaten. Menschenmassen. Jubelnd.

Teheran, August 1980. Männer mit weißen Bärten. Drei Frauen, in schwarze Gewänder gehüllt, Haar und Gesicht verschleiert.

Teheran, März 1981. Ein roter Bus, eine staubige Straße. Zwei Männer hieven Gepäck in den Bauch des Gefährts.

Der Rest des Albums war leer.

»Lechthaler zieht über den Landweg in Richtung Heimat. Er kommt bis nach Teheran«, fasste Grauner zusammen.

»Hm«, murmelte der Ispettore. Er schien noch nicht zu verstehen, worauf sein Vorgesetzter hinauswollte.

»Dort lernt er eine junge Iranerin kennen. Fariba Jafari, die Mutter der Kletterin. Sie verlieben sich.«

»Und dann kehrte er nach Europa zurück. Nach Südtirol. In sein Tal. Ohne sie? Warum? Warum ist er nicht dageblieben?«, fragte der Ispettore.

»Weil ihn die Sehnsucht nach seinem Zuhause packte«, sagte Tappeiner, »weil die größer war als die Liebe.«

»Sie hätte doch mitkommen können«, konterte er.

Grauners Gesicht verfinsterte sich. »Die Revolution«, sagte er.

»Die Revolution«, wiederholte Saltapepe und nickte.

Der Commissario durchschaute ihn. Wenn man keine Ahnung hatte, wovon das Gegenüber sprach, wiederholte man am besten einfach, was es gesagt hatte. Am besten kratzte man sich dabei noch am Kinn.

Der Ispettore kratzte sich am Kinn.

»Weil die Revolution ausbrach«, präzisierte Grauner.

Es gab eine Handvoll Ereignisse, die sich unauslösch-
lich in sein Hirn gebrannt hatten. Die Mondlandung –
die hatten sich alle, da war er noch ein junger Bub gewesen, beim Dorfmetzger angeschaut. Der war der Erste
gewesen, der einen eigenen Fernseher besessen hatte.
Der Olympiasieg von Gustav Thöni im Riesenslalom in
Sapporo. Die Entführung und Ermordung des italienischen Ministerpräsidenten Aldo Moro durch die *Brigate
Rosse*. Die Leiche im Kofferraum eines Renault 4, abge-
stellt in einer Gasse im Zentrum Roms. Falcone! Das von
der Cosa Nostra mit fünfhundert Kilogramm TNT ge-
sprengte Autobahnstück. Das Begräbnis von Prinzes-
sin Diana, Grauner hatte ein junges Kälbchen nach ihr
benannt. Der 11. September 2001. Der 17. April 2004,
als Josefina Vierlinge kalbte. Und, ja, auch einzelne Bilder der Revolution im Iran waren ihm im Gedächtnis
geblieben.

»Natürlich, die Revolution«, sagte nun auch Tappeiner. Sie setzte sich an den Computer und rief einen Artikel auf. »Im Sommer 1978 herrschte in Teheran und bald
in weiten Teilen des Landes Aufruhr. Die Bevölkerung
lehnte sich gegen den Schah auf, der sie unterdrückte.
Sie lehnte die Monarchie ab. Die Demonstranten wollten
Demokratie, freie Wahlen. Streiks legten die Wirtschaft
des Landes lahm. Allmählich schlug sich das Militär auf
die Seite des Volkes. Der Schah, Mohammed Reza Pah-
lavi, flüchtete mit seiner Familie aus dem Land.«

»Kam es zu Wahlen?«, fragte Saltapepe.

»Scheinwahlen«, sagte Tappeiner und las einen weiteren Abschnitt vor. »In den Monaten und Jahren nach dem Umsturz herrschte Chaos, schließlich wurde die Islamische Republik gegründet. Der radikalreligiöse Ayatollah Rohan Chomeini kehrte aus seinem Pariser Exil zurück und ließ einen Gottesstaat errichten. Ausländer, vor allem aus westlichen, von den USA unterstützten Ländern, waren nicht mehr willkommen im Land.«

»Vermutlich erst recht nicht, wenn sie mit jungen, unverheirateten Iranerinnen zusammen waren ...«, sagte Grauner.

»Lechthaler und Fariba Jafari haben sich getrennt, doch sie haben sich nie vergessen«, sponn Saltapepe die Geschichte weiter. »Er hatte ein Foto, all die Jahre, als Talisman, da, wo er ihn am meisten brauchte. Im Biwak, in den er sich rettete, wenn der Sturm kam.«

Eine Weile schwiegen sie.

»Heute lehnt sich ein Teil der Bevölkerung wieder gegen das Regime auf – vor allem junge Frauen.« Tappeiner erzählte, was sie über Jafaris Vergangenheit herausgefunden hatte. Ihr Engagement als Siebzehnjährige. Der Ausschluss aus dem Leichtathletikverband. Das Gefängnis.

Grauner dachte nach. Eine Sache war ihm die ganze Zeit nicht aus dem Kopf gegangen. Das Verhalten der Mutter, die ihre Tochter bereits aufgegeben zu haben schien, noch bevor es die Bergretter getan hatten.

»Die Bergretter«, sagte er und schaute zum Ispettore, »sie sagen, Zahra Jafari sei tot.«

Saltapepe nickte. »Ja, zwei Nächte da draußen, höchstwahrscheinlich schwer verletzt, das kann niemand überleben. Zumal der Neuschnee sie unter sich begraben haben dürfte.«

Grauner ging nachdenklich zurück zu seinem Schreibtisch, ließ sich auf seinen Sessel plumpsen. Schloss die Augen. »Wenn es wirklich stimmt, dass sie in die Gletscherspalte gefallen ist.«

Die anderen gaben keinen Ton von sich.

»Ihr beide leitet die Fahndung nach Bianchi«, sagte Grauner schließlich und öffnete die Augen.

Tappeiner und Saltapepe nickten.

»Ich muss zurück ins Tal, ich will Fariba Jafari noch mal treffen.«

»Warum? Was erhoffst du dir davon?«, fragte der Ispettore.

Der Commissario stand auf. »Ich möchte mit ihr über die Liebe sprechen.«

7

»Nicht hier«, sagte die Frau, sie stellte die Espressotasse ab, rückte ihr Kopftuch zurecht und erhob sich.

Grauner wunderte sich, es befanden sich kaum Wanderer an den Tischen der *Tabaretta*-Hütte. Zwei ältere Herrschaften, eine junge Familie. Den meisten Gästen war nach zwei Morden und einem Vermisstenfall die Lust auf das Herumkraxeln am Ortler wohl vergangen. Die Sonne strahlte vom blauen Himmel. Als wollte sie sich dafür entschuldigen, was in den vergangenen Tagen passiert war.

Hinten, am Rand der Terrasse, saßen noch zwei Gestalten, die so gar nicht ins Bild passten. Finstere Mienen. Beide trugen dunkle Wanderkleidung. Sie schwitzten stark.

»Wenn einer verschwindet, tauchen mindestens zwei Neue auf. Die schwirren seit heute früh um mich herum.«

Nur Geheimdienstleute konnten so auffällig versuchen, unauffällig zu wirken. Es wunderte den Commissario, wie entspannt die Mutter der iranischen Athletin wirkte. Als hätte sie sich von einer schweren Last befreit.

»Bergerfahren sind die beiden kein bisschen«, sagte sie und schmunzelte, »das habe ich schon bei der Wanderung von der Station hier hoch bemerkt. Lassen Sie uns gemeinsam wieder ins Tal gehen, Herr Kommissar, ja? Wir werden sie schnell abhängen.«

Er stimmte zu.

Grauner hatte sich im Hotel *Bellavista* nach Fariba Jafari erkundigt, man hatte ihm mitgeteilt, dass sie zur *Tabaretta*-Hütte habe wandern wollen. Die Bergrettung hatte sich bereit erklärt, ihn hochzufliegen. Vorher hatte er noch rasch seine Mails und Nachrichten gecheckt. Belli. Er fragte, ob sie schon weiter seien. Ob es sich lohnen würde, für heute Abend eine Pressekonferenz einzuberufen.

Lohnt sich doch, Grauner – oder?

Lieber abwarten, Presse zappeln lassen!, hatte er geantwortet.

Eine Mail von Weiherer. Er hatte ihm Fotos von Lechthalers Kammer in der *Payer*-Hütte geschickt.

Eine Berghose, ein Flanellhemd, eine Windjacke, eine Mütze, eine Sonnenbrille. Ein Apfel, ein Schweizer Messer. Eine Plastikflasche mit Wasser. Eine Zahnbürste, Zahnpasta, ein Rasierer, Rasierschaum, eine Seife, eine Klorolle. Handtücher, Seile, Karabiner, ein Rucksack. Bücher. Viele. *Reinhold Messner – Die rote Rakete am Nanga Parbat; Jack Kerouac – On the Road; Friedrich Nietzsche – Also sprach Zarathustra; Jules Verne – Reise um die Erde in 80 Tagen; Heinrich Harrer – Sieben Jahre in Tibet; Daniel Defoe – Robinson Crusoe; Friedrich Schiller – Gesammelte Werke.* Comics. *Tim und Struppi.*

Dann war er in den Hubschrauber gestiegen. Der junge Pilot, der sich als Lukas Staffler vorgestellt hatte, hatte einen kleinen Umweg genommen, um ihm die Nordwand aus nächster Nähe zu zeigen. Schließlich hatte er die *Tabaretta*-Hütte angesteuert. Schon vom Cockpit aus hatte der Commissario sie auf der Terrasse sitzen sehen. Ganz in Schwarz, abseits der anderen Gäste.

»Und Sie wollen wirklich keinen Espresso?«, fragte Fariba Jafari und legte ein paar Münzen auf den Tisch. »Er schmeckt nämlich ganz vorzüglich.«

Der Commissario schüttelte den Kopf, der Wirt winkte ihnen noch einmal zu, als sie die Terrasse verließen. Dann räumte der Mann den Tisch ab, an dem die beiden Geheimdienstler gesessen hatten. Sie drückten sich am Eingang der Hütte herum. In angemessenem Abstand würden sie ihnen folgen, das war klar.

Sie liefen flott den steinigen Weg hinab. Die Iranerin sprang leichtfüßig über das Geröll, Grauner hatte Mühe, hinterherzukommen. Nein, das war nicht sein Tal, aber es waren doch seine Berge, sein Revier.

Sie kamen an einer Ziegenherde vorbei, der Hirtenjunge saß auf einem Felsbrocken, der vor Jahrhunderten aus der Wand gefallen sein musste, und winkte ihnen zu. An einer Gabelung bog Jafari rechts ab, der Commissario wollte protestieren, zur Bergstation gehe es nach links, doch sie warf ihm einen schnellen Blick über die Schulter zu und schüttelte kaum merklich den Kopf. Bald erreichten sie die Baumgrenze. Zwischen ein paar Tannen stoppten sie, schauten nach oben.

Grauner entdeckte weit oben zwei schwarze Punkte. Die Geheimdiensttypen.

Dann traten sie ins Dunkel des Waldes hinein. Das Moos dampfte, die Sonnenstrahlen, die durch die Zweige stachen, zeichneten helle Flecken auf den Boden. Irgendwo hämmerte ein Specht. Die Iranerin löste zwei Haarklammern von ihrem Kopftuch, nahm es ab, schüttelte ihr schulterlanges graues Haar.

Auf einer kleinen Lichtung stand eine Bank. Ein paar Meter weiter fielen die Felsen steil ab. Dahinter lag das Tal, in dem die Dächer von Sulden im Licht glitzerten. Man sah das Gemeindehaus, die Feuerwehrhalle, die Station der Bergretter, das Hotel *Bellavista*, die Turnhalle am Dorfrand. Abseits Ramosers Hof. Lechthalers Elternhaus.

Grauner schaute lieber auf Berge als auf Dörfer. Er erinnerte sich daran, dass der Ispettore ihm von den Seelen der Verunglückten am Ortler erzählt hatte. Dass sie schrien. Und flüsterten. Vielleicht musste der Mensch an so etwas glauben, dachte er sich.

»Nun, was wollen Sie von mir wissen, Kommissar?«, sagte die Frau, als er sich neben sie setzte.

Er holte zwei Plastiktüten hervor, legte sie auf die Bank. In der einen befand sich die lilafarbene Haarspange aus Lechthalers Kammer. In der anderen das Foto aus dem Biwak.

Ein Lächeln glitt über ihr Gesicht. »Ich bin naiv«, sagte sie dann. »Ich dachte tatsächlich, ich könnte jetzt, mit siebenundsechzig Jahren, diese Reise in die Vergangenheit unternehmen – und nichts würde geschehen.«

»Ihre Tochter ist verschwunden. Und zwei Menschen wurden ermordet«, sagte Grauner.

»Ja. Es ist mir das Schrecklichste passiert, was einer Mutter passieren kann.«

»Aber Sie haben nicht nur Ihre Tochter verloren. Sondern auch den Mann, den Sie liebten.« Der Commissario war nicht sicher, ob sie ihm die Wahrheit sagen würde.

Sie nahm die durchsichtige Hülle mit dem Foto in die Hand, berührte es ganz sanft. »Ich wollte ihn noch einmal sehen.«

»Tags darauf ist er gestorben.«

»Haben Sie den Mörder, Kommissar?«

»Wenn es stimmt, was uns ein Zeuge aus dem Dorf gesagt hat, dann fürchte ich, wir können den Täter nicht einsperren.«

»Weil auch er …« Sie sprach nicht weiter.

»Weil auch er tot ist.«

Sie schwieg.

»Jetzt gilt es, den zweiten Mörder zu finden.« Er drehte sich mit ernster Miene zu ihr. »Oder die Mörderin.«

Sie hielt seinem Blick stand. Die Waldvögel zwitscherten, die Sonne brannte auf die kleine Wiese hinab, irgendwo in der Ferne war das Gebimmel von Kuhglocken zu hören. Hoch über ihnen kreiste ein Bartgeier. Vielleicht hielt er nach dem kleinsten und schwächsten der Zicklein der Herde von vorhin Ausschau. Wenn es sich von der Gruppe entfernte, wenn der Hirte und das Muttertier nicht achtgaben, würde er hinabstürzen.

»Wir haben uns geliebt. Aber wir konnten nicht zusammen sein.« Die Stimme der Iranerin klang müde.

»Die Revolution«, sagte Grauner.

»Die Revolution, ja. Aber vor allem meine Familie. Die Männer. Vater, Onkel. Meine Brüder. Sie wussten nichts von ihm, sie hätten ihn niemals geduldet. Manchmal erlaube ich mir das Sinnloseste überhaupt, Herr Kommissar: zu träumen! Ein kindliches Spiel zu spielen. Was wäre gewesen, wenn?«

»Was wäre gewesen, wenn …«

»Wenn sich alles zum Guten gewendet hätte«, beendete sie den Satz. »Wenn der Iran sich tatsächlich in eine Demokratie verwandelt hätte. Ob ich dann den Mut aufgebracht hätte, zu meinem Vater zu gehen, zu meinen Brüdern, um ihnen von Matthias zu erzählen? Vielleicht hätten wir tatsächlich gemeinsam die Welt bereist. Vielleicht hätte es uns eines Tages hierhin verschlagen, in sein Südtirol, in sein Sulden, zu diesem Berg, von dem er mir so viel erzählt hat. Vielleicht hätte ich diesen Gipfel auch so oft bestiegen wie er. Vielleicht.«

»Was ist geschehen?«, unterbrach Grauner sie.

»Es war im Frühling 1981. Wir wollten das Land verlassen, gemeinsam. Wie so viele. Mit einem Reisebus. Doch an der Grenze zur Türkei wurden wir rausgezogen. Getrennt. Ein unverheiratetes junges Paar. Eine Iranerin, ein Italiener. Jeder Ausländer wurde der Spionage verdächtigt. Er wurde verhört, stundenlang, schließlich zur Grenze gefahren, aus dem Land geworfen. Ich wurde zu meiner Familie zurückgebracht.«

»Sie sind in Kontakt geblieben?«

Sie lächelte erneut. »Nein. Zunächst nicht. Ich habe versucht, ihn zu vergessen. Ich dachte, mit der Zeit würde es mir gelingen. Doch ich habe mich geirrt.«

»Wie …« Er musste nicht weitersprechen.

Sie stand auf, er folgte ihr. Während sie wieder in den Wald eintauchten, sprach sie weiter. »Ich lernte jemanden kennen, wir verliebten uns, bekamen eine Tochter, Zahra. Unsere leuchtende Blume. Wir lebten in Teheran. Ich habe Sportwissenschaften studiert – und Germanistik. Mein Mann war Soldat, er starb im Krieg gegen den Irak. Ich zog meine Tochter alleine groß. Sie liebte die Berge ebenso wie ich. Ich beendete mein Studium, engagierte mich für Frauenrechte, arbeitete an der Universität, ich machte eine Ausbildung zur Leichtathletiktrainerin. Gemeinsam mit meiner Tochter kletterte ich, wir sicherten uns gegenseitig. Ich bekam sogar ein eigenes Büro im Unigebäude. Bald einen eigenen Computer. Dann, zur Jahrtausendwende, kam das Internet. Gesperrte Seiten waren damals, anfangs, leicht zu knacken. Ich meldete mich bei Facebook an.«

Der Bartgeier am Himmel war verschwunden. Eine kleine Brücke führte über ein plätscherndes Bächlein. Jafari drehte sich zu Grauner um, sah ihn kritisch an, als überlegte sie, ob ihn das alles überhaupt interessierte. Natürlich tat es das.

»Ich habe ihn nicht gleich gesucht«, fuhr sie fort, »ich traute mich nicht, ich hatte Angst, ihn zu finden. Noch mehr Angst, ihn nicht zu finden. Irgendwann tippte ich seinen Namen ein. Entdeckte sein Profil. Ich schrieb ihm. Nur ein kurzes *Hallo*. Matthias antwortete, wenn auch erst siebzehn Tage später. Er entschuldigte sich, er sagte mir, er sei kaum auf Facebook. Das interessiere ihn nicht so. Mich interessierte es auch nicht sonderlich. Aber er, er interessierte mich. Noch immer. Ich wollte von ihm erfahren, was sich in seinem Leben in den vergangenen Jahrzehnten zugetragen hatte.«

Grauner fiel ein, dass ihm Sara – das musste nun auch schon Jahre her sein – auch einmal ein Profil eingerichtet hatte. Sie hatte ihm gesagt, das brauche man heutzutage. Er erinnerte sich zwar immer noch an das Passwort, *MITZIJOSEFINALORAMARIANNA,* hatte die Seite jedoch kein einziges Mal aufgerufen. Er nahm sich vor, es demnächst zu tun.

»Wir chatteten, wir schrieben uns halbe Romane. Wir überlegten, uns zu treffen. Ich begleitete meine Leichtathletikschützlinge immer wieder ins Ausland, er hätte zu einem unserer Wettkämpfe kommen können. Er hätte auch in den Iran kommen können. Doch dann entschied ich, dass es besser wäre, es nicht zu tun.«

»Warum?«, fragte Grauner.

Jafari blieb stehen. Er stand auf einer Wurzel, sie schaute zu ihm hoch.

»Kennen Sie *Die Jungfrau von Orleáns*?«

Ihm kam die Frage komisch vor. *Die Jungfrau von Orleáns.* Natürlich hatte er schon … hatte das nicht Tschaikowski vertont?

»*Die Jungfrau von Orleáns*, Friedrich Schiller«, erklärte Jafari.

»Schiller, klar«, wiederholte Grauner gedehnt.

»Fünfter Aufzug. Letzte Szene. Die Jungfrau, alleine. Die Schlacht ist gewonnen, doch sie ist schwer verletzt. Sie weiß, sie wird sterben. *Kurz ist der Schmerz, ewig währt die Freude*, sagt sie noch. Dann fällt der Vorhang. Diese Worte haben mich ein Leben lang begleitet. Oft, bei schweren Entscheidungen, habe ich an sie gedacht. Auch damals, als Matthias in den Iran kommen wollte. Doch ich habe befürchtet, dass es genau andersherum gekommen wäre.«

»Kurze Freude«, sagte Grauner.

»Langer Schmerz nach der Trennung.«

Er nickte.

»Ich liebe die Klassiker. Schiller, Shakespeare, Saadi.«

»Saadi, logisch«, sagte der Commissario.

»Sie haben mir durch dunkle Zeiten geholfen.«

»Als Zahra, Ihre Tochter, sich mit dem Regime angelegt hat.«

Sie nickte.

»Als sie im Gefängnis saß. Ihnen wurde der Kontakt zu ihr verwehrt. Sie traten in den Hungerstreik.«

Sie tat einen Schritt auf ihn zu. »Bitte«, sagte sie flehentlich.

Er schwieg.

Die Frau weinte nun. »Nur Schmerz, keine Freude. Es tut zu sehr weh.«

Es ging ihn im Grunde auch nichts an. »Danach wechselte Zahra zum Klettern und in den Alpinismus. Wann erfuhren Sie, dass es einen Zweikampf in Sulden geben würde? Dass Lechthaler das alles organisiert hatte?«

Sie wanderten langsam weiter. Vor ihnen tauchte eine Wiese auf, ein Zaun, ein Bauernhaus.

»Vor etwas mehr als einem Jahr. Zahra freute sich sehr darauf. Ein Duell mit ihrer ärgsten Konkurrentin, der besten Kletterin der Welt. Sie wollte zeigen, dass sie es mit ihr aufnehmen konnte. Vielleicht sogar gewinnen, einen alten Rekord brechen.«

»Lechthaler. Es war seine Idee«, murmelte Grauner.

»Ja, er hat meine Absage damals nur zum Schein akzeptiert. Er wollte mir zeigen, wie ernst es ihm war. Auch nach all den Jahren noch. Anfangs überlegte ich, nicht mitzukommen. Dann entschloss ich mich, Zahra alles zu erzählen. Von Matthias – und von mir. Sie bestärkte mich darin, es zu machen. Ihn zu treffen.«

Sie liefen am Bauernhof vorbei, erreichten eine Straße, die zum Dorf führte.

»Wir beschlossen, uns an der *Payer*-Hütte zu treffen. Ich bin eine gute Bergsteigerin, noch vor zwei Jahren stand ich auf dem Damavand, dem höchsten Gipfel

Irans. Ich ging am Nachmittag los. Heimlich. Al-Abadi durfte nichts erfahren. Meine Tochter hatte bereits genug Ärger mit ihm. Der Geheimdienst hatte sie sowieso schon auf dem Kieker.«

Sie passierten die ersten Häuser des Dorfes.

»Sie verbrachten eine Nacht zusammen.«

Sie schaute ihn stirnrunzelnd an, ihm schoss das Blut in die Wangen, er versuchte sich zu erinnern, wann ihm zuletzt etwas so peinlich war, dann fiel es ihm wieder ein. Gestern, spätabends, im Stall. Als er sich an dem Purzelbaum versucht hatte und von den Kühen ausgelacht worden war.

»Er brachte am frühen Samstagmorgen Touristen auf den Berg. Ich ging wieder ins Tal hinab.«

»Haben Sie beide sich im Laufe des Tages unten im Dorf noch einmal gesehen?«

Sie schüttelte den Kopf. »Ich habe mich um meine Tochter gekümmert. Letzte Vorbereitungen getroffen.«

»Wie erfuhren Sie von seinem Tod?«

»Wie alle anderen. Am Sonntag um acht Uhr begann der Wettkampf. Ich war in der *Tabaretta*-Hütte, um von dort aus alles zu beobachten. In den letzten Momenten vor dem Start braucht ... brauchte Zahra mich nicht. Und ich war immer viel zu nervös, ich hätte sie nur verrückt gemacht.«

»Ich muss Sie das fragen. Was ist Ihrer Meinung nach mit Zahra am Gletscher passiert?«

Abrupt drehte sie sich um, er lief beinahe gegen sie.

»Was meinen Sie, Kommissar?«

»Unsere jüngsten Erkenntnisse sprechen dafür, dass

Ihre Tochter von Caterina Bianchi in die Gletscherspalte gestoßen worden ist.«

»Was?« Sie hatte geschrien.

»Wir haben Bianchi befragt. Sie ist – geflohen. Die Fahndung läuft.«

Die Lippen der Frau zitterten.

Er legte nach. »Jeder weiß, dass Ihre Tochter und Bianchi verfeindet waren.«

»Aber deshalb mordet man doch nicht gleich. Caterina würde das nie tun.«

»Sie kennen Bianchi besser?«, hakte Grauner sofort nach.

»Nein, aber, ich … Also, meine Tochter und Bianchi, die beiden mögen Konkurrentinnen gewesen sein, aber sie haben sich nicht gehasst. Das haben die Medien aufgebauscht. Sie hat mit dem Unglück meiner Tochter sicher nichts zu tun.«

»Was werden Sie jetzt tun, Frau Jafari?«, fragte er schließlich.

»Ich möchte bei dem Begräbnis von Matthias dabei sein, ich werde so lange hier bleiben. Dann kehre ich in den Iran zurück. Ich hoffe, mit Zahras Leichnam.« Sie senkte den Kopf.

»Wir werden alles tun, um sie zu finden. Das habe ich Ihnen versprochen«, sagte er.

Sie gaben sich die Hand. Immer noch war das Zwitschern der Vögel im nahen Wald zu hören. Das Rauschen des Windes in den Baumwipfeln.

»Ich bin mir nur nicht sicher, ob Sie wirklich möchten, dass wir dieses Versprechen halten.«

Sie hielt seinem Blick stand. Es bedurfte keiner weiteren Erklärung.

»Ich kann mir nicht vorstellen«, sagte er, »wie es ist, in Angst zu leben.«

Immer noch hielten sie sich an den Händen.

»Und ich konnte mich nicht mehr daran erinnern, wie es war, ohne Angst zu leben«, antwortete sie. »Nun weiß ich es wieder. Machen Sie es gut, Kommissar. Sie sind ein aufrichtiger Mensch.«

Sie zog die Hand zurück und lief die Straße hinab, ohne sich noch einmal umzudrehen.

8

»Claudio!«

Keine Reaktion. Der Ispettore hatte sich nach vorn gelehnt, die Nase stieß beinahe an den Bildschirm. Tappeiner kannte diese Haltung. Wenn er so am Schreibtisch saß, arbeitete er nicht. Oder zumindest würde sie es nicht als Arbeit bezeichnen, was er da machte. Er vielleicht schon. Ja, doch, er ganz sicher.

Wenn er so vor dem Bildschirm saß, zog er sich Videoclips auf Youtube rein. Alte Meisterschaftsspiele des SSC Neapel. Umstrittene Szenen. Er konnte Ewigkeiten damit verbringen, vor- und zurückzuspulen, sich die entscheidenden Millisekunden anzusehen.

Sogar eine Exceltabelle hatte er angelegt. Mit Zahlen, Daten. Penibel führte er Buch über umstrittene Schiedsrichterentscheidungen bei Spielen von Napoli und den großen Vereinen aus dem Norden. Im Zweifelsfall werde auffällig häufig zugunsten von Juve und Milan gepfiffen. Wenn man das hochrechnete, die Punkte justierte, hätte der SSC mindestens ein weiteres Mal Meister werden müssen in den vergangenen zehn Jahren. Und hätte öfter die Qualifikation für die Champions League geschafft.

»Claudio, ich glaube, ich habe etwas gefunden!«

Es hörte nie auf. Das verstand sie nun. Ob Neapel den Titel holte oder nicht. Es war ihr egal. Sie mochte ihn so, wie er war. Mit all dem Wahnsinn.

»Hier!« Sie stand auf, tippte ihm energisch auf die Schulter und legte eine Landkarte auf seinen Schreibtisch, die ausgedruckte Exceltabelle mit Spielergebnissen, Zahlen und Daten verschwand darunter.

Grauner hatte sich noch nicht gemeldet. Die Suche nach Bianchi war bislang erfolglos. In Bergamo, wo die Kletterin lebte, war niemand anzufinden gewesen. In Arese, nördlich von Mailand, wo ihr Freund, ein Unternehmer, der Duschköpfe herstellte, wohnte, war sie auch nicht. Der Freund war auf Geschäftsreise in den USA. Die Kollegen versuchten, ihn zu erreichen. Auch ihre Trainerin behauptete, nichts von ihr gehört zu haben.

Saltapepe schlug vor, erst einmal abzuwarten, vielleicht komme der Commissario mit neuen Erkenntnissen zurück aus Sulden. Abwarten? Tappeiner konnte kaum glauben, was sie da hörte. Das tat er sonst nie. Sie vermutete, dass ihm die Gletscherpartie doch mehr zugesetzt hatte, als er zugeben wollte. Sie hätte es niemals zugegeben, aber ein bisschen hatte es sie schon gezwickt, dass er die entscheidenden Hinweise zusammengetragen hatte.

Dabei hätte das *ihr* Fall sein können. Es fühlte sich falsch an, dass er es war, der sonnenverbrannt und erschöpft vom Ortler zurückgekehrt war. Nicht sie. Das war so, als hätte sie im *Tifosi*-Milieu des FC Südtirol, in den Katakomben des *Drusus*-Stadions, inkognito ermittelt. Sie hatte ihm den Ortler zeigen wollen – irgendwann. So war es geplant gewesen.

»Spätestens im nächsten Sommer nehmen wir den Gipfel gemeinsam in Angriff, Claudio, ja?«, hatte sie zu ihm gesagt, kurz nachdem Grauner aufgebrochen war. »Du bist ja doch schon so weit, Respekt! Das hätte ich nicht gedacht.«

»Keine Eile«, hatte er geantwortet, »ich war doch jetzt schon einmal oben.«

»Oben ja«, hatte sie wieder gesagt, »am Gletscher. Aber nicht am höchsten Punkt.«

Er war aufgestanden, zu ihr hingegangen. Hatte so ein Gesicht gemacht, das Männer machten, wenn sie Frauen klarmachen wollten, dass es Dinge auf der Welt gab, die sie nicht verstanden. »Einer der berühmtesten unter uns Bergsteigern, der sämtliche Achttausender erklommen hat, der meinte einmal, sein größtes Glück sei nicht, auf all diesen Gipfeln gestanden zu haben. Sein größtes Glück sei, noch zu leben«, hatte er an ihre Schreibtischplatte gelehnt gesagt und gelächelt.

Uns Bergsteiger! Der hatte sie doch nicht mehr alle. Tappeiner hatte sich hinter ihrem Computer verkrochen, sich dem gewidmet, was sie neben dem Klettern am besten konnte: der Onlinerecherche.

»Caterina Bianchis Eltern«, sagte sie nun und tippte auf die Landkarte, »leben im Skiort Bormio, wo auch ihre Tochter aufgewachsen ist. Die Carabinieri dort sind zu ihrem Haus gefahren. Nichts. Alles verschlossen, niemand da. Die Eltern, das haben die Kollegen herausgefunden, sind derzeit in Apulien, im Urlaub, ich habe da unten noch niemanden von den Behörden erreicht, ich versuch's gleich noch mal.«

Der Ispettore nickte, sie fuhr fort. »In einem alten Porträt über Bianchi, im *L'Espresso*, ist nachzulesen, dass ihr Vater Koch war. Zunächst hat er in einem Restaurant im Skiort gearbeitet«, Grauners Assistentin zeigte auf der Karte nun auf Bormio, »später die Mensa der Grund- und Mittelschule geleitet, dort Caterinas Mutter, eine Lehrerin, kennengelernt. Bald haben sie eine Alm gepachtet, die *Baita del Sole*, und dort im Sommer Wanderer verköstigt.«

Tappeiner wies auf eine dunkelgrüne Fläche östlich des Ortes. Saltapepe legte den Finger auf einen weißen Bereich im Norden. »Das hier …«, begann er.

»Das ist das Gletschergebiet rund um den Ortler.«

»Sie kennt sich in dieser Gegend also bestens aus. Wir sollten eine Streife zu dieser Alm schicken.«

»Ja, aber wir sollten auch zum Stilfser Joch fahren. Ich habe mich umgehört. Ein paar Leute angerufen.«

»Stilfser Joch?« Saltapepe runzelte die Stirn. »Das ist doch der Pass westlich des Ortlers.«

»Ja, der Pass, zu dem die Serpentinenstraße führt.«

»Und wo kommt man hin, wenn man die Straße weiterfährt?« Er erinnerte sich an die Radioantenne, die Lifte und Hotelbauten, die er auf dem Weg zur *Payer*-Hütte gesehen hatte. Die Mondstation.

»Nach Bormio. Oder, wenn man rechts abbiegt, auch in die Schweiz.«

»Warum sollten wir auch zum Pass?«

»Da befindet sich ein kleines Gletscherskigebiet, wo im Sommer die italienische Alpin-Nationalmannschaft trainiert. Wenn die nicht vor Ort sind, herrscht Totenstille. Es ist ein Geisterpass. Verlassene Häuser, geschlossene Hotels. Inmitten der alten Stellungsgräben aus dem Ersten Weltkrieg, als die Alpini und die Kaiserjäger am Gletscher um Südtirol kämpften. Eines der Hotels war das *Enzian*, zuletzt geführt von …«

»Den Bianchis«, vervollständigte Saltapepe den Satz.

»Es ist das einzige Hotel, das noch halbwegs in Schuss ist. Weil das Nationalteam es immer nutzt.«

Der Ispettore schob die Landkarte und die Exceltabelle zur Seite, darunter lag sein Handy. Sie riefen Grauner an.

9

»Was wissen wir über die *Baita del Sole*?«, fragte der Commissario.

»Sie wird nicht mehr bewirtschaftet«, antwortete seine Assistentin. »Aber ein Barbetreiber unten aus dem Tal sagte uns, dass manchmal, wenn ein Gewitter kommt,

Schäfer da übernachten und ihre Herde dort unterbringen.«

Sie hatten sich in der Carabinieristation von Sulden getroffen. Grauner, Saltapepe und Tappeiner. Auch Belli war gekommen, sechs weitere Polizisten sowie zwei Männer von der Bergrettung. Egger und Staffler. Sie überlegten, was nun zu tun sei. Wieder lag Tappeiners Karte auf dem Tisch. Alle hatten sich darüber gebeugt.

»Was erwartet uns am Stilfser Joch und bei diesem *Enzian*-Hotel?«, fragte der Commissario.

Tappeiner schaute zu den zwei Bergführern, die hoben die Schultern.

Dann räusperte sich Egger. »Nichts«, sagte er dann. »Da ist niemand.«

»Auch nicht die Ski-Nationalmannschaft?«, fragte sie.

»Die sind vor einer Woche abgereist. Nach Mendoza, Argentinien. Trainingslager.«

Grauner schaute auf seine Armbanduhr. Es war nun kurz vor acht Uhr abends. »Wie weit ist es bis zur *Baita*?«

»Über das Joch hinunter nach Bormio braucht man eine gute Stunde«, antwortete seine Assistentin. »Dann geht es noch eine weitere Dreiviertelstunde ins Tal hinein. Ins Val Zebrù.«

»Also zwei«, sagte er.

»Nein«, beschloss sie den Satz, »denn zur Hütte kommt man nur zu Fuß.«

Grauner drehte sich zu den Bergführern.

»Kennt ihr das Tal und die Hütte?«

Beide nickten.

»Wie lange braucht man hoch?«

»Wir oder ihr?«, fragte Staffler zurück.

»Einer von euch mit ein paar von uns.«

»Wenn Ihre Leute gut in Form sind ...« Er überlegte kurz. »Eine Stunde.«

»Drei. Also drei insgesamt«, sagte Grauner. Kurz dachte er an den Hubschrauber, verwarf die Idee jedoch sogleich wieder. Zu viel Lärm. Er würde kilometerweit zu hören sein. Ihr Kommen ankündigen. Nein, sie mussten sich anschleichen.

Er legte Tappeiner die Hand auf die Schulter. »Du leitest den Einsatz«, sagte er, dann drehte er sich zu den Polizisten, zeigte auf zwei, von denen er wusste, dass sie Bergerfahrung, Ausdauer und schon mal einen Schusswechsel miterlebt hatten. »Ihr macht das. Kontrolliert eure Waffen vorab. Geht kein Risiko ein.«

»Die Waffen, du glaubst, Bianchi ...«, schaltete sich Saltapepe ein.

»Ich glaube gar nichts«, gab Grauner zurück. »Ich weiß nur, dass am ersten Tatort geschossen worden ist, dass der zweite Tote Schmauchspuren an den Händen hatte und ein leeres Pistolenhalfter unter dem Hemd – und dass wir bislang keine Schusswaffe gefunden haben.«

Saltapepe nickte.

»Wir beide, Claudio, und ihr«, er zeigte auf zwei seiner Männer, »fahren nur bis zum Pass hoch. Wir gucken uns dort um. Im *Enzian*. Vielleicht finden wir Caterina Bianchi. Oder Zahra Jafari.«

Belli und Saltapepe runzelten die Stirn. Tappeiner verzog keine Miene.

»Zahra Jafari?«, brach es aus Egger heraus. »Sie ist nicht tot?«

Grauner beugte sich wieder über die Karte. »Wo ist die Stelle, an der ihr Pickel gefunden wurde? Wo ist die Gletscherspalte, in der ihr sie vermutet habt?«

Egger legte den Finger auf eine weiße Stelle. Grauner suchte den Hintergrat, den er selbst einmal gegangen war. Von Osten kommend gelangte man direkt zum Gipfel, ohne das Eisfeld überqueren zu müssen. Der Commissario schüttelte den Kopf. »Was ist mit der Südseite? Gibt es da einen Weg hinab?«

Es war Staffler, der antwortete. »Ja, da gibt es eine Route. Sie ist jedoch gefährlich, anspruchsvoll, voller Spalten, sie wird kaum noch gegangen.«

»Aber Jafari würde sie schaffen – auch mit nur einem Pickel?«, fragte Grauner energisch.

Der Bergführer nickte. »Anspruchsvoll für Normalsterbliche. Nicht für eine Frau, die die Nordwand in Rekordzeit ...«

»Sie glauben also, sie ...«, unterbrach ihn Egger.

Kurz herrschte Stille im Raum. Alle starrten den Commissario an.

»Sie verließ irgendwo den Weg, der zur *Payer*-Hütte führte. Der Neuschnee verdeckte ihre Spuren. Einen ihrer Pickel hat sie neben der Gletscherspalte in den Schnee gesteckt, wir sollten denken, sie wäre hineingestürzt. Sie stieg Richtung Süden ab. Am Fuß des Gletschers«, Grauner zeichnete mit dem Finger die Strecke auf der Karte nach, »gelangte sie auf den Pfad, der um das Bergmassiv herumführt, und von dort ...«

»Zur *Baita del Sole*«, sagte Belli.

»Oder, wenn sie weitergegangen ist, zum Stilfser Joch. Zum Hotel *Enzian*. Sie könnten in der Hütte sein. Oder im Hotel. Beide.«

»Beide? Grauner, ich verstehe nicht …« Tappeiner schüttelte den Kopf. »Das sind Orte, die Bianchi gut kennt. Warum sollte Jafari dort sein, sie und Bianchi waren verf…«

»Verfeindet? Das, Silvia, glaube ich nicht mehr.«

»Das steht in jedem Bericht über sie. Schau dir die letzte Pressekonferenz an, die die beiden gegeben haben. Sie würdigen sich keines Blickes.«

Grauner dachte an die Worte der Mutter. »Pressekonferenzen sind Shows. Inszenierungen«, sagte er. »Die Medien berichteten seit Jahren über die vermeintliche Feindschaft. Das haben die beiden ausgenutzt. Dabei ist alles ganz anders. Bianchi war bereit, ihrer Konkurrentin zu helfen.«

»Helfen? Wobei?«

»Zu verschwinden.«

10

Als sie kurz nach zweiundzwanzig Uhr das Ende eines Forstweges im Val Zebrù erreichten, schlug ihnen kalte Bergluft entgegen. Der Himmel war wolkenlos, vereinzelt waren bereits silbrig leuchtende Sterne zu sehen. An den Rändern der Gipfel hatte die untergehende Sonne ein mattes Farbspiel entfacht. Orange, grün, lila. Egger und Staffler gingen voraus, Tappeiner und die anderen beiden Polizisten folgten ihnen.

Der Pfad führte steil bergan, sie passierten Weidewiesen und Mischwälder. Es wurde immer finsterer. Bald sahen sie fast nichts mehr. Einer der Polizisten stolperte über eine Wurzel. Fluchte. Er setzte den Rucksack ab, zog eine Stirnlampe hervor.

»Nein«, sagte Egger nur und zeigte nach vorne. In der Ferne war winzig klein ein Licht zu erkennen. »Die *Baita del Sole*«, erklärte er.

Still standen sie da. Mit einem Mal vernahm Tappeiner die Geräusche des Waldes, ein Rascheln, leises Gurren, das Knacken eines Zweiges.

Langsam gingen sie weiter. Erreichten eine Wiese, die kleine *Baita* lag vor ihnen, aus den Fenstern drang buttergelbes Licht. Der Mond schien hell über ihnen.

»Was jetzt?«, fragte einer der Polizisten.

Tappeiner überlegte, holte dann ihr Handy heraus. Es war Viertel nach elf. »Grauner hat gesagt, wir sollen uns melden, ich glaube, jetzt ist ein guter Moment, das zu tun.«

»Das können Sie vergessen«, hörte sie Staffler sagen.

Kein Netz. Sie biss sich auf die Lippen.

»Einer zur Tür, einer zum Fenster?«, fragte einer ihrer Kollegen.

Vier Augenpaare starrten sie abwartend an. Sie erinnerte sich an Grauners Worte. Die Pistole.

Tappeiner schüttelte den Kopf. »Wir müssen warten«, sagte sie. »Bis es dunkler wird.«

»Dunkler?« Der Polizist zog die Augenbrauen hoch.

»Mit Verlaub, Silvia, es ist bald Mitternacht, wir haben fast Vollmond, es wird nicht dunkler.«

Egger räusperte sich. »Er wandert«, sagte er und zeigte zur weißen Kugel am Firmament, »bald wird er dort drüben sein.« Hinter der Hütte und dem Wald ragten Berge in die Höhe. »Er wird hinter den Gipfeln kurz verschwinden.«

Tappeiner schmunzelte. »Wir warten«, sagte sie bestimmt, lehnte sich gegen einen Baumstamm, öffnete ihren Rucksack und holte ein Speckbrot heraus.

Das Licht hinter dem kleinen Fenster brannte noch immer. Ab und an war ein Schatten zu sehen gewesen, der im Inneren umherwandelte. Es war nicht zu erkennen gewesen, ob es sich um dieselbe Person gehandelt hatte. Seit einer Weile war der Schatten nicht mehr aufgetaucht.

»Jetzt?«, fragte einer der Polizisten, als der Mond hinter dem Gipfel verschwunden war und sich die Wiese verdüstert hatte.

»Jetzt«, sagte Tappeiner.

Sie holten die schusssicheren Westen aus den Rucksäcken, streiften sie über. Kontrollierten die Pistolen.

Egger wünschte ihnen Glück und zog sich mit Staffler in den Schutz der Bäume zurück.

Der eine Polizist ging nach rechts, am Waldrand entlang, der andere pirschte sich von links an, Tappeiner wartete einige Sekunden, dann ging sie direkt auf die Hütte zu, gebückt, die Pistole in der Hand.

Sie spürte den leichten Wind, kalt kitzelte er auf der Haut.

In diesem Moment sah sie ihn wieder. Ganz kurz. Den Schatten. Da war also noch jemand wach im Inneren. Hatte dieser Jemand sie gesehen?

Etwa zwanzig Meter noch, siebzehn, fünfzehn. Der eine Polizist verschwand hinter der Hütte. Der andere positionierte sich unter dem Fenster.

Zehn Meter, sieben. Ein Quietschen, Tappeiner erstarrte. Die Tür öffnete sich. Ein matter Lichtschein fiel nach draußen, niemand war zu sehen. Sie ging langsam weiter, umklammerte die Pistole, spürte, dass ihre Hände feucht waren.

Dann tauchte eine schwarze Gestalt im Türrahmen auf. Als Tappeiner die Pistole auf sie richten wollte, verfing sich ihr Fuß in einer Wurzel. Mit einem lautlosen Schrei ging sie zu Boden, die Waffe rutschte ihr aus der Hand. Blind tastete sie sich durch das Gras, ihr Herz raste.

»Was wollen Sie hier?«

Sie schloss die Augen.

»*Mani in alto! O sparo!*« Hände hoch! Oder ich schieße!

11

Es kam dem Ispettore so vor, als wären sie in die Filmkulisse einer Hollywooddystopie katapultiert worden. Sie waren mit einem Zivilwagen zum Pass hochgefahren. Ein Rennradfahrer war ihnen entgegengekommen, eilig, um noch vor Einbruch der Dunkelheit das Tal zu erreichen.

Zwei Motorradfahrer hatten sie röhrend überholt und sich viel zu schnell in die Kurve gelegt, nicht ahnend, dass ein Auto voller Polizisten Zeuge ihres illegalen Rennens geworden war.

Saltapepe, Grauner und die anderen hatten sich jedoch nicht für die beiden Rowdys interessiert. Das hier, das waren die Momente, für die der Ispettore seinen Job liebte. Das Gefühl, wenn die Lösung des Falles zum Greifen nah war. In den folgenden Stunden würde sich alles entscheiden.

Sie stellten den Wagen vor einer Kehre am Straßenrand ab. Gingen zu Fuß weiter. Grauner und Saltapepe voraus, die zwei Polizisten hinterher. Die Pistolen steckten im Halfter, unter den Jacken trugen sie schusssichere Westen. Im Schutz der Böschung machten sie halt und sahen sich um.

Der Pass lag wie ausgestorben vor ihnen. Die Jalousien vor den Fenstern der Häuser hinuntergelassen.

»Feldstecher«, sagte der Ispettore.

Einer der Polizisten reichte ihm einen. Er hielt ihn sich vor die Augen, stellte die Schärfe ein. Ein leichter Wind war aufgekommen. Vor einem der Läden drehte sich ein leerer Postkartenständer im Kreis. Über der Tür stand *Alimentari*. Lebensmittel. In verblichenen Lettern. Auf einem kleinen Parkplatz stand ein rostiger Schneepflug.

Weiter hinten am Hang, dort, wo der Gletscher begann, entdeckte er den alten Sessellift. Die Gondeln schaukelten sanft. Saltapepe drehte sich nach Osten, in Richtung des Ortlers. In der *Payer*-Hütte brannte Licht. Er dachte an die alte Wirtin, Rosa. Was sie wohl gerade machte?

Der Mond leuchtete am dunkelblauen Himmel, der Ispettore konnte sogar die Krater und Täler erkennen. Irgendwo hinter dem Ortler wanderte Tappeiner gerade zur Alm. Er hoffte, dass alles gut war. Dann spürte er ein Ziehen am Ärmel und ließ den Feldstecher sinken. Grauner zeigte auf eines der Häuser am Pass. Es stand ganz hinten, direkt an der Piste. Der Parkplatz war leer. Ein paar Tische und Stühle standen auf der Terrasse. Buchsbäumchen wuchsen links und rechts neben der großen gläsernen Haustür. Die Fenster waren dunkel. Vier Fahnen wehten im Wind.

Der Ispettore blickte wieder durch das Fernglas. »Die italienische Flagge, die schweizerische, die europäische und …« Die vierte Fahne war grau, weiße Buchstaben prangten darauf. »*Enzian*«, las er.

»Und jetzt?«, fragte Saltapepe.

»Jetzt warten wir und schauen, ob sich etwas tut.« Er schaute auf die Uhr, es war kurz vor zehn.

Mittelgute Idee, dachte der Ispettore, hütete sich aber, den Gedanken auszusprechen. Was sollte das bringen? Er war dafür, sich an das Hotel heranzuschleichen. Klar, da könnte jemand drin sitzen. Klar, dieser Jemand könnte eine Waffe bei sich tragen. Aber hey, sie waren zu viert.

»Silvia hat sich noch nicht gemeldet. Ich vermute aber, dass sie niemanden finden werden«, hörte er Grauner sagen.

Saltapepe runzelte die Stirn. Der Commissario setzte sich auf einen Stein, holte einen Apfel aus der Jackentasche, biss hinein.

»Warum?«, fragte der Ispettore.

»Die Schweiz«, sagte Grauner.

»Die Schweiz?« Saltapepe setzte sich neben ihn.

»Die Schweiz beginnt gleich da drüben, wenn man hinter dem Stilfser Joch rechts abbiegt, gelangt man über den Umbrail-Pass dahin.«

»Und?«

»Wer verschwinden will, richtig verschwinden, der setzt sich nicht in eine Hütte im Wald am Ende eines Tals. Wer wirklich verschwinden will …«

»Der verlässt das Land«, ergänzte Saltapepe.

Gegen elf Uhr beschlossen Grauner und Saltapepe, hineinzugehen. Sie und ihre Kollegen schlichen den schmalen Weg entlang der Felsen zu den Häusern hinunter, liefen über die Passstraße auf das Hotel zu.

Der Commissario berührte sanft einen der Buchsbäume, die Zweige kitzelten ihn an der Handfläche. Er befahl den beiden Polizisten, vor dem Eingang zu warten. Zu seiner Überraschung war die Tür nicht verschlossen, sie öffnete sich lautlos. Im Inneren war die Luft warm und stickig.

Gemeinsam mit Saltapepe trat er in die Lobby, links stand ein Empfangstresen, eine Wendeltreppe führte in die oberen Etagen, rechts war der Aufzug. Er besah sich die Anzeige des Lifts. *E* stand in roten Lettern über der einen Tür. *3* über der anderen. Nachdem er den Ispettore flüsternd angewiesen hatte, sich hier im Erdgeschoss umzusehen, stieg er die Treppe nach oben.

Als Grauner in der dritten Etage ankam, atmete er schwer. Das Herz pochte wild, er hielt inne und lauschte. Was war das? Ein leises Wimmern? Er versuchte, ganz still zu stehen. Ja, da war ein Wimmern – aber er hörte noch etwas, eine zweite Stimme, ein dunkler Männerbariton.

Der Commissario schlich langsam über den Teppichboden, der seine Schritte dämpfte, auf beiden Seiten des Flurs gingen Zimmer ab. Die Nummern standen auf kleinen Messingschildern, die neben den Türen befestigt waren. *233, 234, 235.* Ölmalereien hingen an der pistaziengrünen Tapete. Ein Vase mit Tulpen darin. Eine Wiese voller Sonnenblumen. Zwei Haflinger. *236.*

Die Tür des Zimmers 237 stand offen. Grauner hielt die Luft an. Es waren zwei Männerstimmen, sie sprachen Italienisch, schienen sich zu streiten. Er trat ein, die Pistole im Anschlag. Der Fernseher lief, *RAI 1.* Eine Talkrunde. Auf dem Bett lag eine Frau, sie hatte ihm den Rücken zugedreht. Sie trug eine schwarze Leggins und einen rosafarbenen Fleecepullover. Auf der Decke neben ihr lagen eine Wasserflasche, ein Apfel, Kekse. Eine Schere, Pflaster, Verbandszeug.

»Caterina Bianchi«, sagte er sanft.

Die Frau fuhr herum, sprang auf. Grauner hob die Hände, die Mündung der Pistole zeigte nach oben. »Ganz ruhig, Signora Bianchi.« Ihm war klar, dass sein Auftritt alles andere als vertrauenerweckend war.

Sie ging rückwärts, drückte sich gegen die Wand hinter dem Bett.

»Ich muss Sie mitnehmen, Bianchi.«

Sie rührte sich nicht.

»Wo ist Zahra Jafari?«

Ihm war, als errötete sie ein wenig.

»Wo?«

Sie schwieg, ein leises Lächeln umspielte ihre Lippen.

Er kramte in der Jackentasche, holte Handschellen hervor, warf sie ihr zu. »Anlegen.«

Sie folgte seinem Befehl, dann ging sie erhobenen Hauptes um das Bett herum, trat an ihm vorbei auf den Flur. Sie wandte sich nach links, in Richtung der Treppe und der Aufzüge. Als er ihr folgen wollte, fiel sein Blick auf die Tür des gegenüberliegenden Zimmers. Kalter Schweiß bildete sich auf seiner Stirn. Er hechtete nach vorn, packte Bianchi, drückte sie an sich. Sie schrie auf, er hielt ihr den Mund zu. Ja, er hatte richtig gesehen. Die Tür, die zuvor geschlossen war, stand nun einen Spaltbreit offen.

12

Der Schatten über Tappeiner streckte die Arme weit nach oben. »Ich … Bitte, bitte tun Sie mir nichts!«

»Wer sind Sie?«, schrie einer der Polizisten. Beide traten näher, die Pistolen im Anschlag,

Der Mond brach hinter dem Gipfel hervor, tauchte die Wiese in mattes silbriges Licht. Grauners Assistentin tastete nach ihrer Waffe, die neben ihr im Gras lag, und setzte sich auf.

»Runter mit den Pistolen. Alles gut, das ist bloß ein Hirtenbub. Hier ist niemand, den wir suchen.«

13

Das Erste, was er sah, war die Mündung einer Pistole. Grauner war sich sofort sicher, dass es Diyar Al-Abadis Waffe sein musste. Er hatte die eigene auf die Tür gerichtet. Dann trat der Mann aus dem Zimmer. Weißer Bart, Halbglatze. Graue Outdoorjacke. Der Commissario brauchte zwei Sekunden, um zu erkennen, wer da vor ihm stand. Dr. Albert Meininger. Der Dorfarzt von Sulden. Der Mann, der die Blutergüsse am Hals des iranischen Geheimdienstlers für Würgemale gehalten hatte. Oder – die Erkenntnis traf Grauner wie ein Blitz – der ihnen nur hatte einreden wollen, es handele sich um Würgemale. »Dr. Meininger, Sie!«

Dann ging alles ganz schnell. Der Arzt hob ein Bein, schrie, trat ihm die Pistole aus der Hand, ging in die Knie, hob sie auf, zielte nun mit beiden Waffen auf den Commissario.

»Schwarzer Gürtel«, sagte Grauner.

»Schwarzer Gürtel, drei *Dan*«, antwortete der Mann. »Ich war einer von Matthias' ersten Schülern.« Er winkte Caterina Bianchi, sie löste sich vom Commissario, stellte sich zitternd zu ihm.

»Schlüssel«, sagte Dr. Meininger.

Grauner kramte in der Tasche, holte ihn hervor, warf ihn auf den Boden. Der Mann sammelte ihn auf und öffnete Bianchis Handschellen. »Bitte«, sagte er und bedeutete ihm, voranzugehen.

»Meine Kollegen warten draußen vor dem Hotel.«

»Sie werden uns gehen lassen«, lautete die knappe Antwort.

»Signorina Bianchi«, es war ein verzweifelter Versuch, »kommen Sie zur Vernunft, es wird alles nur noch schlimmer.«

Sie erreichten die Treppe und den Aufzug. Auf der Anzeige über der einen Tür stand immer noch das *E*. Auf der über der anderen die *3*.

»Erzählen Sie mir, Signora Bianchi, was in der Nacht passiert ist, als Lechthaler und Al-Abadi starben.« Der Commissario drehte sich zu ihr hin. Sie hatte den Blick zu Boden gerichtet. Er musste Zeit gewinnen. Sie hinhalten. Das war seine einzige Chance.

»Sie und Jafari, Sie beide, Sie waren nie verfeindet. Konkurrentinnen am Berg, ja, aber …«

»Freundinnen«, hauchte sie.

»Wo ist sie?«, fragte Grauner.

Der Arzt räusperte sich. »Sie werden es bald erfahren, die ganze Welt wird es bald erfahren.«

»Wo?«, insistierte der Commissario.

»In Sicherheit«, sagte Bianchi.

»Sagen Sie mir, was geschehen ist!«

Grauner sah die junge Frau eindringlich an. Sie war keine Mörderin, der Arzt ebenso wenig. Sie waren nicht kaltblütig. Das, was passiert war, belastete sie, sie wollten sich erklären. Ganz bestimmt.

Tatsächlich. Sie holte tief Luft, schaute zu Dr. Meininger, der zögerte, nickte dann. Sie begann zu sprechen.

Die iranische Kletterin, die vom Mullahregime als Siebzehnjährige ins Gefängnis gesteckt und gefoltert worden sei, habe beschlossen, abzuhauen. Nur in Freiheit könne sie von ihrem Schicksal erzählen. Und die jungen Frauen im Iran in ihrem Kampf unterstützen.

Nur wenige hätten davon gewusst. Sie. Die Mutter. Lechthaler. Außerdem Norman Pellegrini, der Reporter und Dokumentarfilmer, der seit einiger Zeit heimlich Interviews mit Jafari führe. Ohne das Wissen der Geheimdienstmänner, die sie bei Auslandsreisen auf Schritt und Tritt verfolgten.

»So wie Al-Abadi«, sagte Grauner.

»So wie Al-Abadi«, sagte sie.

Bianchi bestätigte, was der Commissario bereits von der Mutter erfahren hatte. Fariba Jafari hatte sich zwei Tage vor dem Wettkampf mit ihrem Jugendfreund in der *Payer*-Hütte getroffen. Lechthaler habe Fariba Jafari zum Abschied noch ein Foto von sich in die Hand gedrückt, es habe ihn als jungen Mann im Dobok gezeigt. Und eine Karte des Ortlers, die sie in der Nacht noch einmal gemeinsam studiert hatten.

»Sollte etwas schiefgehen, hat Lechthaler zu Zahras Mutter gesagt, solltest du mich nicht erreichen, ruf diesen Mann an. Dann hat er ihr die Handynummer von Dr. Meininger gegeben.«

Die Trauer stand dem Arzt ins Gesicht geschrieben.

Zahra Jafari habe ihr später erzählt, dass der Geheimdienstmann Al-Abadi die nächtliche Abwesenheit der Mutter bemerkt habe. Am späten Samstagvormittag, nach ihrer Rückkehr von der *Payer*-Hütte, sei er in das gemeinsame Zimmer von Mutter und Tochter gestürzt, völlig aufgelöst, er habe beide mit der Pistole bedroht und wissen wollen, wo sie gewesen sei. Als er Faribas Sachen durchwühlte, fand er in ihrer Jackentasche Lechthalers Foto. Den Zettel mit der Telefonnummer und die Karte hatten sie in einer leeren Thermosflasche versteckt. Die beiden schwiegen. Verrieten nichts. Wutentbrannt verließ der Mann schließlich das Zimmer.

Der Geheimdienstmann zog los. Er musste herausgefunden haben, dass es im Dorf einen Taekwondoverein gab.

»Keine Ahnung, was dann passiert ist«, fuhr Bianchi fort. »Aber er muss Matthias Lechthaler gefunden haben. Was der Mist in der Halle zu bedeuten hat, weiß ich nicht.«

Grauner war sich nun sicher, dass Ramoser, der Bauer, ihm die Wahrheit gesagt hatte. Doch er schwieg, Bianchi war noch nicht fertig mit ihrer Geschichte.

Abends habe sie sich heimlich mit Zahra und ihrer Mutter im Hotel getroffen. Gegen Mitternacht sei Al-Abadi wieder aufgetaucht. Das Hemd zerrissen, er schwitzte und war völlig aufgewühlt.

»Er redete wild auf die beiden ein«, sagte die Kletterin, »ich habe nicht verstanden, was er gesagt hat. Er hat sie mit der Waffe bedroht.« Bianchi schluckte, rang nach Worten. »Zahra und Fariba flüchteten sich in eine der Ecken, er kam auf sie zu, ich wusste nicht, was ich tun soll. Da habe ich den Pickel auf dem Tisch gesehen, ich hab ihn mir geschnappt und geschrien. Als er sich umgedreht und mit der Pistole auf mich gezielt hat, habe ich einen Satz nach vorn gemacht und zugeschlagen. Ich habe einen brennenden Schmerz ...«

»Sie«, sagte Grauner, »Sie haben ...«

»Ich, ja, ich.«

Dr. Meininger legte der jungen Frau den Arm um die Schulter. Noch immer hielt er die Pistolen in den Händen. »Es war Notwehr, Commissario. Es war doch Notwehr, Caterina, nicht?«

Sie schluchzte.

»Kein Messer, ein Pickel«, flüsterte Grauner.

Bianchi nickte. Nun zog sie ihr T-Shirt hoch. Ein dicker Verband kam zum Vorschein. »Zum Glück nur ein Streifschuss, eine heftig blutende Fleischwunde.«

»Sie haben mich angerufen, mitten in der Nacht«, schaltete sich Dr. Meininger ein, »ich bin sofort gekommen. Ich konnte die Blutung stoppen. Die Wunde nähen. Die Kugel hat nur das äußere Fettgewebe über der Bauchmuskulatur zerfetzt.«

»Die Wunde ist allerdings beim Klettern erneut aufgebrochen«, sagte Bianchi, »und blutet seitdem immer wieder.«

Das Blut am Fenstersims der Questura war also ihres gewesen. Ungläubig schüttelte Grauner den Kopf. Sie hatte die Nordwand des Ortlers trotz ihrer Verletzung bewältigt. Wenn auch langsamer als erwartet.

Zu dritt, erzählte Dr. Meininger, hätten sie in der Nacht

den Toten in die Waschküche im Keller gebracht und das Zimmer vom Blut gereinigt.

»Ich habe erst am Sonntag erfahren, was in der Turnhalle passiert ist«, sagte Bianchi, »als ich mich mit Fariba getroffen habe, die völlig fertig war.« Sie schluchzte wieder. »Weil noch jemand tot war. Lechthaler.«

Ein paar Sekunden herrschte Stille im Flur. Dann tat Grauner vorsichtig einen Schritt auf sie zu. Dr. Meininger schüttelte leicht den Kopf. Der Commissario hielt inne.

Der Mann schien kurz zu überlegen, was nun zu tun sei. »Du nimmst den Aufzug in die Tiefgarage, Caterina«, sagte er schließlich, klemmte sich die eine Pistole unter den Arm, kramte einen Autoschlüssel aus der Hosentasche hervor und drückte ihn Bianchi in die Hand. »Fahr sofort los, rüber in die Schweiz. Viel Glück.«

»Bianchi, machen Sie das nicht«, sagte Grauner.

Der Arzt unterbrach ihn. »Wir bleiben hier drin, Kommissar. Und warten. Wir geben ihr etwas Zeit.«

Die Frau trat in den Aufzug, hob noch einmal die Hand, dann schlossen sich die silbernen Tore. *3, 2, 1, E, UG 1, UG 2.*

»Sie drei haben …«, begann Grauner, doch Dr. Meininger ließ ihn nicht ausreden. Er hatte nun wieder beide Pistolen auf ihn gerichtet.

»Wir haben uns vor dem Gesetz schuldig gemacht. Doch wir haben nichts Böses getan«, sagte er. »Wir haben nur …« Er brach ab und starrte auf die Anzeigen über den Fahrstuhltüren. Die eine zeigte noch immer *UG 2* an. Auf der anderen war das *E* erloschen. Die *1* erschien. Dann die *2.* Dann die *3.*

»Was, verdammt!«, zischte Dr. Meininger.

Die 4 leuchtete auf. Der Aufzug hörte auf zu surren. Dann setzte er sich wieder in Bewegung, die 4 verschwand.

3. Es war, als stünde für einen Moment die Zeit still. Dr. Meininger schob Grauner zur Seite. Der Commissario warf einen schnellen Blick über die Schulter. Die beiden Polizisten schlichen lautlos die Treppe herauf. Auf den Stufen, die nach oben führten, hockte Saltapepe.

Die Türen öffneten sich klingelnd. Nichts. Nur ein leerer, verspiegelter Raum. Grauner warf sich zur Seite. Der Ispettore und die beiden Kollegen sprangen von hinten auf Dr. Meininger zu, rissen ihn zu Boden. Saltapepe kniete auf ihm, hielt ihm seine Pistole an den Hinterkopf. Der Commissario nahm dem Mann beide Waffen ab und reichte sie den Polizisten. Dann zog er die Handschellen aus dem Hosenbund des Arztes und legte sie ihm an. Gemeinsam zerrten sie den Mann hoch.

Der Commissario baute sich vor ihm auf. »Sie haben …«, er atmete schwer und sah dem Arzt tief in die Augen, »… sich vor dem Gesetz schuldig gemacht, ja, aber …« Er wusste, er durfte den Satz nicht zu Ende bringen.

»Ich informiere Bozen«, sagte Saltapepe.

»Warte, vielleicht, wenn sie etwas Vorsprung …«, begann Grauner und hielt ihn an der Jacke fest. Tausend Gedanken rasten ihm durch den Kopf. Er war seit mehr als dreißig Jahren Polizist, seit zwanzig Jahren Commissario. Er war sich seiner Verantwortung stets bewusst gewesen. Er hatte immer zu unterscheiden gewusst, was er als Gesetzeshüter zu tun hatte, auch wenn er als Zivilist, als Bauer manchmal anders gehandelt hätte.

»Sie haben nichts Böses getan.«

»Grauner!«

Ihm wurde heiß. »Sie haben nichts Böses …«

»Grauner! Johann!« Der Ispettore packte ihn am Arm.

4. Juli

1

Sie hatten die Serpentinen vom Stilfser Joch schweigend hinter sich gebracht. In Glurns hatten sie sich mit den Carabinieri und Polizisten aus dem Tal verabredet, die die Mutter der iranischen Kletterin festgenommen hatten. Kurz nach Mitternacht fuhren sie durch das obere Vinschgau. In den Kurven streifte das Licht der Scheinwerfer des Pandas Apfelplantagen, Marillenbäume und Kartoffelacker. Ein Rehkitz blieb wie erstarrt stehen, dann huschte es im Dunkeln davon.

»Danke, Claudio«, sagte Grauner, als sie im Hof der Questura aus dem Auto stiegen. Der Polizeiwagen parkte neben ihnen, zwei Beamte stiegen aus, sie öffneten die Türen des Fonds und halfen Dr. Meininger und Fariba Jafari heraus. Beide trugen Handschellen, sie gingen widerstandslos in Richtung Eingang. Sie sollten sofort verhört werden, Belli wollte es so.

»Ich, manchmal …«, sagte Grauner, als sich die Gruppe entfernt hatte.

»Ich auch«, antwortete der Ispettore, »wir alle. Manchmal ist das ein Scheißjob, den wir da machen müssen, Grauner. Da würde ich am liebsten …«

»Ich werde heute nach dem Verhör mit Belli sprechen«, sagte der Commissario, »du musst wissen, Claudio, dass ich zum Jahresende …«

Wieder unterbrach ihn der Ispettore. Er schien ihm gar nicht richtig zugehört zu haben. »Deshalb bin ich so froh, dass wir uns als Team gefunden haben. Du, Silvia, ich. Ich habe überhaupt keine Ahnung, was ich ohne euch machen sollte.«

Grauner ging auf ihn zu. Legte ihm die Hand auf die Schulter. »Saltapepe, du musst …« Weiter kam er nicht. Der Rest des Satzes wollte ihm einfach nicht über die Lippen kommen.

»Ja, du?«

»Ach, nichts.«

Weiherers Leute untersuchten noch in der Nacht das Hotelzimmer von Jafari. Schnell fanden sie die Patrone. Neunzehn Millimeter. Sie steckte im Holz des Kleiderschranks. Die Hülse lag unter dem Bett. Gegen drei Uhr kam Tappeiner mit ihrer Mannschaft in die Questura. Wenig später erreichte Grauner und die Kollegen die Nachricht der Schweizer Behörden. Caterina Bianchi war ihnen ins Netz gegangen. An einer Tankstelle. Etwas

Geld, ihren Pass und ein Flugticket nach New York in der Tasche.

Auch sie war nun auf dem Weg nach Bozen. Die Schweizer brachten sie zum Reschenpass, dort würde sie den italienischen Grenzpolizisten überstellt werden. Von Zahra Jafari fehlte weiterhin jede Spur.

Der Morgen war bereits angebrochen, als Dr. Meininger und die Mutter der verschwundenen Kletterin aus dem Verhör entlassen wurden. Sie blieben erst einmal in Untersuchungshaft. Sollte Bianchi ihre Aussage bestätigen, entschied Belli, ob sie bis zum Gerichtstermin auf freien Fuß gesetzt wurden. Ob sie wegen Beihilfe zum Mord oder lediglich wegen ihrer Falschaussage angeklagt wurden. Salvaguardia würde argumentieren, ihre Mandantin habe in Notwehr gehandelt. Mit viel Geschick und Glück musste Bianchi nicht ins Gefängnis. Hatte sie kein Glück, drohten ihr zehn bis achtzehn Jahre wegen Totschlags.

Grauner machte seinen Computer aus, stapelte die Akten aufeinander. Er verabschiedete sich von Tappeiner und Saltapepe, die eben noch die Tonaufnahmen des Verhörs auf den Computer überspielten.

»Bis morgen, Grauner«, sagte die Assistentin.

»Ciao, a presto«, sagte Saltapepe.

Schweren Schrittes trat der Commissario auf den Flur, stieg die steinernen Treppenstufen zum Ausgang hinunter, kraftlos zog er die große Eingangstür auf, er hatte nie bemerkt, wie schwer sie war. Er hörte das Rauschen der Talfer, atmete die frische Morgenluft ein. Weiter vorn stand Belli. Der Fahrer öffnete ihm gerade die hintere Tür seines Dienstwagens. Als der Staatsanwalt Grauner bemerkte, eilte er auf ihn zu.

»Wegen Ihres Anliegens lassen Sie uns ...«

Grauner hob abwehrend die Hände. »Dottore«, sagte er, »das hat Zeit, wir müssen das nicht sofort bereden.«

Belli klopfte ihm auf die Schulter. »Natürlich, ja, wir besprechen das, wenn Ruhe eingekehrt ist. Ich wollte Ihnen nur schon mal sagen, dass ich Sie für absolut qualifiziert halte. Es ist höchste Zeit, diesen Schritt zu gehen. Das haben die letzten Tage erneut gezeigt.«

Grauner runzelte die Stirn. Qualifiziert für den Ruhestand, wie meinte er das?

»Ich, nun ja ...«

»Diesen Ehrgeiz habe ich Ihnen gar nicht zugetraut, muss ich sagen. Ich dachte, dass Sie ein Gewohnheitstier seien. Dass Sie sehr an Ihrem Zweitjob als Bauer hängen. An den Bergen. Aber ich habe mich geirrt. Verona! Die Stadt wird Ihnen guttun. Und was für eine aufregende Aufgabe. Niemand wäre besser geeignet, die Leitung der *Polizia dell'Immigrazione e delle frontiere, IV zona, Friuli Venezia Giulia, Veneto, Trentino-Alto Adige* zu übernehmen. Chef der Grenzpolizei dreier Regionen! Toll! Ich habe mit dem Quästor kurz gesprochen, bereits ein paar Anrufe getätigt. Sie werden nicht umhinkommen, ein- oder zweimal vor der Entscheidungskommission vorzusprechen. Aber das wird schon klappen! Am 15. Januar geht es los. Bis dahin sitzen Sie in der Questura noch gemütlich Ihre Stunden ab – solange, Gott bewahre, dieses Jahr nicht noch ein Mord geschieht. Ein Mord pro Jahr reicht, oder?« Er war schon wieder auf dem Weg zu seinem Lancia und hob zum Abschied die Hand.

Grauner starrte ihm hinterher, unfähig, sich zu rühren. Als er sich wieder gefangen hatte, war der Staatsanwalt bereits im Fond verschwunden. Die Rücklichter leuchteten auf, die Schranke öffnete sich, der Wagen verschwand in der Dämmerung.

»Die Leitung von – was? Grenzpolizei?«, murmelte Grauner, als er in den Panda stieg. Er startete den Motor und schaltete das Radio an. Mahler. Die Achte. Mit Vollgas fuhr er durch die leeren Straßen der noch schlafenden Stadt. So schnell wie möglich wollte er nach Hause. Er trank sonst nie Schnaps. Jetzt brauchte er einen Treber. Oder zwei. Mindestens.

2

»Und nun?«, fragte Tappeiner, als sie den Computer ausmachten.

Saltapepe griff nach seiner Jacke. »Jetzt gehen wir nach Hause, wir schließen die Rollos und legen uns hin. Auch wenn ich nicht glaube, dass wir heute schlafen können. Die Toten lassen uns nicht los.«

Tappeiner schlüpfte in ihre Regenjacke, sie liefen über den Flur zum Ausgang. »Geht es allen so oder nur uns zwei?«

Saltapepe zuckte mit den Schultern. »Grauner hat mir einmal erzählt, dass er manchmal von den Ermordeten träumt. Dass er dann schweißgebadet aufwacht.«

Tappeiner seufzte. Gott, war sie froh, dass ihr das nicht passierte. Bislang nicht. »Was war los mit ihm, vorhin, er wirkte so – abwesend.«

Sie traten auf den Hof und blieben vor ihrem Citroën stehen.

»Er hat gezögert. Am Pass. Als wir Dr. Meininger festgenommen haben. Als wir Bianchi verfolgen wollten.«

»Gezögert?« Sie verstand nicht ganz, drückte auf den Schlüssel, die Lichter des Wagens blinkten auf.

»Zahra Jafari, ihre Mutter, Caterina Bianchi und Dr. Meininger – sie sind die Guten. Eigentlich.«

»Grauner wollte Bianchi laufen lassen?« Sie starrte ihn mit großen Augen an.

»Für ein paar Sekunden, ja. Es war – so habe ich ihn noch nie erlebt.«

Tappeiner biss sich auf die Lippen. Es war Grauner gewesen, der ihr vom ersten Tag an eingebläut hatte, die Arbeit nicht zu nahe an sich herankommen zu lassen.

»Was tut er dagegen?«, fragte sie.

Saltapepe runzelte die Stirn.

»Grauner. Gegen die Toten im Traum.«

»Er geht in den Stall. Melken. Er sagt, es hilft.«

»Blöd, dass wir keinen Stall haben.« Sie boxte ihm leicht in die Hüfte.

Sie lächelten, beide.

»Aber ich habe eine andere Idee.« Sie zeigte auf den Rücksitz des Citroëns. Da lagen Seil, Kletterschuhe, Karabiner, Gurte.

»Jetzt?, fragte Saltapepe verblüfft. Seine Augenlider waren auf Halbmast, er wirkte müde.

»Es ist halb sieben. Um sieben macht die Halle auf. Zuerst ein Gipfele und ein Espresso in deiner *Bar dello Sport* – und dann nichts wie ran an die Wand. Morgens ist es am besten, da haben wir die Halle für uns allein.«

Sie öffnete die Fahrertür, er ging um den Wagen herum, setzte sich neben sie.

»Du hast das Richtige getan oben am Pass, Claudio.«

»Ich weiß es nicht«, antwortete er. Für einen Moment war er still, dann schluchzte er leise und vergrub das Gesicht in den Händen.

Sie lehnte sich zu ihm rüber. Drückte ihn fest an sich und küsste ihn.

3

Alba griff zur Fernbedienung. Stefan Derrick stand an einem Waldrand. Ein totes Mädchen lag im Gebüsch. Harry Klein bückte sich zu ihr hinab. Alba drückte auf die Knöpfe, sie hatte keine Ahnung, wie man den Videorekorder stoppte. Das Bild wechselte. *RAI 1*. Das Mittagsmagazin.

Grauner war gegen halb sieben Uhr morgens nach Hause gekommen, er hatte die Kühe gemolken, geduscht, war ins Bett gegangen, war nach zwanzig Minuten wieder aufgestanden, er hatte gesagt, er könne nicht schlafen – die Toten! –, dann hatte er beschlossen, ein bisschen *Derrick* zu schauen. Die ganz alten Folgen. Bei Folge zwei hatte sie ihn schnarchen hören, während sie in der Küche für Sara und Mickey ein paar Käsebrote schmierte.

Die beiden wollten einen Ausflug machen. Auf die Seiser Alm.

»Johann«, flüsterte sie ihm nun ins Ohr, »mein lieber Johann.«

Im Fernseher waren die Bilder junger Frauen zu sehen. Sie hatten sich auf einem großen Platz versammelt. Sie schwenkten iranische Flaggen, sie trugen die Haare offen. Sie lachten und tanzten. Dann wurden alte Männer mit Turbanen und langen weißen Bärten eingeblendet. Was waren das nur für Menschen, dachte Alba, die jungen Frauen das Lachen verbieten wollten? »Johann«, sagte sie leise.

Er brummte. »Ich wollte Belli heute sagen, dass ich in Pension gehe, Alba, ich wollte es wirklich.«

»Aber?«, fragte sie.

Er richtete sich auf, schien plötzlich hellwach zu sein. Die Nachrichten zeigten nun Männer, schwarz gekleidet, mit Schlagstöcken in den Händen. Sie prügelten auf Demonstranten ein. Junge Frauen, junge Männer. Mütter, Kinder. Väter. Im Hintergrund brannten Autos.

»Ich weiß nicht, was ich will.«

»Ich glaube, du willst noch ein paar Jahre arbeiten.«

»Soll ich wirklich?«

Sie legte die Stirn an seine. »Ja, sollst du, Johann. Weil du ein guter Polizist bist. Weil du gerne Polizist bist. Weil du das hier, uns, den Hof, die Berge, nicht schätzen kannst, wenn du dich nicht auch mit dem Bösen, das da draußen sein Unwesen treibt, konfrontierst. Es bekämpfst.«

»Die Alm?«, fragte er leise.

»Ich habe mich nicht getraut, es dir zu sagen, Johann.« Sie streichelte ihm die Wange. »Ich liebe unsere Almhütte, aber das ganze Jahr? Jeden Tag? Das halte ich nicht aus. Ich finde Saras und Mickeys Ideen toll, ich will ihnen helfen. Ich habe da richtig Lust drauf. Kannst du das verstehen?«

»Ja«, sagte er.

»Aber sie dürfen ihr Studium nicht schleifen lassen. Wir achten darauf, dass sie nichts überstürzen. Du arbeitest noch ein paar Jahre und dann …«

»Dann?«

»Dann schmeißen Sara und Mickey den Knödelladen, *Grauners Little Farm* und die *Calm Alm* allein. Ich traue ihnen das zu. Du gehst in Pension – und wir zwei reisen erst einmal nach Paris. Oder New York. Einmal möchte ich auf so einem Wolkenkratzer stehen.«

»Pah«, sagte er, »was ist so ein Hochhaus im Vergleich zu einem Berg?! Den muss man bezwingen, sich den Ausblick verdienen.«

»Du kannst die Treppe hochlaufen, das kommt aufs Gleiche raus«, konterte sie. »Ein Kompromiss: Südamerika. Trekking in Patagonien, Johann! Das wäre doch was.«

Er schaute an ihr vorbei, zum Fernseher. Eine Luftaufnahme von Teheran. Rauch. Schneebedeckte Berge im Hintergrund.

»Oder wir reisen in den Iran, Alba«, sagte er. »Ich habe gehört, dass die Natur wunderschön sein soll. Wenn es wieder ein freies Land ist, hoffentlich bald. Lass uns durch Teheran schlendern und ein paar Gipfel erklimmen.«

Sie spürte, wie er ihre Hand drückte. »Ja, lass uns das machen, Johann.«

»Jetzt muss ich nur noch Belli erklären, dass wir nicht nach Verona ziehen.«

Sie zuckte zusammen. »Was?«

Epilog

Fariba Jafari, die Mutter der jungen Frau, die in Rekordzeit die Nordwand des Ortlers erklommen hatte, ließ sich auf der Bank an der Lichtung nieder. Eine leichte Brise spielte mit einer ihrer Haarsträhnen. Die Sonne schien auf das Tal hinab. Auf die Dächer des Dorfes, den Marktplatz, das Gemeindehaus, die Feuerwehrhalle, die Station der Bergretter, das Hotel *Bellavista*, die Turnhalle. Auf Ramosers Hof. Auf Lechthalers Elternhaus, in dem Dr. Albert Meininger sie einquartiert hatte.

Anders als Caterina Bianchi hatte man sie bis zur Gerichtsverhandlung entlassen. Jafari hatte die Äpfel im Garten vom Baum gepflückt, der Katze, die in den überwucherten Beeten umhergetollt war, Futter gegeben. Danach ging sie in das Pflegeheim, in dem Lechthalers Mutter wohnte. Sie hielt die Hand der dementen Greisin für Stunden.

Nach ein paar Tagen klopfte sie an Lex Ramosers Tür. Er ließ sie herein. Beim nächsten Mal brachte sie Kekse und Tee mit. Er drückte ihr einen Tischtennisschläger in die Hand.

Fariba Jafari telefonierte zweimal mit ihrer Tochter. Sie bat sie, noch etwas Geduld zu haben, sie würde nachkommen, sobald es möglich sei. Eines Tages würden sie gemeinsam durch Manhattan spazieren.

Der gute Herr Doktor hatte sie gefragt, ob sie nicht die restlichen Sommertage bei der alten Rosa auf der *Payer*-Hütte verbringen wolle. Die Wirtin brauche dringend Unterstützung. Sie hatte sofort zugesagt.

Fariba Jafari legte den Kopf in den Nacken. Über den Wipfeln der Tannen und Fichten ragte der weiße Gipfel des Ortlers empor. Sie dachte daran, was Matthias immer gesagt hatte. *Der Berg ist nicht gut, der Berg ist nicht böse. Er ist einfach da.* Es war noch weit bis zur *Payer*-Hütte. Die Wirtin Rosa wartete bereits auf sie.

Bevor Jafari aufstand, holte sie noch einmal die Zeitschrift aus dem Rucksack, die ihr Dr. Meininger vor drei Tagen gebracht hatte. Das *TIME*-Magazin. Gleich mehrere Exemplare hatte er gekauft. Draußen in Glurns, in einer größeren Tabaccheria. Die Suldner hatten die Titelstory des Starreporters Norman Pellegrini ausgeschnitten, fotokopiert, weitergereicht. Bald hatte jeder im Tal davon gewusst.

Das Cover des Magazins zeigte eine junge Frau. Von hinten. Über die Schulter blickte sie direkt in die Kamera. Ihr Rücken war entblößt. Lange Narben zogen sich über die Haut. Nur zwei Worte standen darunter.

No fear! Keine Angst!

Die alte Iranerin erinnerte sich an die vielen Stunden, die sie damit verbracht hatte, die Wunden ihrer Tochter zu desinfizieren, zu salben, immer und immer wieder neu zu verbinden. Damals, als Zahra aus dem Gefängnis entlassen worden war.

Hinter ihr raschelte es. Ein Tier, dachte Jafari, stand auf und drehte sich um. Zwei Männer traten zwischen den Bäumen hervor. Sie ballte die Hand zur Faust. Wie hatte sie nur denken können, es wäre vorbei.

»Hier?«, fragte sie, ihre Kehle war trocken.

Die Männer nickten.

Sie stellte sich vor eine besonders schöne Tanne, lehnte sich gegen den Stamm und lächelte. »Feiglinge«, sagte sie. Lächelnd zu sterben, ja, das hatte sie sich vorgenommen.

Einer der Geheimagenten hob die Pistole. Fariba Jafari kniff die Augen zusammen, sie dachte an Zahra, dann an Matthias. An die Wiesen ihres Heimatdorfes im Norden Irans. An die Berge. »Kurz ist der Schmerz, ewig währt die Freude«, flüsterte sie.

Nichts passierte. Kein Schuss fiel. Nach Sekunden, die ihr wie eine Ewigkeit vorkamen, blinzelte sie vorsichtig. Die beiden Agenten waren ein paar Schritte rückwärts gegangen und starrten an ihr vorbei in den Wald. Rasch drehte sie sich um. Männer und Frauen standen dort zwischen den Bäumen. Ein gutes Dutzend Suldner.

Manche hielten Mistgabeln in den Händen, manche Jagdgewehre, andere rostige Pistolen, die noch aus dem Ersten Weltkrieg zu stammen schienen. Ein paar hatten die Fäuste erhoben. Stumm kamen sie näher. Jafari erkannte Dr. Meininger und den rotbackigen Harald Wiesenheimer.

»Waffe fallen lassen«, sagte einer, der ihr ebenfalls bekannt vorkam. Ja, es war der Wirt der *Tabaretta*-Hütte, der einen so wunderbaren Espresso zauberte.

Die Pistole fiel ins Gras. Die beiden Iraner zogen sich Meter für Meter zurück, die Steine unter ihren Sohlen knirschten. Hinter ihnen fiel der Fels steil ab. Ein erwartungsvolles Kreischen ertönte aus der Luft. Am Himmel kreiste Lilly, das Bartgeierweibchen. Dr. Meininger schaute sie an. Jafari schüttelte leicht den Kopf.

Die Suldner ließen die Waffen sinken, gaben einen schmalen Gang frei. Mit blassen Gesichtern huschten die Männer an den Umstehenden vorbei.

»Haut ab«, zischte einer.

»Raus aus unserem Tal«, rief ein Zweiter.

Die beiden stolperten den Steig hinab, verschwanden im Dickicht. Lilly kreischte enttäuscht, dann flog sie davon.

Danke

Olaf Reinstadler, der mich zum Gipfel führte. Angelika Rainer, Simon Messner und Hubert Messner, die mir ebenso einiges über das Klettern, den Alpinismus, den Ortler und Sulden erzählten. Großmeister Markus Zadra, der mich mit Fachwissen zum Kampfsport bereicherte – und seinen Taekwondofreunden; *Charyot! Kyung ye!* Filmemacher Pedram Sadough –, und Behnaz Hojabrekalali, seiner Mutter. Allen Heldinnen aus dem Iran. Paolo Marchiodi für das polizeiliche Fachwissen. Dr. Anne Port für das Rechtsmedizinische. Mona, Thomas. Yade, Ilay, Nalân.

Die neue Reihe des Bestsellerautors Lenz Koppelstätter

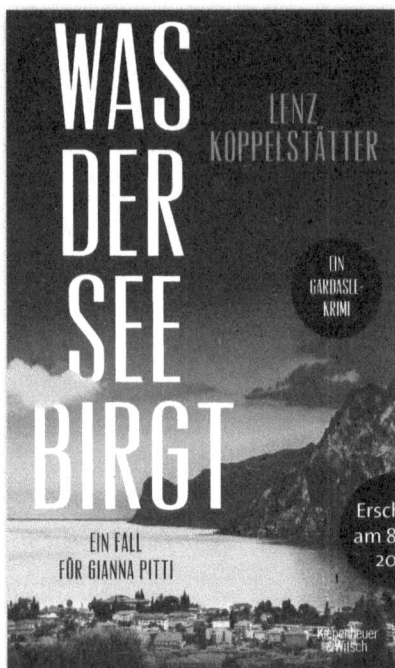

Am Ufer des Gardasees blinken Blaulichter. Im Jachtafen von Riva wurde ein Toter gefunden. Gianna Pitti, Polizeireporterin der Lokalzeitung und der wohl größte Vasco-Rossi-Fan auf diesem Planeten, ist immer zur Stelle, wenn am See etwas passiert. Mit Entsetzen stellt sie fest, dass sie das Opfer kannte. Mehr noch: Sie war eine der Letzten, die den jungen Mann lebend gesehen hat.

Mehr zu Band 1 der neuen Reihe lesen Sie hier:
www.kiwi-verlag.de/gardasee-krimi-band-1